1 franc **75**

ANDRÉ THEURIET

DE L'ACADÉMIE FRANÇAISE

LA
Petite Dernière

ROMAN

E. FLAMMARION, Éditeur, 26, rue Racine

LA PETITE DERNIÈRE

ŒUVRES D'ANDRÉ THEURIET

DE L'ACADÉMIE FRANÇAISE

PUBLIÉES PAR LA LIBRAIRIE E. FLAMMARION

COLLECTION IN-18 JÉSUS

MON ONCLE FLO, roman.

LA SŒUR DE LAIT, roman.

HISTOIRES GALANTES ET MELANCOLIQUES.

ANDRÉ THEURIET

DE L'ACADÉMIE FRANÇAISE

LA PETITE

DERNIÈRE

ROMAN

ERNEST FLAMMARION, EDITEUR
26, RUE RACINE, PARIS

LA PETITE DERNIÈRE

PREMIERE PARTIE

1

— C'est bien le moins que tu nous procures des distractions, puisque c'est toi, Tonia, qui nous a amenées dans ce trou de bain de mer !

Ces paroles étaient adressées à madame Antonia Desjoberts par sa sœur cadette Lucile, qui venait de s'étendre sur l'herbe tandis que la dernière et la plus jeune des demoiselles Pontal trempait distraitement ses bras nus dans l'eau.

Les trois sœurs, par une étouffante après-midi d'août, cherchaient un peu de fraîcheur sous les saules qui bordent le petit étang du moulin. L'endroit était solitaire et clos de tous côtés. En arrière, le vieux moulin abandonné allongeait ses murs gris, ses toitures effondrées et son bief, où la roue immobile dormait sous des touffes de capillaires et de scolopendres. A gauche, la colline élevait brusquement ses flancs pierreux vêtus de fougères et d'ajoncs ; à droite et au fond, des taillis de vernes, de saules et de chênes entouraient l'étroite prairie où l'étang dormait sous les nénufars. Tout un peuple de roseaux et de massettes foisonnait à l'extrémité de l'eau somnolente, sur laquelle tombait la lumière argentée du soleil d'août, voilé par des nuages semblables à de la neige foulée. Une atmosphère de recueillement enveloppait ce coin de paysage. Les libellules aux ailes frissonnantes dansaient au-dessus des roses blanches des nénufars ; de temps à autre, une grenouille aux yeux d'or émergeait, se posait sur une feuille arrondie, risquait un timide coassement, puis soudain replongeait obliquement dans l'eau. Parfois une brise venue du large courait sur l'étang, courbait les aigrettes violettes des roseaux, les panicules rousses des massettes ; alors on entendait le rythme caressant des lames épandues sur le sable de la baie et les sonnailles des voitures du Grand-Hôtel de Morgat, partant pour le Fret.

Les trois demoiselles Pontal, installées au long de l'étang, y occupaient leurs loisirs de façon différente, selon leur goût et leur humeur. L'aînée, Antonia, avait pris place sur l'une des traverses de l'écluse et s'y tenait correctement assise, peu soucieuse d'exposer sa robe de serge crème à des taches de verdure. Grande, blonde, avec la peau blanche, elle avait une beauté de Diane chasseresse : — les épaules tombantes, le cou, la poitrine et les bras admirablement modelés ; — mais une beauté dont l'expression demeurait un peu trop invariable. Sous les larges bords de son chapeau de paille décoré d'ailes de mouette, ses yeux bleu foncé filtraient toujours entre les cils la même caressante lueur, et sa bouche au dessin impeccable ébauchait toujours le même sourire. Ce sourire cajoleur, elle en prodiguait indifféremment le charme aux jeunes hommes qui causaient avec elle, aux convives plus mûrs de la table d'hôte, au maître d'hôtel, au cocher, et aux chiens de la maison. Sous son ombrelle rouge, elle étudiait attentivement une brochure de théâtre, et paraissait absorbée par la lecture.

— Longue, mince et souple, Lucile, la cadette, ne semblait pas avoir les mêmes craintes qu'Antonia pour la robe de tussor, qui s'ajustait comme un fourreau à son corps gracile. Elle était étendue à plat ventre sur la déclivité du talus, les coudes dans l'herbe, feuilletant du doigt un roman à couverture jaune, vers lequel elle jetait parfois un regard indolent. Sur son cou flexible, se dressait sa fine tête botticellesque, coiffée d'une grande capote bleu pâle, à la Kate Greenaway. Les bandeaux noirs plaqués sur les joues mettaient en valeur l'ovale délicat d'un visage virginal, aux paupières rêveusement baissées sur de grands yeux bruns innocents, au nez d'un dessin très pur, aux lèvres mignonnes et suaves comme une fleur. Seulement, parfois, quand les longs cils des paupières s'écartaient, quand la bouche s'entr'ouvrit pour sourire, on surprenait, dans les yeux humides, sur les lèvres rouges, un rapide éclair de désir, une soudaine langueur voluptueuse, qui rendaient cette chaste figure singulièrement propre à induire à la tentation. Au milieu des grandes herbes, l'onduleuse ligne de son corps serpentin ajoutait encore à l'alliciante grâce qui émanait de toute sa personne. Depuis la courbe exquise de la nuque jusqu'aux petits pieds chaussés de chevreau jaune, dont l'un s'agitait en l'air, laissant voir la cheville menue, il y avait dans cette angélique créature je ne sais quoi de sourdement provocant. La troisième, Paulette, qui touchait à ses dix-neuf ans, formait avec ses sœurs un amusant contraste. Bien faite comme elles, mais de taille moyenne, elle n'affichait aucune prétention à la toilette. Vive, sensible, prime-sautière, elle avait la fraîcheur et la simplicité d'une rose de haie. Sur son visage aux traits mobiles, on lisait comme en un livre ouvert; ses yeux pers pétillaient de malice, ses cheveux châtains, qui frisaient naturellement, étaient accommodés en nid de merle et maintenus par un peigne enfoncé de travers; sa bouche espiègle aux coins retroussés s'ouvrait volontiers pour montrer de petites dents de loup irrégulièrement plantées, mais très blanches. Sans souci pour sa robe défraîchie, façonnée par une couturière de troisième ordre, manches retroussées, elle enfonçait dans l'eau trouble son bras nu un peu maigre, et, au risque d'un plongeon, elle se penchait pour arracher les tiges élastiques et tenaces des nymphéas.

— Oui, continua Lucile, en levant vers son aînée sa tête de vierge préraphaélite, tu nous dois des compensations, Tonia, car jusqu'à présent, Morgat a été un séjour plutôt ennuyeux.

— Tu es difficile, ma chère, répondit Tonia Desjoberts, en posant, avec un geste d'impatience, sa brochure sur la traverse de l'écluse; Morgat est un des points les plus curieux et les plus pittoresques de la baie de Douarnenez...

— Tu parles comme un guide; mais, tu sais, moi, le paysage, les grottes, les tas de rochers, ça me laisse froide... D'ailleurs, même au point de vue nature, c'est d'une tristesse et d'une monotonie crevantes... Les landes, les ajoncs, les dolmens, j'en ai assez!... Je la retiens, ta plage de Morgat!... On a toutes les peines du monde pour y arriver, et, quand on y est, on ne sait plus comment en sortir... On n'y a même pas la ressource d'un casino!

— Tout le monde ne partage pas tes préventions, car l'hôtel est plein jusqu'aux combles.

— Plein de bourgeois, qui y viennent avec leurs enfants et leur nourrice, à cause de la sécurité de la plage... Avoue donc plutôt que tu nous y as traînées uniquement parce que ton professeur Jean René, le génial directeur du *Théâtre moderne*, est en villégiature à Roscanvel et que, grâce au voisinage, il vient trois fois la semaine te faire répéter *La Reine Dahut*, ce drame breton, dont tu es toquée!

— Pourquoi ne l'avouerais-je pas?... Jean René est un intellectuel aux idées hardies et neuves; nous avons les mêmes admirations littéraires; il croit que je suis douée pour le théâtre, et j'ai saisi avec empressement l'occasion de continuer ici les leçons qu'il me donnait à Paris... Tu demandes des distractions? Eh bien! avec son concours et celui de ses camarades, Morgat aura sous peu la primeur de *La Reine Dahut* qui est un drame superbe... Plains-toi!

— Comme distraction, ce sera austère!... interrompit Paulette.

Elle avait réussi à s'emparer d'une tige de nénufar et elle piquait triomphalement à son corsage l'opulente fleur où tremblaient de diamantines gouttes d'eau.

— Les *gwerz* bretons, les drames ibséniens, continua-t-elle, me font l'effet d'un brouillard épais à couper au couteau... Moi, j'aime la belle clarté du soleil!

— Cette petite est odieusement terre à terre, murmura dédaigneusement Tonia.

— Elle raisonne comme une gosse, ajouta Lucile, mais tout de même, elle est dans le vrai... Au point de vue réjouissance, *La Reine Dahut*, c'est maigre...

— Que te faut-il donc?

— Pour mon compte, je préférerais une bonne partie de campagne, avec des compagnons aimables et n'engendrant pas la mélancolie...

— Comme ton peintre, M. Jacques Salbris.

— Pourquoi pas?... Puisque chacun dit son goût, je confesse que Salbris a toutes mes sympathies. Il est jeune et joli garçon; de plus, il a du talent et sa peinture est très haut cotée... De tous les convives de la table d'hôte, il est le seul avec lequel on ait du plaisir à causer.

— Il y a aussi M. Rivoalen, insinua Paulette.

— En vérité? s'écria sarcastiquement ma-

dame Desjoberts, voyez-vous « la petite dernière » qui s'occupe déjà des hommes !... Ma
chère, Hervé Rivoalen a vingt-huit ans, et,
par conséquent, il n'est pas encore à l'âge
où l'on aime à fleureter avec les gamines qui
sortent de pension... Contente-toi des attentions de ton vieil amoureux, le commandant
Le Dantec !

Paulette avait rougi jusqu'aux yeux. Il
y eut un silence pendant lequel on n'ouït plus
que le frou-frou à peine perceptible des libellules et le menu clapotement de l'eau agitée
par le saut des grenouilles. Un bruit de battoirs résonna en aval du ruisseau qui arrosait
les jardins de l'hôtel; un merle s'envola d'une
cépée de coudriers et rasa la prairie du vol
filé de ses ailes noires. Puis, sous les rayons
déjà obliques d'un soleil brasillant, tout
retomba dans une paix assoupie. Paulette
s'était levée et faisait égoutter ses bras
mouillés; Lucile, étouffant un bâillement,
avait repris sa lecture intermittente. Avant
de s'absorber de nouveau dans l'étude de *La
Reine Dahut*, Tonia regarda du côté de sa
cadette, sourit vaguement et interpella la
liseuse :

— Lucile !

— Quoi encore?

— J'oubliais de t'apprendre que MM. Salbris et Rivoalen sont précisément en train de
jeter les plans d'une de ces parties de campagne, après lesquelles tu soupires... On s'en
irait en bande passer la journée à la pointe
du Raz, et ce n'est pas tout; le lendemain on
repartirait en break pour le pardon de
Sainte-Anne-la-Palud.

— Bon !... et à quand l'excursion?

— Après la représentation de *La Reine
Dahut*... C'est-à-dire vers la fin du mois,
puisque le pardon de Sainte-Anne tombe le
30 août... Tu sais que ce pèlerinage est très
célèbre... On y vient de tous les coins du Fi-
nistère... Es-tu contente, maintenant?

— Cela dépend... Papa et maman seront-
ils de la partie?... Si oui, grand merci !... La
petite fête manquera de charme.

— Peu respectueux pour la famille, ce que
tu dis là ! remarqua ironiquement Tonia Desjoberts; non, rassure-toi !... Papa craint le
mal de mer et les rochers lui donnent le ver-
tige; quant à maman, elle termine son grand
ouvrage sur *l'Education des filles dans une
démocratie*, et elle ne bouge pas de sa chambre... Nous aurons la bride sur le cou...

— Alors, qui nous chaperonnera?

— Qui?... mais moi... Ne suis-je pas un

chaperon suffisant?... Une femme mariée !

— Oh ! si peu ! murmura étourdiment Paulette, tandis qu'un sourire retroussait railleusement l'un des coins de sa bouche.

Madame Desjoberts se retourna agacée
par l'irrévérente sortie de « la petite dernière ».

— Eh bien ! quoi? Qu'as-tu à ricaner, Paulette?

— Moi?... J'ai dit : « Si peu ». V'là tout...
N'es-tu pas séparée de ton mari?...

— D'abord, nous ne sommes pas séparés
judiciairement... Nous nous sommes simplement quittés à l'amiable. Nos caractères ne
sympathisaient pas... M. Desjoberts manquait d'envolée... Je suis revenue vivre chez
nous, et maman m'a donné raison...

— Naturellement... pour avoir la paix, repartit Paulette en haussant les épaules; n'em-
pêche que comme chaperon, tu manques un
peu de prestige...

— Mêle-toi de ce qui te regarde ! répliqua
sèchement l'aînée; d'ailleurs, si tu as des scrupules, ma mie, tu peux les calmer... On ne
t'emmènera pas et tu resteras sous l'aile
paternelle... Nous n'avons que deux cavaliers
et je ne me soucie pas d'endosser la responsabilité de tes gamineries...

— Tu préfères garder M. Rivoalen pour toi,
s'écria Paulette piquée au vif, à merveille !...
Tu sais, si tu ne te soucies pas de me traîner
à la Pointe du Raz, je me soucie encore moins
de t'y accompagner... Quant au pardon de
Sainte-Anne, c'est une autre affaire : il me
plaît d'y aller, et, que tu veuilles ou non, je
trouverai un moyen de m'y faire conduire...

— Trouve ! répliqua laconiquement Tonia
en replongeant son nez dans les feuillets de
sa brochure.

Pour ne point prendre parti dans cette
scène de famille, Lucile s'était prudemment
remise à lire et semblait s'intéresser décidément aux péripéties de son roman. Paulette,
très surexcitée, demeurait debout, les bras
croisés, les narines dilatées par l'irritation, et
hochait la tête en manière de bravade. Au-
dessus de l'étang, les libellules continuaient
leur silencieuse danse aérienne et les nénufars
commençaient à fermer à demi leurs roses
blanches. Frôlés par un léger vent, les roseaux pliaient, puis redressaient leurs som-
mités fleuries, comme s'ils partageaient les
sentiments de la « petite dernière » et fraterni-
saient avec elle dans une commune expression
de révolte et de défi. Tout là-haut, sur la
colline de Crozon, où la tour du clocher dressait sa massive carrure, une sonnerie lente

s'envolait. Au même moment, Tonia Desjoberts consultait sa montre, empochait sa brochure et se levait :

— Cinq heures, dit-elle avec le suave sourire dont ses lèvres n'étaient jamais avares, je vais prendre mon bain.

Elle ramassa soigneusement les plis de sa robe, et longea d'un pas nonchalant la chaussée de l'étang. Ses sœurs s'étaient levées à leur tour pour la suivre; et toutes trois, à travers les jardins de l'hôtel, gagnèrent la plage.

II

Lorsqu'on a traversé les jardins et escaladé une levée où s'alignent les cabines de l'établissement des bains, on a devant soi la plage de Morgat qui allonge sa vaste étendue de sable fin depuis les falaises escarpées de Porsic jusqu'à l'arche rocheuse de Cador. A cette heure déjà avancée de l'après-midi, la mer basse était retirée fort loin. Au delà des sables d'un jaune pâle, sous un soleil oblique, tamisé par de floconneuses nuées, elle étalait sa grande nappe très calme aux nuances opalines, et on l'entendait déferler sur la grève avec un murmure berceur. Les baigneurs et les baigneuses avaient un long chemin à faire pour atteindre le flot; on les voyait courir d'un pied rapide sur le sol durci, puis jeter leur peignoir et entrer dans l'eau laiteuse. Çà et là, des enfants jouaient au croquet ou édifiaient des murs circulaires. A l'abri des rochers, des dames travaillaient à l'aiguille ou tournaient distraitement les pages d'un livre. Dans l'air sonore, les rumeurs enfantines et les cris des baigneurs s'ébrouant sous la lame se confondaient, tandis que des mouettes planaient au-dessus de la grève. Elles volaient très haut, puis, redescendant brusquement, effleuraient d'une aile agile la mer montante, dont la surface irisée bleuissait de plus en plus, jusqu'au fond de la baie où, grâce à la limpidité de l'atmosphère, on distinguait les blanches maisons de Douarnenez.

A l'extrême limite où le flot venait mourir sur le sable mouillé, un personnage coiffé d'un chapeau de paille, ayant son pantalon retroussé jusqu'aux genoux, et tenant un livre ouvert, déambulait lentement en trempant ses pieds nus dans deux pouces d'eau. C'était M. Pontal, professeur d'histoire au lycée Corneille et officier d'Académie, ainsi que l'indiquait très ostensiblement un ruban violet cousu à la boutonnière de son veston noir. Grand, large d'épaules, avec un commencement de ventre, rasé de frais, le teint fleuri, la bouche largement fendue, le nez solennel, il se tenait très droit, et prenait gravement, par ordonnance du docteur, ce bain de pieds quotidien dans « l'onde amère », ainsi qu'il disait classiquement. Comme le temps est précieux et qu'il n'en faut rien perdre, il lisait avec attention les *Oraisons funèbres* de Bossuet, tout en maintenant consciencieusement ses chevilles immergées. Par intervalles, cependant, il interrompait sa lecture pour exercer une surveillance admiratrice sur ses trois filles, Antonia, Lucile et Paulette, qui nageaient au large, ou pour s'assurer si sa femme, madame Pontal, occupait toujours la même place, en belle vue, sur une pointe de rocher.

Cette dernière, en effet, s'isolant des groupes, planait solitaire sur une roche proéminente, où elle s'était assise dans la pose méditative de la Polymnie. Son ample vêtement brun se détachait ainsi majestueusement sur la surface grise des blocs granitiques. Madame Laure Pontal pouvait avoir quarante-huit ou quarante-neuf ans. De taille moyenne, assez forte, le teint bis, l'œil gris clair et froid, la lèvre supérieure duvetée, elle conservait, malgré la cinquantaine approchante, des cheveux très noirs, plaqués en bandeaux sur les tempes, et dont la nuance trop uniformément foncée suggérait l'idée d'une habile teinture. Ce noir extra-naturel donnait à ses traits déjà arrêtés je ne sais quoi de dur et de despotique, qu'accusait encore un front à la fois étroit et haut, barré à la racine du nez par deux rides verticales. Sa toilette était sévère et sobre, sans ornements inutiles, sans bijoux, à l'exception d'une broche figurant une plume d'or, piquée en biais sous le menton et tranchant sur l'encolure du corsage. L'une de ses mains aux doigts courts tenait nonchalamment un carnet posé sur les genoux; l'autre, dont le bras s'accoudait au rocher, soutenait un menton carré où pointaient quelques poils follets.

Des pas firent crier le sable; madame Pontal, soulevant ses paupières songeuses, aperçut un baigneur qui s'avançait vers elle, et reconnut un de ses voisins de table, le commandant Tanguy Le Dantec; néanmoins elle garda quelques secondes encore sa pose longuement étudiée, et ne la quitta à regret que lorsque le nouveau venu fut tout à fait près d'elle.

Tanguy Le Dantec approchait de la soixantaine. Pendant plus de quarante ans il avait servi dans la marine et tenu la mer, stationnant avec son escadre, tantôt dans les eaux de la Méditerranée, tantôt dans l'océan Indien ou dans le Pacifique. Très amoureux de son métier, éloigné le plus souvent de son port d'attache, ayant pris part à de nombreuses expéditions en Cochinchine, il n'avait pas eu le temps de songer au mariage, et les femmes n'avaient jamais joué un grand rôle dans son existence. Appelé en dernier lieu au commandement du *Desaix*, il faisait partie de l'escadre qui manœuvrait devant Toulon. Peu à peu il s'était lassé de vivre presque constamment entre le ciel et l'eau; la nostalgie de la terre et surtout de sa terre bretonne le prenait. Possesseur d'une belle fortune et n'ayant plus d'ambition, il avait sollicité sa retraite et s'était retiré dans une terre patrimoniale située aux environs de Brest, sur la rivière de Landerneau. Maintenant qu'il avait quitté le service, il se trouvait fort esseulé, passait l'hiver à Paris, l'été en Bretagne. S'ennuyant un peu partout, il regrettait sur le tard de ne s'être pas marié, de n'avoir pas fait souche d'héritiers directs et de se voir exposé ainsi à laisser son bien à des collatéraux qui lui étaient indifférents. Cette année, il s'était installé, pour deux mois, sur la plage de Morgat et logeait à l'hôtel.

Élancé, très droit, très vert encore, il portait de longs favoris taillés en nageoires, qui encadraient de leurs touffes presque blanches l'ovale allongé d'un visage au teint brouillé. Ses lèvres rasées s'éclairaient volontiers d'un sourire bienveillant, un peu triste. Son nez recourbé, ses yeux bleus fatigués par les soleils et les embruns de tant de mers, son front légèrement fuyant et couronné de cheveux gris épais, achevaient de donner à l'ensemble des traits une expression d'oiseau mélancolique. Sa mise était soignée, sans recherche, et ses manières affables, sans obséquiosité.

— Je vous présente mes devoirs, **madame**, dit-il en saluant madame Pontal, vous voilà bien abandonnée ! Où est donc M. Pontal?

— Il baigne ses pieds, là-bas, répondit la dame avec un accent légèrement dédaigneux, en désignant du doigt la solennelle silhouette conjugale, qui s'enlevait en noir sur le fond bleuâtre de la mer.

— Mademoiselle Paulette vous a quittée aussi?

— Oui, elle fait sa partie de nage avec ses sœurs.

— Et vous ne vous ennuyez pas de rester seule?

— Je ne m'ennuie jamais devant l'Océan... J'observe, j'admire et je prends des notes... La mer est si suggestive ! Elle berce nos méditations, elle féconde la pensée...

Elle débitait cela avec une exaltation voulue plutôt que sincère, mais cet enthousiasme à froid ne semblait pas se communiquer à M. Le Dantec. Il y eut un petit temps, et madame Pontal ajouta :

— Pendant vos nombreuses traversées, commandant, vous avez dû souvent vous trouver dans cet état d'âme où l'on subit involontairement l'incantation de la mer?

— Moi, madame, répondit Le Dantec en souriant, hélas ! mon service ne me laissait pas le loisir de rêver; d'ailleurs, je suis, je vous l'avoue, par nature médiocrement méditatif.

Il y eut de nouveau un silence, pendant lequel on entendit plus distinctement les rires et les éclats de voix des baigneuses. Le commandant tira de l'étui qu'il portait en bandoulière une lorgnette marine, l'ajusta, puis la braqua dans la direction d'où s'envolaient ces voix féminines.

— Mademoiselle Paulette, reprit-il, est-elle bonne nageuse?

— Je le crois... Je n'ai rien négligé pour que mes filles reçoivent de sérieuses leçons de natation, parce que j'estime que, dans la lutte pour la vie, les femmes doivent être armées physiquement et moralement à l'égal des hommes.

— Il me semble qu'elle s'aventure un peu bien loin... Ne craignez-vous pas que ce bain prolongé ne soit trop énervant pour une jeune fille de son âge?

— Ceci la regarde, répliqua dogmatiquement madame Pontal; j'ai pour principe de laisser à mes filles une grande liberté d'action afin qu'elles s'habituent à prendre la responsabilité de leurs actes et à en peser de bonne heure les conséquences... C'est ainsi que l'éducation créera des femmes fortes, utiles au corps social... N'êtes-vous pas de cet avis?

— Hum !... Mon avis est qu'il suffirait peut-être de les élever à devenir des mères robustes, attentives et tendres... propres à nourrir et à aimer leurs enfants.

— Aimer, commandant, ne signifie pas éprouver une tendresse nerveuse et inquiète... Aimer l'enfant, accentua madame Pontal en frappant sur son carnet de notes, c'est s'attacher à lui par la volonté désintéressée de développer fortement son expansion physiologique et psychique... C'est ce que je démontrerai dans l'ouvrage que je prépare...

— Cette haute philosophie est trop forte pour moi, dit Le Dantec, en s'inclinant... Tout ce que je puis constater, c'est que vous avez réussi à faire de mademoiselle Paulette une fine charmante...

— Vous trouvez?... Oh ! elle est bien inférieure à ses sœurs comme mentalité... C'est, pour me servir de l'expression d'Herbert Spencer, « un bon animal »; elle est tout instinctive...

— Elle est naturelle et franche, affirma le commandant, et c'est pour moi la qualité maîtresse... J'ai le plus grand plaisir à causer avec elle.

— C'est un plaisir que vous pourrez vous donner tout à l'heure, car la voici qui revient...

En effet, les trois demoiselles Pontal sortaient ruisselantes de l'eau, s'enveloppaient dans leurs peignoirs, et couraient vivement vers les cabines. Paulette passa la première à portée du rocher. Elle avait perdu sa coiffure de bain et ses cheveux mouillés moutonnaient sur ses épaules. Tout en courant, elle jeta un regard vers le bloc où trônait sa mère et salua le commandant d'un signe de tête.

— Paulette ! cria madame Pontal.

— Maman?

— Quand tu seras habillée, tu viendras me rejoindre... Je t'attends ici avec le commandant...

Paulette ébaucha une moue résignée, puis poursuivit avec moins de précipitation sa course vers l'escalier des cabines.

Tandis que madame Pontal continuait de converser avec M. Le Dantec, de l'autre côté du rocher, dans une des grottes spacieuses creusées depuis des centaines d'années par les coups de bélier des lames, le jeune peintre Jacques Salbris, installé sur un pliant en face de son chevalet, travaillait en compagnie de son ami Hervé Rivoalen. La grotte avait deux ouvertures; une lumière diffuse l'éclairait et mettait en relief sa voûte aux blocs pendants, dont le granit mouillé se revêtait de chaudes couleurs vieil or, vert smaragdin et rouge foncé. Par l'une des arches béantes on apercevait, au delà d'un premier plan de galets énormes, les sables de la grève de Porsic et la nappe glauque de la mer montante. C'était de ce paysage à la fois farouche et radieux que Salbris faisait une étude.

Petit, souple, agile, bien proportionné,

Jacques Salbris comptait vingt-sept ans à peine. Ses cheveux châtains bouclés, son teint mat, ses grands yeux bruns rieurs, sa fine moustache ombrageant deux lèvres sensuelles, le faisaient paraître beaucoup plus jeune. Aimable compagnon, plein de verve, cœur généreux, artiste jouissant d'une précoce notoriété, il n'avait qu'un gros défaut : il subissait trop volontiers le charme féminin, il aimait trop à aimer. Très tendre, très inflammable, il prenait le plus souvent pour de l'amour la satisfaction de ce besoin de tendresse. Quand il était arrivé à posséder l'objet de son désir ou de son admiration, il l'adorait dévotement, follement et lui faisait goûter une félicité non pareille. Tant que durait cette flambée de passion, c'était pour lui et pour la femme aimée une période délicieuse où il s'abandonnait tout entier, où il se montrait tour à tour enthousiaste, cajoleur, spirituel, ardemment amoureux; mais, quand sonnait l'heure de la désillusion, ce beau feu de joie tombait brusquement. Son cœur était prompt à se donner, prompt à se reprendre. Il se reprochait lui-même sincèrement l'instabilité de ses affections, se désolait, se jurait de ne plus recommencer, et recommençait toujours.

Le garçon avec lequel il s'entretenait en brossant son étude, Hervé Rivoalen, avait un tout autre caractère. Bien qu'il fût du même âge que Salbris, il paraissait plus mûr, plus réservé, et surtout moins enthousiaste. Blond, svelte, élancé, il portait un élégant costume de cycliste qui laissait deviner un corps assoupli par les exercices physiques et très résistant en dépit de son apparente maigreur. Il était maigre aussi de figure; le teint pâle, les yeux légèrement cernés, mais brillants et un rien ironiques; sous la barbe blonde, taillée en pointe, le même sourire légèrement désabusé effleurait les lèvres fines. Le nez aquilin, d'un modèle très pur, avait dans les ailes mobiles une expression moqueuse. Rivoalen, fils d'un armateur de Brest, et possédant du chef de sa mère une fortune indépendante, avait débuté à vingt ans par faire la fête et par s'adonner uniquement à tous les sports à la mode. Toutefois, comme il possédait une âme peu vulgaire et une réelle culture d'esprit, il s'était vite lassé de ces plaisirs qui consistent, comme le disait Dumas fils, « à se lever tard, à vivre dans le jour avec des maquignons, et le soir avec des parasites ». Deux ou trois années passées à voyager l'avaient ramené à un plus utile emploi de son activité et de son intelligence. Enclin de sa nature au dilettantisme, il s'était frotté d'art et de littérature en se mêlant intimement au monde des peintres, des gens de lettres et des musiciens. Dans ce nouveau commerce intellectuel, il avait aiguisé son goût, affiné son esprit, il s'y était imprégné également d'un aimable scepticisme. Il outrait même par pose cette prédisposition au désenchantement, et, bien qu'il affectât d'être désabusé, il gardait au fond un reste de foi bretonne et une vive sensibilité qu'il s'évertuait à dissimuler.

Le dos appuyé à la paroi du rocher, fumant négligemment sa cigarette, il examinait la toile de Salbris et disait d'une voix nonchalante :

— Elle vient bien, votre étude, mon cher Jacques, elle s'éclaire, elle a gagné énormément depuis hier.

— Vous croyez? répondit Jacques en se levant et en se reculant pour regarder son œuvre... Tant mieux !... J'ai un mal de chien à indiquer par des valeurs justes la transition de la pénombre colorée de la grotte avec la lumière chantante du dehors. Pour aujourd'hui en voilà assez !... Je n'y vois plus rien, et j'ai hâte de me dérouiller les jambes en piquant une course dans la lande...

Il raclait déjà sa palette et nettoyait ses pinceaux dans un vase, qu'avait apporté le petit gars breton, chargé de convoyer son attirail. Tout en besognant, il clignait de l'œil et examinait alternativement sa toile et le paysage encadré par la grande arche de la grotte.

— Savez-vous, reprit-il, ce qui manque à mon étude?... Une figure de femme nue, qui sortirait à mi-corps des blocs de rochers, comme une jeune sirène aux cheveux épars, couronnés d'herbes marines.

— Possible... Vous devriez demander à madame Desjoberts ou à mademoiselle Lucile Pontal de vous poser ça?

— Plaisantez-vous? se récria le peintre en se tournant vers son compagnon pour voir s'il parlait sérieusement.

— Pourquoi pas? Les préjugés ne les gênent guère et, pourvu qu'on leur promît le secret, elles seraient enchantées de poser pour un maître tel que vous; sans compter qu'elles pourraient ainsi, sans remords, faire admirer la vénusté de leur corps par le public du prochain Salon.

— Vous avez une singulière idée des principes de la famille Pontal !

— Mon cher, déclara Rivoalen en plissant ses lèvres moqueuses, depuis tantôt deux semaines, j'étudie les Pontal, et voici le résumé des mes observations : la mère est une bonne toquée, qui s'occupe de l'éducation des enfants et qui a complètement oublié d'élever les siens. Le père est un gobeur vaniteux, qui ignore tout de la vie, tandis que ses filles n'en ignorent plus rien; à l'exception pourtant de la petite Paulette, qui n'est point gâtée et qui, grâce à son bon sens et à son excellent naturel, a échappé à l'influence des milieux.

— Elle est gentille et semble adorer le père Pontal. A table, elle est aux petits soins pour lui.

— Un bon point de plus à son actif, en ce cas, car le bonhomme n'a rien de séduisant. Je l'ai connu, il y a dix ans, quand il professait à Brest et que je piochais mon bachot... Un cuistre assommant et pompeux, obséquieux avec les parents riches, tannant avec les élèves, aimant à parader et à pérorer... Il avait la manie d'assister aux beaux enterrements et d'y prononcer des discours. On prétendait même qu'il préparait d'avance les oraisons funèbres des personnages marquants déjà valétudinaires, et qu'il leur en voulait de ne pas mourir assez vite pour qu'il pût placer sa harangue.

Ils se mirent à rire tous deux, puis Jacques Salbris reprit :

— Je vous accorde que, des trois sœurs, « la petite dernière » serait la plus épousable; mais, à un autre point de vue..., moins moral, Lucile me paraît la plus intéressante.

— Vous voulez dire la plus désirable?

— Oui, avec sa mine virginale, ses yeux langoureusement baissés, elle a la grâce attirante d'un ange qui rêve à des fredaines...

— Et vous ne seriez pas fâché de l'aider à réaliser son rêve? Prenez garde, mon cher : des trois, c'est la plus dangereuse. Elle est trompeuse comme les eaux dormantes et, au point de vue spécial dont vous parlez, je préférerais encore fleureter avec la belle madame Desjoberts...

Salbris avait fermé sa boîte et empaqueté son attirail :

— Yvonnic, dit-il au gamin qui lui servait de page et qui, pour le moment, occupait ses loisirs en se gavant de moules arrachées au rocher, tu vas remiser mon fourniment dans ma chambre, y compris cette toile que je te recommande par-dessus tout ! Tiens-la par le bois du châssis, avec respect, comme si tu portais le saint sacrement. Et maintenant, file, mon gars !

Comme il achevait, deux ombres obscurcirent l'entrée de la grotte et, en se retournant les deux amis aperçurent madame Desjoberts et Lucile Pontal qui se dirigeaient de leur côté.

— Nous ne vous dérangeons pas, messieurs? demanda Tonia, en les saluant de son plus suave sourire.

— Au contraire, répondit Salbris, j'étais en train de plier bagage, et votre visite, mesdames, est pour nous une agréable surprise.

— Nous allons faire notre réaction sur la falaise, ajouta Lucile, voulez-vous être de la partie?

— Avec joie, répondit Rivoalen, nous méditions justement une course à travers la lande.

Il s'arrêta; ses yeux semblèrent chercher quelqu'un derrière les deux sœurs : — Mademoiselle Paulette ne vous accompagne pas? interrogea-t-il.

— Non, répliqua Tonia en souriant indulgemment. Paulette est restée avec papa et le commandant Le Dantec.

— Suzanne entre les deux vieillards ! murmura irrévérencieusement Lucile.

Rivoalen, d'un air un peu déçu, roula une cigarette, l'alluma, et ils partirent. Après avoir traversé la grève de Porsic et escaladé le raidillon qui débouche en face du hameau de Lesquiffinec, ils commencèrent à gravir un sentier qui zigzaguait parmi des blocs erratiques et des tranchées buissonneuses. En ce pays où les trois quarts du sol demeurent incultes, le paysan entoure soigneusement d'un rempart son maigre champ de fougères et de brande, comme s'il produisait les plus fertiles moissons. Mais, si ces landes stériles sont peu faites pour réjouir le cœur d'un agriculteur, elles sont une fête et un charme pour des yeux d'artiste. A cette époque, elles commençaient à fleurir. Sur le fond lie de vin et lilas des bruyères, les ajoncs détachaient vigoureusement leurs épineuses ramures constellées de corolles d'or. La végétation épanouie débordait sur les chemins pierreux, dont elle tapissait les profondes ornières.

— Si nous montions jusqu'au menhir? proposa le peintre.

Il prit l'avance en compagnie de Lucile. Madame Desjoberts, qui avait le pied moins montagnard et s'essoufflait facilement, les suivait de loin en s'appuyant au bras d'Hervé Rivoalen. Celui-ci, qui regrettait sourdement l'absence de Paulette, cherchait à se rattraper en parlant d'elle avec la sœur aînée. Il vantait l'esprit naturel, la simplicité bonne enfant de « la petite dernière, » ce qui agaçait singulièrement Tonia. Toutefois elle était trop habile pour le laisser voir et répondait avec son imperturbable sourire :

— Oui, Paulette est un bon petit cœur, un esprit sans grande envolée, un peu terre à terre, mais très pratique.

— Pratique ! se récriait Rivoalen. De toutes les qualités que semble posséder mademoiselle Paulette, c'est la dernière à laquelle j'aurais songé.

— Détrompez-vous ! Elle a beaucoup de bon sens pour son âge... aussi elle n'est pas de ces filles sentimentales qui s'entêteront à faire un mariage d'amour. Plutôt que de satisfaire uniquement son cœur, elle se résignera volontiers à épouser un homme un peu mûr, qui lui assurera une vie douce, régulière, confortable... la vie telle qu'elle la comprend.

— Croyez-vous? répliquait Rivoalen, dont les lèvres eurent un pli amer; en ce cas, je la plains...

— Pourquoi donc?... Elle se trouvera parfaitement heureuse... même avec un mari ayant l'âge du commandant Le Dantec... Et elle aura raison, la pauvre, car papa n'a pas de dot à lui donner...

Comme ils montaient lentement, l'autre couple avait gagné beaucoup d'avance. A mesure que Jacques et Lucile s'approchaient de la falaise, la brise s'élevait; une suave odeur s'exhalait de la lande, une odeur sauvage et pénétrante comme la nature bretonne elle-même. Çà et là, des bouquets de pins se profilaient sur le ciel aux teintes orangées; leur senteur résineuse se mêlait à l'haleine embaumante des ajoncs et des bruyères; une griserie montait à la tête des deux jeunes gens et mettait entre eux plus de familiarité, plus d'abandon. Lucile avait manifesté le désir de confectionner un bouquet avec les chèvrefeuilles dont les haies étaient abondamment garnies. Pour grossir sa gerbe, elle n'hésitait pas à grimper les pentes buissonneuses et à escalader les échaliers. A un moment, elle se trouva perchée sur un talus de fougères qu'un fossé assez large séparait du chemin.

— Je ne pourrai jamais m'en tirer, s'écriat-elle, je n'ose pas sauter.

— Permettez-moi de vous venir en aide,

repartit le peintre en franchissant le fossé et en lui tendant les bras.

Elle baissa chastement les yeux en apercevant ces deux bras ouverts pour l'emporter, et ses lèvres en même temps ébauchèrent une grimace à la fois effarouchée et provocante :

— N'y a-t-il pas un autre moyen de sauvetage? insinua-t-elle.

— Je n'en connais pas de plus sûr... N'ayez pas peur, je ne vous laisserai pas tomber...

— Alors, tant pis !... Je me risque...

Il la saisit par la taille, de l'autre bras ramassa les plis de la robe et sauta vivement; mais, avant de poser les pieds de la jeune fille sur le sol, il garda encore quelques secondes, serré contre sa poitrine, ce souple corps féminin dont le contact lui causait une voluptueuse émotion. Lucile elle-même semblait partager ce délicieux trouble. Lentement, elle se décida à se désenlacer et à mettre pied à terre. Puis ses joues se rosèrent, elle baissa de nouveau ses paupières, et murmura d'une voix un peu oppressée :

— Merci !... Je ne vous ai pas trop fatigué de mon poids?

— Vous ne pesez pas plus qu'une plume...

Ils étaient arrivés à un grand pâtis grisâtre qui montait insensiblement jusqu'à la plus haute falaise et d'où l'on entendait la puissante respiration de la mer. La côte était proche; à l'extrémité du plateau, un menhir découpait sur le ciel son aiguille de granit. Adossés à la base de la pierre levée, Rivoalen et Tonia étaient déjà assis dans la bruyère et devisaient avec une familiarité qui semblait s'être accrue en raison directe de la distance.

— Vous avez pris le chemin des écoliers ! remarqua Tonia avec un sourir indulgent sur les lèvres et dans les yeux.

Elle tournait le dos à la mer et ne songeait nullement à admirer le paysage, qui cependant était d'une rare beauté. Du pied de ce menhir, l'œil embrassait un merveilleux horizon de terre et d'eau : l'entrée de la baie, l'arête nettement dessinée de la pointe du Van, les dernières dents rocheuses du Raz de Sein. Vers l'Ouest, sur un ciel déjà rougissant, la presqu'île du Toulinguet émergeait de l'océan couleur d'or, avec les trois entassements de rochers surnommés les Tas de Pois, tandis qu'au Midi, on avait devant soi la baie qui bleuissait entre les déchiquetures de ses falaises escarpées. A cette heure vespérale, la mer était d'une admirable couleur mordorée. Près de la grève de Morgat, un vapeur

appareillait pour Douarnenez, et le rauque bramement de la sirène jetait son appel aux passagers que transportaient des canots aux rames scintillantes.

— Je ne puis voir partir un bateau, soupira Lucile, sans désirer m'en aller avec lui vers ce fond de la baie, que je ne connais pas et qui m'attire comme tout ce qui est inconnu.

— C'est un désir qu'il vous sera facile de réaliser, dit Salbris... Vous savez sans doute que Rivoalen et moi avons projeté une excursion à la Pointe du Raz... Madame Desjoberts nous a promis d'être des nôtres, et j'espère que vous en serez aussi...

— Je ne demande pas mieux, moi, mais il y a maman.

— Pensez-vous qu'elle s'y oppose? Je croyais qu'elle vous laissait parfaitement libres.

— C'est-à-dire que le plus souvent elle est trop absorbée par ses livres pour s'occuper de nous, répondit Lucile avec une pointe d'ironie, mais, quand elle n'a rien de mieux à faire, elle redevient intraitable sur le chapitre des convenances... Elle trouvera peut être que ce n'est pas très correct pour une jeune fille d'excursionner en partie carrée avec des jeunes gens... Car, ajouta-t-elle en baissant les yeux — nous voyagerons quasi en tête à tête.

— Ce sera exquis ! répliqua Salbris en l'enveloppant d'un regard très tendre...

D'un geste, il désigna la baie ensoleillée où le vapeur fuyait parmi les barques de pêche aux toiles mollement tendues.

— Quel délice, continua le peintre en s'exaltant, de s'en aller ainsi à l'aventure pendant toute une journée, loin des fâcheux, dans une intimité que rien ne viendra troubler, car ni madame Desjoberts ni Rivoalen ne seront gênants...

— La voilà justement, l'incorrection ! observa Lucile en appliquant son doigt au coin de ses lèvres, comme un enfant qui hésite avant de succomber à la tentation, et c'est pourquoi maman se rebiffera peut-être...

— Nous essayerons de l'amadouer... Enfin, si madame Pontal consent, jurez-moi que vous serez des nôtres.

— Je... le promets.

— Merci ! murmura Jacques Salbris...

Il saisit la longue main fluette de Lucile et la baisa.

A ce moment, dans l'air calme montait le tintement lointain d'une grêle sonnerie venant du côté de la plage.

— Lucile, cria madame Desjoberts, qui s'était levée et prenait le bras de Rivoalen, entends-tu?

— Quoi donc?

— La cloche de l'hôtel qui sonne le dîner...

— Tu es sûre?

— Parfaitement. Nous arriverons en retard et nous attraperons une semonce...

III

Ayant parachevé un brin de toilette, les baigneurs du Grand-Hôtel se promenaient devant la façade fleurie de rosiers et de chèvrefeuilles, tandis que Florentin, le majordome, sonnait avec solennité le second coup du dîner. Peu à peu, par groupes ou isolément, ils pénétrèrent dans la salle à manger, dont les portes ouvraient de plain-pied sur la terrasse. La vaste pièce quadrangulaire était éclairée par de nombreuses fenêtres, et décorée de panneaux où des peintres, clients de l'hôtel, avaient brossé des paysages représentant les sites les plus renommés de la côte. Deux longues tables parallèles, ornées de plantes vertes, s'alignaient dans la profondeur de la salle; en outre, de petites tables se dressaient dans les embrasures des fenêtres et tout cela était plein. Aussi Florentin, aidé de deux garçons et d'une petite bonne portant la coiffe légère de Fouesnant, avait fort à faire pour répondre aux exigences d'une soixantaine de convives affamés et bien endentés. Tous, hommes, femmes, enfants, étaient doués d'un bel appétit, aiguisé par l'air marin, par le bain ou la course à bicyclette; ils dévoraient et supportaient mal les lenteurs du service. Impassible au milieu des interpellations qui se croisaient, le maître d'hôtel redressait avec dignité sa tête de magistrat bourru, où des favoris noirs encadraient des bajoues tombantes et une bouche aux dents en défenses de sanglier. Quand les réclamations devenaient plus aigres, plus bruyantes, et que Florentin se sentait au bout de sa patience, il fonçait comme un vieux *solitaire* vers l'office contigu; on entendait soudain l'écroulement d'une pile d'assiettes, puis il rentrait, avec sérénité, après avoir ainsi soulagé sa mauvaise humeur. L'une des longues tables était principalement dévolue aux voyageurs de passage; l'autre était réservée aux pensionnaires installés pour la saison. Ces derniers ne se montraient pas les moins exigeants et met-

taient surtout à l'épreuve la longanimité des gens de service. Un sous-préfet en vacances, avec sa femme, ses enfants et ses belles-sœurs; un *clergyman* de Chester, accompagné de trois filles maigres et déjà mûres, enguirlandaient chacun des bouts. Au milieu, madame Pontal trônait entre le commandant Le Dantec et mademoiselle Paulette. M. Pontal lui faisait face ayant à ses côtés ses deux filles aînées, dont pour le moment les places restaient vides.

Le premier plat venait d'être enlevé et, comme d'habitude, lorsque les voyageurs abondaient, l'apparition du second se faisait désirer. Madame Pontal ne semblait pas, du reste, s'en apercevoir. Elle profitait de cet entr'acte pour catéchiser le commandant Le Dantec, et lui exposer ses théories sur l'éducation. Elle n'avait même pas remarqué l'absence de ses deux aînées, pas plus d'ailleurs que celle de Salbris et de Rivoalen. Haussant la voix pour dominer les conversations privées, elle parlait comme si elle eût fait une conférence à la salle tout entière :

— Non, commandant, disait-elle, les hommes n'ont pas le privilège ou le monopole de certaines vertus que la nature aurait refusées aux femmes. La nature n'a rien à voir là dedans. C'est l'éducation, telle qu'on la pratique depuis des siècles, qui font avorter dans les cerveaux féminins les germes susceptibles de produire une énergie intellectuelle et morale trop gênante pour les hommes. Les femmes, croyez-le bien, sont autant que vous autres capables de justice, de courage et de volonté.

— Chère madame, elles ont la bonté, la modestie et la grâce, cela devrait leur suffire.

— Eh! monsieur, la bonté sans la justice s'appelle faiblesse et sentimentalité; quant à la grâce...

— Ma bonne amie, hasarda alors timidement M. Pontal, ne trouves-tu pas étonnant qu'Antonia et Lucile soient si fort en retard?

— Ne me coupez donc pas la parole pour des futilités! s'écria impatiemment la dame... Vos filles sont assez grandes pour savoir se conduire; si elles arrivent en retard, tant pis pour elles, elles mangeront leur dîner froid...

Mécontent d'être ainsi rabroué en public, l'universitaire allait répliquer : un clignement d'œil de Paulette, à la fois moqueur et conciliant, l'exhorta au silence. Il se borna donc à secouer la tête en contemplant les chaises restées vides à sa droite et à sa gauche, tandis que madame Pontal, reprenant sa conférence interrompue, s'écriait :

— Quant à la grâce, ce n'est pas une vertu, c'est tout au plus une qualité qui n'intéresse que les hommes... La grâce qui masque l'injustice et la nullité, la grâce qui ment... Nous n'en voulons pas !

— Parbleu ! souffla le sous-préfet à sa voisine, la bonne dame est comme le renard qui avait perdu sa queue à la bataille et qui proposait à ses camarades de couper la leur... Quelle raseuse !

— En somme, continuait madame Pontal, les individus normaux, à quelque sexe qu'ils appartiennent, naissent avec le germe de toutes les aptitudes... Si ces aptitudes ne se développent point harmonieusement, c'est la faute de l'éducation et des mœurs actuelles...

Ici, elle fut de nouveau interrompue par le bruit de la porte qui s'ouvrait en coup de vent, avec accompagnement d'éclats de rire masculins et féminins. Escortées par Salbris et Rivoalen, qui s'effaçaient pour leur livrer passage, madame Desjoberts et Lucile apparurent essoufflées, décoiffées, les yeux brillants, et les mains pleines de chèvrefeuilles sauvages.

Madame Pontal leur lança une œillade courroucée, moins à cause de leur inexactitude que parce que leur arrivée lui coupait encore une fois la parole.

— Vous voici enfin ! murmura d'un ton de reproche M. Pontal.

— Papa, ne prends pas ton air de professeur ! dit sournoisement Lucile, nous ne le ferons plus... là !

— Si nous sommes en retard, c'est la faute de ces messieurs ! ajouta madame Desjoberts avec une parfaite sérénité, ils ont été assez aimables pour nous emmener jusqu'au menhir, et nous avons oublié l'heure en les écoutant...

En même temps, elle fixait ses yeux rieurs sur Paulette, auprès de laquelle Rivoalen avait pris sa place accoutumée, tandis que Lucile se débarrassait de ses chèvrefeuilles en les déposant sans façon sur l'assiette de Jacques Salbris. Les bourgeois rangés autour des tables contemplaient les deux jeunes femmes avec des mines scandalisées. Le *clergyman* ouvrait des yeux ronds et marmonnait dans son petit collet blanc : « *Girls of the period !* » À l'autre bout, le sous-préfet chuchotait à l'oreille de sa belle-sœur :

— Tout à fait fin de siècle, les demoiselles

Pontal !... Un joli échantillon des théories éducatrices de la maman !

Le dîner s'acheva sans nouvel incident. Soit que madame Pontal eût renoncé à convaincre le commandant Le Dantec, soit qu'elle eût conscience du coup de Jarnac porté à son argumentation par les manières excentriques de ses deux filles, elle avait brusquement cessé de pérorer. Paulette semblait bouder Rivoalen et s'occuper uniquement de Le Dantec, qui lui prodiguait son attention. Jacques Salbris et Lucile conversaient à voix basse à travers le bouquet de chèvrefeuilles qui se dressait entre eux comme un buisson odorant. Quant à Tonia, n'ayant rien de mieux à faire, elle essayait de troubler le clergyman, en fleuretant audacieusement avec lui. Dès que le dessert eut circulé, chacun se leva de table et bientôt la terrasse fut de nouveau bruyante et peuplée. Les hommes allumaient leurs cigares, les femmes s'étaient groupées autour des guéridons du café et regardaient nonchalamment les premières étoiles perler au-dessus du petit fort de Rulianec. Les filles du clergyman avaient pris possession du salon de l'hôtel et l'une d'elles y jouait au piano le Prélude de *Lohengrin*. Le commandant Le Dantec s'approcha de madame Pontal, qui s'était appuyée au parapet de la terrasse.

— Madame, dit-il, pour me prouver que vous ne m'en voulez pas de mes contradictions, faites-moi l'amitié d'accepter un petit verre de curaçao ?

— Merci, commandant, je remonte à l'instant chez moi, car j'ai à terminer un chapitre que l'imprimerie attend... Mais voici M. Pontal, qui vous tiendra compagnie... Sans rancune et bonsoir !...

Elle se dirigea lentement vers le vestibule tandis que Le Dantec et le professeur s'attablaient au café devant un échiquier.

Ils avaient à peine quitté la terrasse qu'un bruit de roues et de grelots résonna sur la route et qu'on vit s'arrêter devant l'hôtel un break chargé de messieurs au visage rasé et de dames en tenue de bicyclistes.

— Bon ! gronda Florentin, qui versait le café, voilà « la butte Montmartre » qui s'amène !

C'étaient Jean René et ses camarades qui arrivaient en effet de Roscanvel pour une répétition de *La Reine Dahut*. Madame Desjoberts s'était précipitée au-devant du directeur du Théâtre-Moderne et échangeait de bruyants *shake-hands*

— Bravo! s'écria-t-elle en remontant avec Jean René vers le groupe formé par Lucile, Paulette, Salbris et Rivoalen; bravo, cher maître, vous êtes exact et vous aurez un bon point!... Nous allons répéter dans la petite salle à manger où on a tout préparé pour vous recevoir... Je ne vous présente pas à ces messieurs... Vous les connaissez!... Monsieur Rivoalen, voulez-vous assister à la répétition?... Je suis certaine que notre cher directeur vous y autorisera.

— Comment donc? affirma courtoisement Jean René, ce sera un grand honneur pour nous...

— Merci bien, madame, répliqua Rivoalen, de son ton légèrement ironique, je n'aime pas voir faire la cuisine... Je préfère me réserver pour la première, où j'aurai le plaisir de vous applaudir tous...

Les comédiens, pilotés par Tonia, avaient pénétré dans l'intérieur de l'hôtel. Dès qu'ils eurent disparu, Rivoalen se tourna vers Salbris et les deux jeunes filles :

— Si nous allions assister au lever de la lune sur la mer? proposa-t-il, ce serait un spectacle plus récréatif que d'entendre pendant des heures Jean René répéter : « Reprenons le couplet... Détaillons!... Et maintenant enchaînons! » Qu'en pensez-vous, Salbris?

— Je vous crois... Tout, excepté ça!... Voulez-vous me permettre de vous offrir le bras, mademoiselle Lucile?

Par les degrés de la terrasse, ils étaient descendus sur la route bordée d'arbres et devenue très obscure. Rivoalen, à son tour, adressait la même offre à Paulette, qui refusait d'un ton boudeur :

— Non, merci, j'aime mieux pas... Je suis habituée à me promener seule et un bras me gênerait...

Toutefois elle restait près de lui, marchant silencieusement à son côté. Ils étaient si rapprochés qu'Hervé Rivoalen sentait le frôlement de la robe soulevée par un pas nettement rythmé. Il se laissait insensiblement gagner par la grâce juvénile de cette gentille personne dont il devinait dans l'ombre la démarche agile et souple. Je ne sais quoi de frais, de franc et d'honnête émanait d'elle, et Hervé commençait à douter de la sincérité des remarques faites par madame Desjoberts à propos de l'esprit positif et calculateur de Paulette. Entrait-il déjà tant de rouerie dans cette enfant de dix-huit ans? Le scepticisme dont il aimait à faire parade le poussait à admettre les insinuations de Tonia comme vraisemblables, et en même temps, au fond de son âme, quelque chose protestait. Il voulait en avoir le cœur net, et, rompant le silence :

— Mademoiselle Paulette, demanda-t-il, pourquoi me boudez-vous?

— Moi? protesta-t-elle avec un léger tressaillement, pourquoi vous bouderais-je?

— En effet, je me creuse la tête afin de savoir en quoi j'ai pu démériter; néanmoins, je constate de vous à moi un secret mouvement de rancune; et la preuve, c'est que tout à l'heure vous m'avez refusé votre bras!

— Je vous l'ai dit, je n'ai pas l'habitude... Je ne suis pas comme ma sœur Tonia, qui ne peut marcher que pendue au bras d'un de ses *flirts*. D'abord, moi, je n'en ai pas de *flirt*, et je sais m'en passer.

— Ah bah! et M. Le Dantec?

— Le vieux commandant!... Oh! non; il est en retraite, celui-là, et un peu trop marqué!

— Pourtant il aime à se promener avec vous, et se montre plein d'attentions.

Elle ne put réprimer un éclat de rire, qui tinta ainsi qu'un timbre d'argent.

— Ça oui, repartit-elle d'une voix plus libre, comme allégée, il est un père pour moi, mais un père n'est pas un *flirt*, et je vous réponds que, si nous allions ensemble au menhir, sa conversation ne me ferait pas oublier l'heure du dîner!

Rivoalen saisit l'allusion, et, bien que la fatuité ne fût pas son défaut, il devina, non sans une satisfaction d'amour-propre, que sa fugue avec Tonia avait dû causer la rancune de « la petite dernière ». Mais une nouvelle bouffée de scepticisme lui monta au cerveau et le remit en défiance : « Après tout, se dit-il, elle parle peut-être ainsi pour cacher son jeu? » Et il reprit :

— Vous êtes dure pour le commandant... Il est robuste, très vert et ne paraît pas son âge... Je vous assure qu'il serait encore un mari très sortable...

— Pour qui?... Pour une veuve dans les chiffres de maman, alors?...

— Mon Dieu, même pour une jeune fille qui serait raisonnable et préférerait la certitude d'une vie confortable et tranquille aux chances hasardeuses d'un mariage d'inclination.

Elle s'arrêta, et Rivoalen vit, malgré la nuit, ses grands yeux étonnés se fixer sur lui.

— Une jeune fille? répéta-t-elle, vous voulez rire !

— Du tout... J'en connais plusieurs qui n'hésiteraient pas.

— Tant pis pour elles !... Non, là, me voyez-vous, par exemple, en robe à traîne et en voiles blancs, descendant les degrés de l'autel au bras du vieux Le Dantec?...

— Ainsi, vous ne l'épouseriez pas?

— Jamais de la vie !... Je ne sais pas ce qui m'attend, mais j'aimerais mieux cent fois coiffer sainte Catherine que de me lancer dans une aventure aussi piteuse.

Elle parlait avec tant de conviction, et sa répugnance était si franchement exprimée que le dernier doute s'envola de l'esprit de Rivoalen.

— A la bonne heure, s'écria-t-il, vous êtes une brave fille !

Paulette s'arrêta de nouveau et le regarda droit dans les yeux.

— Alors c'était une épreuve? interrogea-t-elle rassérénée.

— Tout simplement.

— Ouf ! je respire... J'ai cru un moment que M. Le Dantec vous avait chargé de faire la demande... Mais, ajouta-t-elle en riant, comment avez-vous pu me juger capable d'une pareille insanité?

— L'idée ne vient pas de moi... C'est madame Desjoberts qui me l'a mise en tête... Elle prétendait que vous n'étiez nullement sentimentale, et que vous vous résigneriez volontiers à épouser un homme mûr, pourvu qu'il vous assurât une existence selon vos goûts...

— Ah ! c'est ma sœur Tonia? murmura Paulette entre ses dents, la bonne âme, et comme je la reconnais bien là !

Ils étaient arrivés à la plage où la mer, tout à fait pleine, ne laissait plus à découvert qu'une étroite bande de sable entre la vague et les galets. A cent pas devant eux, ils aperçurent les confuses silhouettes de Salbris et de Lucile, qui s'en allaient dans la direction de Morgat.

— Il y a des trous dans le sable, insinua Rivoalen, et, maintenant que nous avons fait la paix, peut-être seriez-vous prudente en prenant mon bras?

— Volontiers ! répondit-elle tout d'un élan.

En même temps, Rivoalen sentit la petite main de Paulette se poser avec confiance sur son bras.

Ils marchaient lentement au long du talus de galets. Peu à peu, une clarté laiteuse se répandait sur la mer. Au-dessus du fort de Rullianec, la lune, déjà un peu rongée, apparut brusquement, et inonda de sa blanche lumière l'étendue de la baie. A mesure que l'astre montait, un long et mouvant réseau d'or liquide coupait obliquement l'anse de Morgat et allait en tremblotant se briser sur les falaises opposées, où se découpaient la *Chaise* et la porte de Cador.

— Hein? Est-ce beau ! s'écria Paulette, en se serrant involontairement contre Rivoalen, comme pour mieux manifester son admiration ; allons jusqu'aux bains... voulez-vous ?... Quand je marche au-devant de la lune, il me semble que je vais à la fête ! Je me sens plus légère et meilleure...

Et ils avaient l'air, en effet, de courir à une mystérieuse fête, tant ils marchaient d'un pas allègre, harmonieux, également rythmé, comme si leurs corps n'en faisaient qu'un. Ils seraient ainsi longtemps restés en extase devant la mer moutonnante et pailletée d'or clair, si, tout au loin, un houp ! poussé par les voix de Lucile et de Jacques, ne leur avait rappelé qu'il était temps de rentrer à l'hôtel. Tandis qu'ils pressaient le pas pour rejoindre leurs compagnons de promenade, le peintre disait à Lucile :

— Ainsi, c'est entendu, vous me donnez carte blanche pour préparer avec Rivoalen notre fugue à la pointe du Raz?

— Oui, mais toujours à la condition que maman nous permettra de partir...

— Ne vous inquiétez pas; nous trouverons un moyen d'enlever le consentement maternel... Emmènerons-nous votre petite sœur?

— Paulette !... A quoi bon?... D'abord nous ne pouvons laisser maman absolument seule. Et puis, remarqua innocemment Lucile, il n'y a pas de cavalier pour elle, et nous l'aurions tout le temps sur notre dos...

Cette suggestive objection laissait entrevoir au peintre la douce perspective d'un tête-à-tête presque complet. Elle l'éclairait si agréablement sur les tendres dispositions de Lucile qu'il ne put s'empêcher de lui en témoigner sa reconnaissance, en serrant plus étroitement son bras contre le sien. La jeune fille, loin de s'en offusquer, s'appuya avec plus d'abandon.

— Je ne pèse pas trop sur vous? demanda-t-elle avec une câline voix d'ingénue... C'est qu'après notre course de l'après-midi, je commence à être un peu lasse.

— Au contraire, je suis heureux de vous sentir tout près... C'est ainsi que nous cheminerons, à la pointe du Raz... Rien qu'à la pensée de vous avoir ainsi toute à moi pendant une journée, je suis d'avance heureux comme un dieu... Oui, vous avez raison, mieux vaut rester en partie carrée, nous laisserons votre sœur Paulette en famille.

Paulette arrivait au même instant au bras de Rivoalen, sans se douter qu'on venait si lestement de s'arranger pour la tenir à l'écart.

Ses yeux étaient brillants et, sous la clarté lunaire, ses traits expressifs semblaient transfigurés par une joie mystérieuse.

— Était-ce beau, ce lever de lune sur la mer ! s'écria-t-elle en rejoignant sa sœur.

— Ravissant ! murmura distraitement Lucile en se pelotonnant contre Jacques Salbris; seulement la brise fraîchit; il est temps de rentrer... La répétition doit être terminée, et je suis sûre que tout le monde est déjà couché.

Ils marchèrent silencieusement sur la route où un léger souffle faisait clapoter avec un bruit d'averse menue les feuilles des peupliers. Quand ils atteignirent la terrasse, ils aperçurent les fenêtres du café encore illuminées. Des voix bruyantes, des éclats de rire et des tintements de verres qu'on trinque résonnaient à l'intérieur, tandis que, sur la chaussée, les chevaux attelés au break des comédiens secouaient impatiemment leurs grelots.

— Comment, ils ne sont pas partis ! s'écria Rivoalen.

— Tiens, tiens, est-ce qu'on ferait la fête là dedans ? ajouta Salbris en entraînant ses compagnons vers le café.

Au milieu de la salle, assis autour des tables rapprochées, les acteurs et les actrices se régalaient de viandes froides et les arrosaient avec du champagne, que madame Desjoberts, debout et souriante, versait à la ronde.

Rencogné dans l'ombre et fronçant les sourcils, Florentin contemplait les soupeurs avec des regards de suprême dédain.

— Bon appétit, messieurs ! dit railleusement Rivoalen.

Une bordée de rires et d'exclamations de surprise accueillit les survenants; on battit un ban en leur honneur.

— Florentin, du champagne et des verres ! reprit Rivoalen, tandis qu'on leur faisait place à un bout de table.

Florentin s'exécuta. On remplit de nouveau les coupes, et René, le directeur, avec un beau geste, levant son verre à hauteur de ses yeux, cria d'une voix de théâtre :

— Mesdames et messieurs, je bois à notre amphitryonne, l'adorable Reine Dahut !

— Moi, messieurs, reprit Tonia, légèrement émoustillée, je vous propose de trinquer au maître Jean René, à son talent génial, à sa renommée toujours croissante !

On applaudissait tumultueusement, et les verres tintaient. Profitant du brouhaha, Salbris s'empara de la coupe de Lucile, y trempa ses lèvres, puis, regardant la jeune fille avec une caresse dans les yeux, chuchota très tendrement :

— Et moi, je porte un toast à votre beauté qui grise plus fort que le champagne; dans ce verre que vos lèvres ont touché, il me semble que je bois un philtre d'amour !...

Les yeux baissés, la bouche sournoisement souriante, Lucile lui avait repris des mains la coupe encore à demi pleine; elle y posa ses lèvres et la vida d'un trait...

Pendant ce temps, dans sa chambre aux rideaux soigneusement tirés, sous la calme lumière de la lampe, madame Pontal écrivait :

« La jeune Anglaise possède le sens de sa dignité et de sa responsabilité; l'éducation respecte et favorise sa liberté. Chez nous, la jeune fille est tenue en bride, surveillée, épiée; déjà presque une coupable en expectative. — Là-bas, on la laisse à elle-même, on s'en remet à sa parole, à son honneur; elle est son propre mentor et son propre juge; ici, on ne lui inculque que la notion de l'obéissance passive et le sentiment de sa faiblesse originelle... Et maintenant, mères de famille, entre le système du *self-control* qui fortifie, et la discipline française qui met la femme en servage... maintenant, la main sur la conscience, choisissez !... »

IV

La représentation de *la Reine Dahut* avait lieu à l'hôtel, dans le grand *hall* du café, transformé pour la circonstance en salle de spectacle. La scène avait été habilement disposée au fond de la pièce, sur les conseils de Rivoalen, qui remplissait les fonctions de régisseur, tandis que Salbris s'était chargé de brosser les décors. Les baigneurs de l'hôtel, les habitants des villas environnantes, des bourgeois de Crozon, des journalistes venus de Brest s'entassaient, dès huit heures et demie dans l'espace réservé au public. Même, comme il faisait très beau temps, un certain nombre de spectateurs avaient reflué sur la terrasse avec laquelle le café communiquait par trois portes-fenêtres large ouvertes. Au premier rang, madame Pontal trônait entre son mari et Paulette, près de qui le commandant Le Dantec se tenait attentif. Lucile, peu soucieuse de rester sous l'aile maternelle, avait manœuvré, au contraire, de façon à se caser auprès de Jacques Salbris. Nichés tous deux dans un coin, non loin d'une des portes de la terrasse, ils devisaient doucement à mi-voix, sans s'inquiéter des commentaires peu charitables que cette étroite intimité suggérait aux commensaux de la table d'hôte. Sur le théâtre, pendant que les acteurs se costumaient, Hervé Rivoalen examinait par le trou du rideau la composition de la salle. Après avoir suivi d'un coup d'œil ironique le manège pratiqué par le peintre et Lucile, pour s'isoler des fâcheux et se ménager un tête-à-tête paisible dans la sombre encoignure, où ils étaient serrés l'un contre l'autre comme deux oiseaux dans un nid, les regards de l'observateur revenaient vers Paulette, qui semblait s'amuser médiocrement dans le voisinage de sa mère. Vêtue d'une jupe grise et d'un vieux corsage de soie bleue, elle était charmante en dépit de cette toilette déjà défraîchie. Tandis qu'elle répondait aux propos du commandant, en agitant sa fine tête moutonnante, ses yeux verts semblaient penser à tout autre chose, et la moue espiègle de ses lèvres retroussées laissait supposer qu'elle s'intéressait peu à la conversation.

— Hum ! ruminait en son par-dedans Rivoalen, ce marsouin de Le Dantec a réussi à accaparer « la petite dernière »; il ne la quitte pas d'une semelle et, comme le roi David, il réchauffe ses vieux ans auprès de cette nouvelle Sunamite. A la vérité, elle n'a pas l'air d'y prendre plaisir. Elle m'a déclaré l'autre soir qu'il était un père pour elle et rien de plus. Parlait-elle en toute sincérité? Ces ingénues-là nous en font bien accroire ! Dans toute jeune fille, il y a un sphinx dont on ne perce le mystère que lorsqu'il est trop tard, c'est-à-dire après le mariage... Et cependant, si jamais physionomie fut empreinte de franchise, c'est celle de Paulette... Ses yeux clairs comme une eau de source laissent voir le fond de sa petite âme loyale ; ses lèvres pures semblent incapables de mentir... Il est impossible que tout cela ne soit qu'un mirage et une tromperie...

Oui, mais la femme est un être fragile, une plante délicate qui subit facilement l'influence des milieux. Négligée par madame Pontal,

vivant dans le voisinage immédiat de deux sœurs mal équilibrées et trop précoces, Paulette a peut-être déjà été gâtée par le contact?... Eh bien ! après?... En quoi cela peut-il toucher un célibataire endurci tel que moi?... Et pourtant, ça me touche... La preuve, c'est que ma pensée, après avoir vagabondé ailleurs, revient fidèlement à Paulette, comme l'hirondelle au nid; c'est que je ressens du dépit en constatant les assiduités du vieux Le Dantec... Suis-je donc amoureux d'elle? Pas précisément, mais je n'aurais pas grand chemin à faire pour le devenir... Et où ça me mènerait-il? A fleureter avec elle et à la compromettre?... Dieu m'en garde !... A l'épouser alors?... Dame, je pourrais commettre une pire sottise !...

Il en était là de son soliloque, lorsque Jean René lui mit la main sur l'épaule :

— Cher monsieur, tout le monde est prêt... Je crois qu'on peut frapper les trois coups...

Rivoalen frappa et, avec lenteur, le rideau se leva sur l'intérieur du palais du roi Grâlon : une salle voûtée, aux lourds piliers, avec, dans le fond, une large baie cintrée laissant voir en perspective les rues de la ville d'Is et la baie de Douarnenez. — Le vieux drame breton, traduit en vers libres par un poète de la nouvelle école, était peu compliqué comme intrigue et ne comportait que peu de personnages : le roi Grâlon, sa fille Dahut, l'apôtre saint Gwennolé et un jeune chef saxon dont Dahut était follement éprise. Ces quatre héros discouraient abondamment, et leurs longues harangues ralentissaient fort la marche de l'action; néanmoins, il y avait dans ce drame élémentaire une si naïve couleur locale, une si ardente conviction, et, par-ci par-là, de tels éclats de passion, qu'une bonne moitié du public en suivait le développement avec un réel intérêt.

Au lever du rideau, le roi Grâlon, accoudé à la grande baie, non loin de sa fille, contemplait sa royale ville, défendue contre l'Océan par de puissantes digues. Il se glorifiait de la prospérité de son royaume et de la victoire récemment remportée sur les Anglo-Saxons, ses ennemis héréditaires. Un seul point noir troublait son allégresse, les plaintes formulées par son peuple contre sa fille Dahut.

Tonia Desjoberts, bien qu'elle manquât d'expérience et de métier, jouait le rôle de Dahut avec une grâce perverse qui séduisait surtout la partie masculine de l'auditoire. D'ailleurs les souples lignes de son corps, les caresses de son sourire et l'éclat de ses yeux suppléaient à l'insuffisance de la diction et lui valaient un bruyant succès de beauté. Dès que le rideau tombait, on la rappelait avec de chaleureux applaudissements. Les battements de mains et les exclamations laudatives réveillaient en sursaut M. Pontal, qui s'était profondément endormi au ronron des tirades de saint Gwennolé. Debout et s'éventant, madame Pontal recevait avec un olympien sourire les félicitations plus ou moins sincères de ses commensaux :

— Oui, répondait-elle, avec condescendance, je vous accorde qu'Antonia a parfaitement joué... Elle est naturellement douée et pourrait se consacrer avec succès au théâtre, si elle le voulait... Je doute qu'elle y consente, car l'art du comédien est en somme un art inférieur, où la femme est obligée de s'asservir aux pauvres inventions des auteurs... Par exemple, cette pièce est absolument inepte, et ce personnage de Dahut a je ne sais quoi de ravalant pour l'actrice qui l'interprète. Dahut est un monstre invraisemblable; Gwennolé et Grâlon sont des types hors de l'humanité. Il faudrait pourtant en finir avec le drame légendaire !... Cela choque nos idées modernes et nous sommes las de ces contes à dormir debout... La preuve, c'est que M. Pontal a fait un somme pendant le second acte et qu'il est à peine réveillé... Pour mon compte, je n'en entendrai pas davantage, car je n'ai pas de temps à perdre... Bonsoir, commandant ! je vous confie Paulette... Allons, Evariste, remontons chez nous...

M. Pontal ne se le fit pas répéter; il tombait de sommeil. Tous deux s'esquivèrent pendant que les trois coups annonçaient le dernier acte, et disparurent sans que madame Pontal songeât même à s'assurer où Lucile se trouvait assise.

Celle-ci, toujours nichée dans son encoignure, en compagnie de Jacques Salbris, était trop occupée d'elle-même pour s'apercevoir du départ de sa famille. La conversation du peintre l'intéressait plus que le drame. Elle s'associa néanmoins aux bravos qui saluaient la fin du second acte et battit des mains lorsqu'on rappela sa sœur Tonia.

— Ça vous amuse? demanda Jacques.

— Moi?... Je trouve ce drame rasant !... D'ailleurs, je le sais par cœur, j'en ai eu les oreilles rebattues pendant que Tonia le répétait devant son armoire à glace... Le roi Grâlon m'indiffère et saint Gwennolé m'assomme. Il n'y a qu'un personnage réellement amusant, c'est Dahut, et je conviens que ma sœur a su entrer à merveille dans la peau de cette aimable princesse... C'est drôle, tout de même, l'illusion du théâtre !..! Tonia est une fille très froide, très maîtresse d'elle-même, et avec cela elle représente cette dévergondée de Dahut presque au naturel, tandis que moi, j'aurais été piteuse dans un pareil rôle !... Et pourtant, ajouta-t-elle avec une flamme furtive dans l'entre-croisement des cils, je suis, moi, comme Dahut, une passionnée et une curieuse des choses défendues.

— Vous?... Allons donc ! se récria Salbris, en reposant avec complaisance ses yeux sur le virginal visage et les paupières candidement baissées de son interlocutrice.

— Moi-même, parfaitement... Il s'éveille parfois dans mon cerveau d'étranges curiosités, et il me semble que, si j'avais été au temps de Dahut, et reine par-dessus le marché, je serais peut-être devenue aussi vilaine qu'elle...

En même temps ses lèvres ébauchaient un mystérieux sourire, et elle regardait en dessous Jacques Salbris, qui ne la quittait pas des yeux et se sentait singulièrement ému par la surprenante candeur de cet aveu.

— A propos, continua-t-elle, et l'excursion à la pointe du Raz tient-elle toujours?

— Plus que jamais... J'ai même trouvé un moyen ingénieux pour que madame Pontal ne nous gêne pas.

— Ah?... Voyons !

— J'ai rencontré tout à l'heure des journalistes invités par Jean René et j'ai obtenu d'eux qu'ils engageraient madame Pontal à donner une conférence à Brest, la veille du jour fixé pour notre partie du Raz, c'est-à-dire le vendredi soir 28 août. Votre mère sera encore à Brest lorsque nous lèverons l'ancre, le samedi matin, et nous aurons carte blanche... si toutefois elle accepte l'invitation.

— Elle l'acceptera, c'est sûr ! répliqua Lucile enchantée; votre truc est très bien machiné, monsieur Salbris, et, s'il n'y avait pas tant de monde, je vous embrasserais volontiers pour la peine.

— J'en prends note, dit gaiement le peintre, c'est un baiser que vous me devez et que je vous réclamerai... quand il y aura moins de foule...

Cependant le dernier acte commençait. La scène représentait une lande déserte où l'on entendait le grondement de la mer montante, et l'on voyait fuir le vieux roi entraînant sa fille Dahut.

Mais il avait beau hâter le pas, la vague le poursuivait, lui et les siens, et Dahut, accrochée à son bras, ralentissait sa fuite. L'inévitable saint Gwennolé apparaissait de nouveau, et dans une longue harangue démontrait à Grâlon la nécessité d'abandonner la coupable reine à la vindicte céleste : « Roi Grâlon, lui criait-il, si tu ne veux périr, débarrasse-toi du démon que tu soutiens dans tes bras !... » A ces mots, Dahut terrifiée s'arrachait à l'étreinte du vieillard, criait un lamentable adieu aux voluptés de la vie, puis, désespérée, mais non repentante, courait se jeter d'elle-même dans la mer...

Bravos, rappels, acclamations. Le rideau se relevait sur tous les acteurs de la pièce groupés autour de la blanche reine Dahut, et on leur faisait une ovation tapageuse. Tandis que les amis et les admirateurs escaladaient la scène et félicitaient bruyamment les interprètes, le commandant Le Dantec s'était levé et parcourait d'un œil un peu ahuri cette salle tumultueuse, où d'honnêtes bourgeois se bousculaient pour voir de plus près les comédiens encore affublés de leurs costumes. Il apercevait, au fond du café, Lucile, tellement absorbée par sa conversation avec Jacques Salbris, qu'elle ne songeait même pas à quitter l'encoignure où elle s'était installée. Il regardait Tonia Desjoberts, grisée par son succès, se jeter au cou de Jean René et l'embrasser avec ostentation. Ni l'une ni l'autre des deux sœurs ne semblaient s'inquiéter de ce que devenait « la petite dernière » au milieu de ce brouhaha. Le commandant haussait les épaules; le spectacle de ce cabotinage le dégoûtait. Il se sentait pris d'une tendre pitié pour Paulette, en constatant l'abandon où on la laissait et les dangers auxquels l'exposait l'égoïste imprévoyance de madame Pontal. Cette enfant de dix-neuf ans, livrée à elle-même, dans ce monde mêlé et peu scrupuleux d'artistes et de touristes sans cesse renouvelés, lui tenait plus chèrement au cœur depuis qu'il la voyait plus négligée par sa famille. « Ce serait, pensait-il, presque une charité de la tirer de ce milieu où, malgré ses excellentes qualités, elle risque de se gâter et de se perdre. » La possibilité de jouer ce rôle de mentor et de sauveur plaisait à son esprit généreux. Il se retourna affectueusement vers Paulette, qui avait à son tour quitté la chaise, et dont les yeux

éveillés paraissaient chercher quelqu'un dans la foule.

— Acceptez mon bras, lui dit-il, et tâchons de nous tirer de cette bousculade... Est-ce que vous attendiez l'une de vos sœurs?

— Oh Dieu ! non, répliqua Paulette, je cherchais seulement M. Rivoalen qui est resté invisible pendant toute la soirée... Je suis étonnée de ne pas l'avoir aperçu... Ah ! le voici ! reprit-elle d'une voix plus gaie en désignant du bout de son éventail le groupe des comédiens; il parle à Jean René...

Rivoalen, lui aussi, l'avait aperçue, mais, en constatant qu'elle s'appuyait familièrement au bras de Le Dantec, il s'était retourné du côté du directeur de la troupe et affectait de causer plus intimement avec lui.

— M. Rivoalen semble fort occupé, remarqua le commandant sans songer à mal, et nous ferons bien d'aller sur la terrasse humer un peu d'air frais.

En même temps, il manœuvrait pour gagner l'une des portes-fenêtres; mais la jeune fille le suivait avec un médiocre enthousiasme et murmurait en esquissant sa moue habituelle :

— C'est que... ils sont en train, je crois, d'organiser un souper...

— En vérité?...

— Et, si je m'absente, on en profitera pour ne pas m'inviter...

— Le beau malheur !... Ça vous amuse de souper avec ces cabotins?

— Pas précisément... Je les trouve poseurs et mal élevés... Mais ça me vexe d'être toujours lâchée par Tonia et Lucile.

— Vos sœurs sentent elles-mêmes que vous seriez fort gênée en pareille compagnie !... Et elles ont raison !

Il avait réussi à la conduire hors du café, et il ajouta :

— Croyez-moi, les plaisirs de ce genre ne conviennent nullement à une jeune fille de votre âge et de votre éducation... D'ailleurs, madame Pontal vous a confiée à moi et j'ai le devoir de vous remettre entre ses mains...

— Oh ! maman !... murmura Paulette en hochant ironiquement le menton, elle a d'autres chats à peigner...

— Je suis persuadé, néanmoins que, si je vous laissais aller à ce souper, elle m'en saurait mauvais gré, ainsi que M. Pontal.

— Pauvre papa !... Lui, pour sûr, il serait choqué.

— Et, comme vous l'aimez, vous seriez désolée de lui faire de la peine... C'est pourquoi vous remonterez gentiment chez vous.

— Eh bien, soit !... soupira Paulette, je vous obéis... là, êtes-vous content?

Ils avaient pénétré dans le vestibule de l'hôtel; la jeune fille s'arrêta un moment au milieu de l'escalier et reprit d'un air espiègle :

— Seulement, commandant, vous me devez une compensation.

— Laquelle? s'écria Le Dantec enchanté, parlez... je ferai tout ce qui dépendra de moi pour vous être agréable !

— Voici... Lucile et Tonia ne veulent pas m'emmener avec elles au pardon de Sainte-Anne; papa et maman ne bougeront pas et je risque fort d'être obligée de leur tenir compagnie... Et pourtant, un pardon, avouez-le, est un de ces plaisirs qui conviennent à mon âge et à ma situation !... Usez de votre autorité pour qu'on m'y laisse aller...

— N'est-ce que cela?... Parbleu, je vous y conduirai moi-même !...

— Vous me le promettez?

— C'est juré...

— Merci, commandant, dit-elle en lui tendant gaiement la main... Me voici chez nous; bonsoir !...

Deux jours après, l'entrefilet suivant paraissait dans la Dépêche de Brest et était reproduit par tous les journaux de la Bretagne :

« Hier, au grand hôtel de Morgat, devant un brillant et nombreux auditoire, le vaillant directeur du Théâtre-Moderne, M. Jean René, a donné une représentation de notre vieux drame national : La Reine Dahut. Grand succès pour la pièce et pour les interprètes, parmi lesquels on a remarqué surtout l'actrice qui remplissait le rôle de Dahut. D'après ce qu'on chuchotait dans la salle, cette remarquable comédienne ne serait pas une professionnelle, mais une femme du monde qu'une impérieuse vocation pousse vers le théâtre. Et, ma foi, puisque nous avons commencé à être indiscrets, soulevons un coin du voile qui cache cette nouvelle et mystérieuse étoile. L'interprète de La Reine Dahut serait, nous a-t-on affirmé, la fille de madame Laure Pontal, l'authoress féministe bien connue, et elle appartiendrait au monde universitaire par son mari, professeur de seconde dans un lycée de province. Madame Tonia D..., qui joint à une impeccable beauté blonde un talent tout à fait hors de pair, a joué le rôle scabreux de Dahut avec un accent de sincérité, une grâce exquisement perverse, qui lui ont valu de frénétiques applaudissements et de fréquents rappels. C'est un début qui promet. Après la représentation, un souper très réussi et très joyeux a réuni tous les acteurs et leurs amis, et on a vidé force bouteilles de champagne au succès de la belle et passionnante reine Dahut. »

V

A Morgat, le courrier n'arrive qu'une fois par jour, un peu avant le dîner, et il est attendu avec une légitime impatience par les pensionnaires de l'hôtel, pour lesquels la distribution des lettres constitue, après le bain, l'une des notables distractions de la journée. Le jeudi qui suivit la représentation de La Reine Dahut, la famille Pontal, au grand complet, était groupée, entre six et sept heures du soir, autour d'une des tables de la terrasse, lorsque Salbris et Rivoalen, qui fumaient accoudés au parapet, signalèrent l'apparition du piéton chargé du service postal entre Crozon et Morgat. L'homme à la blouse bleue et au képi liséré de rouge débouchait en effet du tournant de la route bordée de saules, et se dirigeait vers le bureau de l'hôtel, où le gérant procédait au tri des journaux et des dépêches.

— Evariste, enjoignit madame Pontal à son mari, allez, s'il vous plaît, chercher mon courrier...

Le professeur se précipita dans le vestibule et reparut peu après avec un paquet d'imprimés et de lettres dont sa femme s'empara délibérément. Parmi cette volumineuse correspondance figurait une large enveloppe carrée, portant à l'un des coins cette indication imprimée : « Société des Conférences de Brest. » Madame Pontal déchira vivement l'enveloppe et en tira un pli qu'elle lut avec une visible satisfaction. Elle déposa ensuite la lettre ouverte sur la table et s'écria en haussant la voix, de façon à être entendue de tous les baigneurs installés sur la terrasse :

— Eh bien ! avais-je raison de déclarer que lorsque la vérité est en marche, elle ne s'arrête plus?... La province se décide à venir à nous, et nos doctrines ont pénétré jusqu'au cœur de la Bretagne... Voici une dépêche par laquelle le Comité brestois des conférences populaires m'invite à donner une lecture sur l'éducation des filles...

— Tous mes compliments, madame ! dit hypocritement Salbris, en jetant un regard en dessous dans la direction de Lucile; quand doit avoir lieu votre lecture?

— Vendredi soir; je n'ai pas de temps à perdre et je prendrai demain le premier bateau du Fret.

— Vendredi, quel dommage !... Nous nous serions fait une fête, Rivoalen et moi, d'aller vous applaudir... Malheureusement, nous devons être samedi à la pointe du Raz, et il est trop tard pour décommander la partie... Ces dames vous accompagneront-elles?

— Oh Dieu ! non; dans ces moments-là, j'ai besoin d'avoir toute ma tête à moi et elles me gêneraient plutôt... Elles resteront avec leur père.

— En ce cas, poursuivit le peintre, voulez-vous permettre à madame Desjoberts et à mademoiselle Lucile de se joindre à nous pour visiter Douarnenez et la pointe du Raz?... L'excursion est très intéressante et ce sera pour elles une distraction.

— Maman, ajouta Lucile de sa voix la plus câline, puisque ces messieurs veulent bien nous emmener, tu consens, n'est-ce pas?

— Madame Desjoberts est libre de ses actions, répliqua madame Pontal; quant à Lucile, cela ne me semble pas très correct... Mais, en vérité, comment voulez-vous que je m'occupe de parties de plaisir quand j'ai à penser à tant de choses plus sérieuses... mes notes à mettre en ordre, ma conférence à préparer !... Adressez-vous à M. Pontal; il est bon juge en matière de convenances et il pèsera le pour et le contre... Quant à moi, je m'en lave les mains...

La cloche du dîner interrompit la conversation. Madame Pontal, très affairée, mangea à peine, quitta la table avant le dessert et se retira dans sa chambre. Le lendemain matin, Rivoalen, qui flânait à sa fenêtre, la vit surgir au seuil de l'hôtel, portant d'une main sa valise et tenant de l'autre une serviette bourrée de paperasses. Elle monta vivement dans le break qui n'attendait plus qu'elle et qui roula immédiatement sur la route de Crozon. La journée du vendredi se traîna péniblement sans incident notable, sans qu'on reparlât du voyage à la pointe du Raz. Les trois sœurs prirent comme d'habitude leur bain, tandis que leur père immergeait ses chevilles dans la mer, en lisant les *Oraisons funèbres*. Il semblait que chacun se fût donné le mot pour ne point troubler sa quiétude d'esprit. Mais, le samedi matin, vers sept heures, la porte de la chambre occu-

pée par les époux Pontal fut brusquement ouverte, et le professeur, mal éveillé, aperçut devant son lit Tonia et Lucile en tenue d'excursionnistes.

— Hein? bégaya-t-il en se frottant les yeux, vous êtes bien matineuses ! Est-ce que vous avez changé l'heure de votre bain?

— Non, papa, répondit madame Desjoberts, nous venons simplement t'embrasser avant de partir.

— Partir !... Et où allez-vous donc?

— Mais, dit à son tour Lucile, à Douarnenez, comme c'était convenu.

— Rien n'a été convenu, puisque votre mère n'a voulu prendre aucune résolution avant son départ.

— Naturellement, elle t'a laissé juge de la situation, repartit câlinement Tonia, et, comme tu es un papa bien gentil, bien mignon, tu vas nous donner campos jusqu'à ce soir... D'ailleurs Paulette reste ici et te tiendra compagnie...

— Mais, bégaya le professeur ahuri, je ne sais si je dois... s'il est bienséant...

— Du moment où je chaperonne Lucile, insista madame Desjoberts, on serait mal venu à nous critiquer... Je réponds d'elle... Maintenant sauvons-nous, le vapeur a déjà sifflé une fois.

Elles embrassèrent à tour de rôle M. Pontal et étouffèrent ses dernières objections sous leurs cajoleries.

— Au moins, recommanda-t-il, ayez soin de revenir par le bateau de ce soir !

— Oui, oui, s'écrièrent-elles, et la porte se referma.

Cinq minutes après, elles rejoignaient Salbris et Rivoalen sur la plage, et une barque les emmenait vers le bateau, qui se balançait non loin du môle.

Un dernier bramement de sirène, puis on leva l'ancre; les roues commencèrent à battre l'eau blanche d'écume, et doucement le vapeur prit le large. A travers un reste de brume, le ciel d'août bleuissait de plus en plus. A cette heure matinale, la baie était toute laiteuse et d'une adorable fraîcheur. A l'Est, la montagne en dos de chameau du Méné-Hom revêtait de claires teintes violettes; les côtes, lavées par une petite pluie tombée pendant la nuit, accusaient déjà les reliefs veloutés de leurs pointes. Il y avait peu de passagers à bord, et les deux couples pouvaient jouir à l'aise du charme de la traversée.

Encore toute ébaubie de la facilité avec

laquelle s'était opérée cette première tentative d'école buissonnière, Lucile ruminait silencieusement le bonheur d'être libre et de courir les champs en compagnie du peintre, dont la notoriété et la juvénile beauté éveillaient en elle une curiosité affriolante. Cette fugue vers des pays inconnus ressemblait à un enlèvement, et, en rêvant aux suites possibles de son audacieuse escapade, Lucile éprouvait un émoi délicieux. Elle coula sournoisement un regard vers Jacques, qui suivait d'un œil amusé les culbutes des marsouins dans le sillage du bateau, et qui, devinant cette œillade furtivement caressante, releva la tête.

— Eh bien ! interrogea-t-il, êtes-vous satisfaite d'avoir réalisé votre désir ?

— Je suis contente ! murmura-t-elle, nous avons une longue, longue journée devant nous, et je jubile en songeant à toutes les choses nouvelles que vous devez nous montrer... Aller au hasard sans savoir où, se laisser guider aveuglément sans avoir ni le souci ni la responsabilité du voyage, c'est pour moi le comble de la béatitude... Et puis le retour en pleine baie, dans la nuit, ce sera exquis !

— Ne parlez pas déjà du retour, soupira Jacques en posant sa main sur le bras de la jeune fille, c'est trop attristant... Je voudrais, moi, que cette journée ne finît point.

— Oh ! elle recommencera le lendemain, puisque nous repartirons dès l'aube pour Sainte-Anne.

— N'importe !... Abandonnons-nous au hasard et jouissons du présent... Je savoure tellement mon bonheur en égoïste que je souhaiterais volontiers un incident qui nous empêchât de prendre le dernier bateau...

— Ne dites pas ça ! s'écria Lucile avec un énigmatique sourire ; ce serait, pour le coup, carrément incorrect... Voyez-vous la tête de nos commensaux de l'hôtel, en apprenant que nous avons passé la nuit dehors !

En même temps, son sourire de sphinx continuait à effleurer ses jolies lèvres à l'expression si candide, de sorte que Salbris se demandait si réellement la perspective de manquer le bateau du soir l'effrayait autant qu'elle le prétendait.

A l'avant du vapeur, Tonia Desjoberts et Rivoalen, penchés sur le bastingage, devisaient en tête à tête mais d'une façon moins sentimentale. A la vérité, Tonia essayait de fleureter avec son compagnon. Elle lui prodiguait ses mines les plus provocantes, les plus enjôleuses, mais Rivoalen était trop perspicace et trop expérimenté pour s'émouvoir de ce manège d'œillades enveloppantes et de suaves sourires. Il sentait que le cœur ni le tempérament de la dame n'y étaient pour rien, et qu'un autre que lui, le cas échéant, eût été honoré des mêmes attentions et des mêmes cajoleries. Madame Desjoberts coquetait à froid, simplement pour son propre plaisir et pour n'en pas perdre l'habitude. Rivoalen lui répondait par des galanteries poliment ironiques et conservait toute sa présence d'esprit.

— Vous êtes réellement douée pour le théâtre, lui disait-il d'un ton légèrement gouailleur ; vous nous avez montré l'autre soir que vous jouiez merveilleusement les amoureuses ; mais il y a un emploi où vous excelleriez à coup sûr, c'est celui des grandes coquettes.

— Pourquoi supposez-vous ça ?

— Parce que vous êtes très maîtresse de vous, et c'est là le point capital... Voyez Célimène, elle inspire de violentes amours, mais elle ne les ressent pas... Vous n'avez jamais dû aimer passionnément.

— C'est que je n'ai sans doute jamais rencontré d'amoureux passionné, répliqua Tonia en jouant de la prunelle... Vous savez, l'amour seul attire l'amour, ajoutait-elle avec un invitant sourire qui avait l'air d'insinuer : « Essayez de vous mettre sur les rangs, et vous verrez ! » Mais, malgré la triomphante et séduisante beauté de son interlocutrice, Rivoalen ne semblait pas disposé à tenter l'expérience. Il préféra changer la conversation et reprit :

— Pourquoi n'avez-vous pas emmené votre sœur Paulette ?

— Paulette ? répondit Tonia toujours souriante, mais avec un accent un peu acerbe, elle dormait encore quand nous sommes parties.

— Il fallait l'éveiller... C'est cruel de l'avoir privée de ce plaisir et de la condamner à rester en tête à tête avec M. Pontal.

— Bah ! elle l'adore... Et puis, quand elle sera fatiguée de l'éloquence paternelle, elle aura la ressource de causer avec le commandant Le Dantec... Ma petite sœur a une préférence marquée pour la compagnie des vieillards.

— En êtes-vous bien sûre ? repartit Rivoalen en fronçant les sourcils : mademoiselle Paulette prétend que c'est un bruit qu'on fait courir.

— Elle cache son jeu... Vous n'imaginez

pas ce qu'elle est circonspecte et calculatrice, en dépit de ses mines étourdies ! Elle a l'air de parler à tort et à travers, mais ne vous y fiez pas, elle ne dit que ce qu'elle veut... Paulette, c'est la forte tête de la famille !

Satisfaite d'avoir jeté cette graine de méfiance dans l'esprit de Rivoalen, Tonia Desjoberts laissa courir sur ses lèvres un sourire d'une indulgente douceur.

— Il faut l'excuser, continua-t-elle; de nous trois, c'est Paulette qui a le plus vécu dans l'étroite intimité de la famille et qui en a le mieux connu les ennuis et les mesquineries... Moi, je me suis mariée de bonne heure; quant à Lucile, avec sa belle couche d'insouciance, elle s'accommode de tout. Ce n'est pas le cas de « la petite dernière », elle aime le bien-être, elle est ambitieuse, et il lui tarde d'échanger la vie besogneuse d'une fille de professeur contre de plus confortables destinées...

— Et vous croyez charitablement que, pour en arriver là, elle se résignerait à épouser un homme de l'âge du commandant Le Dantec, par exemple?

— Je ne dis pas cela... Il est certain qu'elle en préférerait un jeune, offrant les mêmes avantages de fortune... Je crois seulement qu'elle veut avant tout faire un beau mariage...

— Et au besoin vous le lui conseilleriez ! murmura Rivoalen en haussant ironiquement les épaules.

— Oh ! moi, riposta Tonia avec sérénité, je ne me mêle pas de donner des conseils... Je ne suis pas payée pour pousser les gens au mariage !...

Cependant le bateau était déjà aux trois quarts du trajet. On apercevait à droite, dans des alternatives d'ombre et de lumière, la pointe de Leidé, la lande Saint-Jean, les villas de Tréboul. Au fond, le rocher triangulaire de l'île Tristan émergeait de l'eau bleue; le port de Douarnenez étalait en plein soleil ses quais bordés de maisons blanches, et, au-dessus des futaies de Plô-mar, l'église de Ploaré élançait sa svelte aiguille de pierre. Un quart d'heure après, le vapeur doublait le môle et débarquait ses passagers sur la jetée aux pavés humides, semés d'écailles de sardines. Les quatre excursionnistes avaient à occuper deux grandes heures, avant le départ du petit chemin de fer d'Audierne. Ils les employèrent à visiter le port et la ville, et stationnèrent un moment à la terrasse de l'Hôtel du Commerce pour s'y rafraîchir.

La grande rue offrait déjà le spectacle d'une animation exceptionnelle. Des véhicules de toute forme et de tout âge y amenaient de nombreux pèlerins venus pour assister au pardon du lendemain. Les trains de Quimper et d'Audierne avaient jeté dans la ville des bandes de paysans et de paysannes, dont les vestes ou les coiffures indiquaient le bourg d'origine.

— Ces messieurs et ces dames vont à Sainte-Anne? demanda l'hôtelière à Rivoalen, dois-je leur garder des chambres pour ce soir?

— Non, répliqua ce dernier, nous allons à la pointe du Raz; nous rentrerons à Morgat par le dernier bateau et ne repartirons pour Sainte-Anne que demain matin.

L'hôtesse levait les yeux au ciel et les regardait d'un air apitoyé.

— Mais il y a huit lieues de Morgat à Sainte-Anne, tandis que, si vous restez ici à coucher, vous trouverez demain des bateaux qui vous mèneront au Pardon en une heure... Ce sera bien plus simple et moins fatigant.

— Au fait, s'écria Salbris, la bonne dame a raison... Ce serait insensé de retourner à Morgat pour en repartir le lendemain, avec la perspective de quatre mortelles heures de voiture. En couchant ici, au contraire, nous serions tout portés... Qu'en pensez-vous, mesdames?...

— Oh ! murmura Lucile en baissant les yeux et en passant le fin bout de sa langue sur ses lèvres, comme une chatte affriolée par une jatte de lait, c'est bien tentant, mais c'est bien scabreux aussi !... Je ferai ce que fera Tonia.

— Moi, déclara Tonia, je décline les responsabilités... Je laisse tout sur le dos de ces messieurs... Il est vrai que c'est fou de prendre un chemin quatre fois plus long pour gagner demain Sainte-Anne-la-Palud, mais, si nous restons ici, que d'histoires !... Tout Morgat nous jettera la pierre.

— Nous n'avons pas à nous inquiéter de l'opinion des bourgeois de Morgat, observa Rivoalen; quant à monsieur et à madame Pontal, nous pouvons les prévenir au moyen d'un télégramme.

— Parfait ! s'exclama Salbris en jetant un regard très tendre à Lucile, la voilà, l'aventure rêvée !... Rivoalen va immédiatement retenir nos chambres; quant à moi, je cours au télégraphe pour rassurer votre famille, et je vous rejoindrai à la gare...

Dix minutes plus tard, il expédiait à

Morgat une dépêche, rédigée dans le style plaisant dont il était coutumier :

« M. Pontal, Grand-Hôtel Morgat, par Crozon. Décidés à rater bateau ce soir. Partons pour Audierne. Irons directement à Sainte-Anne, où nous arriverons pieusement, bourdon en main, à midi.

« SALBRIS. »

Il atteignit la gare juste au moment où le train donnait le signal du départ :

— Ça y est ! annonça-t-il joyeusement à ses compagnons, mon télégramme, en ce moment, court vers Morgat, et maintenant nous voilà libres comme l'air !...

A cette même heure, madame Pontal courait aussi, ou plutôt voguait vers le Grand-Hôtel de Morgat. Ayant quitté Brest à dix heures, elle était languissamment assise sur un pliant, à bord du petit vapeur qui fait le service du Fret. Le front nuageux, « l'œil morne et la tête baissée », comme les chevaux d'Hippolyte, elle repensait avec dépit au tour qu'on lui avait joué en l'appelant à Brest ; elle revoyait la salle aux trois quarts vide, elle entendait encore les sifflets qui avaient accueilli son discours sur les droits de la femme. La conférence avait été un four noir.

Aussi, quand, à midi, le break la déposa devant l'hôtel, son humeur et ses nerfs étaient-ils grièvement exaspérés. Elle gravit l'escalier de la terrasse, aperçut M. Pontal et Paulette occupés à lire un télégramme et s'écria rageusement :

— Où sont Tonia et Lucile ?

— Mais, ma bonne amie, à la pointe du Raz, avec messieurs Rivoalen et Salbris, répondit le professeur déjà décontenancé par la mine revêche et le verbe irrité de sa femme. D'ailleurs, ajouta-t-il timidement, elles ont eu une excellente traversée et viennent de nous envoyer une dépêche...

Madame Pontal lui arracha des mains le papier bleu, le déchiffra rapidement, poussa une exclamation indignée et s'écria très haut, sans se soucier d'être entendue par ses commensaux :

— C'est indécent !... Ce peintre vous annonce qu'elles ne rentreront pas ce soir ?... Et vous avez autorisé une pareille inconvenance :

— Moi, ma chère amie, pas le moins du monde !

— Vous ne faites que des sottises !.. Ce Salbris ne doute de rien !... Mais je vais lui répondre du tac au tac !... Seulement, où adresser mon télégramme pour qu'il arrive à temps ?

Les témoins nombreux de cette scène riaient sous cape. L'un d'eux, le sous-préfet, intervint, et dit d'un air bon apôtre :

— Sûrement, ils s'arrêteront à Audierne pour louer une voiture... Si vous m'en croyez, madame, vous télégraphierez à l'Hôtel des Voyageurs...

— C'est vrai ; merci, monsieur !... J'aurais dû y songer ; mais ces filles-là me bouleversent la cervelle !...

Elle entra en coup de vent dans le bureau de l'hôtel, et, au bout de quelques minutes, un exprès emporta à Crozon la dépêche suivante :

« J'exige que mes filles rentrent ce soir à Morgat. »

Pendant ce temps, les deux couples déjeunaient gaiement à Audierne, repartaient en break pour le Raz, escaladaient intrépidement les sentiers de chèvre de la pointe, visitaient l Enfer de Plogoff, puis, sans souci de scandaliser les Bretons épars le long de la route, charmaient le retour en chantant à gorge déployée. Quand le break s'arrêta devant l'Hôtel des Voyageurs, l'hôte, qui se tenait sur le seuil, s'approcha, un papier bleu à la main :

— N'y a-t-il pas un de ces messieurs qui s'appelle Jacques Salbris ?

— C'est moi, dit le peintre.

— Voici une dépêche pour vous...

— Sapristi ! s'exclama Jacques en lisant le télégramme.

— Qu'y a-t-il ? s'écrièrent à leur tour Tonia et Lucile, intriguées.

— On vous réclame à Morgat.

Il communiqua la dépêche aux deux sœurs.

— Voilà une tuile ! murmura Lucile.

— Vous désiriez de l'inattendu, observa railleusement Rivoalen, vous êtes servies à souhait... Maintenant, qu'allons-nous faire ?

— Nous allons d'abord filer à la gare afin de ne pas manquer le dernier train, décida Salbris ; une fois en wagon, nous discuterons la question à tête reposée.

Pendant qu'on s'acheminait en hâte vers la gare, Lucile, appuyée au bras du peintre, hochait la tête comme une enfant qui boude, et murmurait :

— On ne peut pas seulement s'amuser en paix pendant une journée... Quelle scie que la famille !

— Oui, disait Jacques, ils nous ont gâté notre partie... Rivoalen et moi nous mangerons seuls le dîner commandé pour quatre, et seuls nous irons en barque à Sainte-Anne.

— Vous avez l'air de trouver ça tout naturel, et vous paraissez consolé d'avance! répliqua Lucile avec dépit.

— Moi, je suis plus désolé que vous... Vrai, seriez-vous contente de ne pas rentrer à Morgat?

— Ravie.

— En ce cas, fiez-vous à moi, je trouverai un biais pour vous retenir à Douarnenez!

Dès qu'on fut installé dans un compartiment, Rivoalen ouvrit la discussion.

— Voyons, reste-t-on à l'Hôtel du Commerce ou retourne-t-on à Morgat?

— Moi, déclara Tonia, que l'insuccès de ses coquetteries poussait à la contradiction, je crois qu'il est sage de rentrer, d'autant que demain, nous nous retrouverons à Sainte-Anne.

— Savoir!... objecta malignement Rivoalen; madame Pontal paraît furieuse, et elle ne permettra pas sans doute une seconde fugue.

— Alors, insinua Lucile, ne rentrons pas.

— L'ordre de maman est formel, insista madame Desjoberts, et, à moins d'un cas de force majeure...

— Des cas de force majeure, répliqua Jacques Salbris, on en trouve toujours... D'abord, on pourrait soutenir que le télégramme d'Audierne ne nous est point parvenu... Ensuite, notre train s'arrête aux moindres haltes pour prendre des pèlerins, et sûrement il arrivera en retard à Douarnenez...

L'événement justifia les prévisions de Jacques : le train eut du retard, et, quand les deux couples atteignirent enfin la jetée, ils virent le bateau qui se détachait du môle et filait à toute vapeur dans la direction de Morgat...

— Les dieux ne l'ont pas voulu! s'écria le peintre, en saluant d'un coup de chapeau le bâtiment dont le panache de fumée se confondait avec les brumes du crépuscule; nous voilà forcés de rester en panne... Rivoalen et madame Desjoberts n'ont plus qu'à courir au télégraphe pour expliquer notre aventure, tandis que nous irons à l'hôtel surveiller les apprêts du dîner...

Dès qu'il fut seul avec Lucile, il prit le bras de la jeune fille et, le serrant tendrement contre le sien :

— Je suis heureux! lui chuchota-t-il à l'oreille, quelle bonne longue soirée nous allons passer ensemble!...

En quoi il se trompait, Madame Desjoberts revint de la poste de fort méchante humeur. Elle avait essayé de nouveau d'induire Rivoalen à la tentation, et les flèches de ses cajoleries s'étaient émoussées contre l'impassibilité ironique de son compagnon. Le dîner s'en ressentit. Tonia argua des circonstances et des responsabilités que lui imposait la présence de sa sœur cadette, pour jouer au sérieux son rôle de chaperon. Elle se montra tout à coup pleine de rigoureux scrupules, et prit son bougeoir aussitôt après le dessert.

— Demain, on se lève de bonne heure, déclara-t-elle, et nous avons besoin de nous reposer, ma sœur et moi... Bonsoir, messieurs!

Et Salbris, qui les guidait courtoisement à travers les couloirs, l'entendit, non sans un désagréable sentiment de déception, fermer à double tour la porte de la chambre qu'elle partageait avec Lucile.

DEUXIÈME PARTIE

I

Après la chaude soirée de la veille, un orage a éclaté vers minuit, et quand, de bon matin, les quatre voyageurs quittent l'Hôtel du Commerce, ils trouvent les rues détrempées par l'ondée nocturne. Les moyens de transport à Sainte-Anne sont beaucoup moins faciles que ne l'affirmait l'hôtesse. Toutes les voitures sont déjà louées ; quant aux embarcations disponibles, elles sont parties de très bonne heure à cause de la marée.

Lucile et Jacques Salbris, heureux d'être ensemble et de jouir, n'importe où, d'une journée de liberté, prennent fort gaiement les choses. Il n'en est pas de même de madame Desjoberts. Elle a passé une mauvaise nuit, a été réduite à faire une toilette sommaire sans le secours d'aucune femme de chambre; elle a conscience de n'être ni coiffée ni atournée à son avantage, et ce réveil inconfortable aigrit son humeur. Rivoalen est allé à la recherche d'un patron de barque nommé Kardec, qu'il a connu jadis et qui, assure-t-il, ne refusera pas de les conduire à Sainte-Anne. Pendant ce temps, les deux sœurs et Salbris arpentent impatiemment les pavés glissants de la jetée.

Un soleil blanc filtre à travers un ciel brouillé; l'air est lourd; tout là-bas, vers l'ouverture de la baie, la mer fume et des nuages fuligineux s'amassent au-dessus de Morgat.

— Agréable partie de plaisir! murmure sarcastiquement Tonia, combien de temps allons-nous poser sur cette jetée boueuse, qu'infecte une odeur de sardines?... A quelle heure arriverons-nous au Pardon, si nous y arrivons?...

— Bah! réplique le peintre avec insouciance, rien ne nous presse... En cinq quarts d'heure, on peut traverser la baie et aborder dans la rivière de Sainte-Anne... Si je ne me trompe, d'ailleurs, voici Rivoalen qui s'avance avec le patron Kardec...

En effet, on aperçoit une grande barque de pêche, gréée de sa voile rousse, manœuvrée par deux hommes et un moussaillon. Elle quitte le fond du port, avec son canot flottant à l'arrière, et se dirige obliquement vers l'extrémité du môle. Rivoalen agite son chapeau en signe de ralliement et, cinq minutes après, l'embarcation accoste au pied de la jetée.

— Mesdames, dit Rivoalen en aidant les deux sœurs à s'installer dans la barque, je vous présente mon ami Kardec, un brave loup de mer qui se met à notre disposition et qui va nous mener vivement à Sainte-Anne...

Douarnenez s'éloigne peu à peu : les maisons du bord, les futaies de Plô-mar fuient confusément dans une buée qu'argentent de rapides coups de soleil. On arrive en vue de la plage du Riz, où les vagues déferlent sur le sable d'un jaune d'or. Tout à coup le vent se lève, la voile se gonfle, et la barque file allègrement vers l'anse de Tréfentec.

Mais le ciel s'est couvert à nouveau; les nuages sont très bas, la mer devient houleuse, et, dans une rafale de vent, le grain accourt; la pluie commence à tomber.

— Salaud de temps! jure Kardec, impossible de continuer, nous irions nous briser sur les rochers... Jette l'ancre! Amène la voile! commande-t-il au moussaillon et à l'homme d'équipage... Nous voilà bloqués ici, en attendant l'embellie.

— Et si l'embellie ne vient pas? demande Rivoalen.

— Nous serons forcés de retourner à Douarnenez.

— Jamais de la vie !... maugrée Tonia Desjoberts, on nous attend à Sainte-Anne, et, si on ne nous voit pas venir, que va-t-on imaginer, bon Dieu?...

Une violente ondée lui coupe la parole. On a jeté l'ancre, on a amené la misaine et, avec la voile ajustée au bas du mât, on a improvisé une tente où les passagers peuvent au moins s'abriter. Enfermés sous cette toile, sur laquelle l'averse gicle à grand bruit, ils restent blottis les uns contre les autres, sans pouvoir même jeter un regard sur la surface écumeuse de la baie. A chaque soulèvement de la vague, la barque monte et redescend avec un désagréable balancement d'escarpolette; Tonia pâlit, et Rivoalen, penché vers elle, murmure railleusement :

— On a vu là-haut notre fugue d'un mauvais œil... C'est la punition des dieux.

Cependant le grain s'est éloigné et le vent est moins violent. Kardec soulève un coin de la toile, et, dans l'entre-bâillement, on aperçoit un blanc rayon de soleil qui court sur la mer encore démontée.

— N'attendons pas un second grain, crie le patron; petit, détache le canot !... Allons, messieurs et dames, embarquons vivement, je vais vous conduire à terre...

Le canot, une vraie coquille de noix, danse maintenant au long de la barque... Avec l'aide de Rivoalen, Kardec y transborde Tonia inconsciente et à demi pâmée; puis il saisit les rames, tandis que Lucile et Salbris prennent place à leur tour à l'arrière. Le canot vigoureusement enlevé bondit sur les flots houleux. La jeune fille a enlacé le bras du peintre et se serre peureusement, câlinement contre lui. Sa crainte est mélangée d'une émotion voluptueuse, que Salbris partage délicieusement. Personne ne s'occupe d'eux. Rivoalen donne ses soins à Tonia, qu'il a grand'peine à maintenir d'aplomb; Kardec, penché sur ses rames, leur tourne le dos. Ils se sentent comme isolés, loin du monde, perdus au milieu de cette mer qui les couvre d'écume. Leurs corps se touchent étroitement et semblent ne faire qu'un... Jacques rapproche son visage de celui de la jeune fille, et ses lèvres effleurent d'un baiser le cou glacé de Lucile :

— Je vous adore ! lui chuchote-t-il tendrement à l'oreille.

Cependant le canot coupe en droit fil les vagues tumultueuses et arrive en vue de la côte, où une excavation rocheuse s'ouvre dans la falaise escarpée.

Le patron saute sur la grève, retient de sa poigne robuste la coquille de noix et assure le débarquement. Tous les passagers sont maintenant remisés sains et saufs sous les rochers. On prend congé de Kardec avec force poignées de main, puis le canot nage de nouveau vers la grande barque et disparaît dans la houle.

Une fois à terre, l'air frais ranime Tonia et son malaise se dissipe. Avec l'aide de Rivoalen, elle grimpe languissamment le sentier abrupt qui mène au sommet de la falaise; Lucile et Salbris les suivent en file indienne, et ils débouchent tous quatre sur la lande. Ils ont encore une demi-heure de chemin à faire, mais, de la hauteur où ils sont, ils découvrent déjà l'entrée de la rivière et le terrain onduleux où la chapelle solitaire de Sainte-Anne dresse sa flèche de pierre. Tandis qu'ils s'avancent péniblement à travers les bruyères et les ajoncs, leurs regards surpris embrassent la vaste lande circulaire, toute noire d'un fourmillement de pèlerins: hommes, femmes, enfants, mendiants... Làbas, près de la rivière, sur le sable doré de la plage, de longues files de charrettes et de breaks bondés de voyageurs se succèdent lentement et font rêver à une étrange émigration de peuplades primitives.

Au moment où, après avoir dévalé jusqu'au pied de la falaise, les deux couples s'engagent dans la route sablonneuse qui mène vers la chapelle, ils voient descendre d'une sorte de panier à deux places le commandant Le Dantec et Paulette. « La petite dernière » est fraîche comme une églantine sous son chapeau de paille fleuri de chèvrefeuille. Ses yeux pers ont des lueurs d'aigue-marine; ses cheveux châtains moutonnent autour de son front blanc et lisse. Son corsage de soie bleu turquoise et sa jupe de serge bleu marine modèlent à souhait son corps souple.

A l'aspect des robes trempées et boueuses de ses sœurs, de leurs traits pâlis, de leurs têtes déchevelées par le vent et l'embrun elle ne peut retenir un cri de surprise; un rire malicieux retrousse le coin de sa bouche :

— Eh quoi ! c'est vous? s'exclame-t-elle, mes compliments, vous êtes dans un bel état !

Tanguy Le Dantec salue froidement, et garde le bras de Paulette sous le sien. Rivoalen, après avoir comparé la fraîche tournure de la jeune fille avec les piteuses toilettes et les figures blafardes des sœurs aînées, se sent ridicule et éprouve un sentiment de confusion. Quant à Tonia, elle s'efforce de ramener sur ses lèvres son plus suave sourire, et elle répond :

— Nous sommes venus par mer et nous avons quasi fait naufrage... N'importe, nous nous sommes joliment amusés.

— Ça se voit ! repart ironiquement Paulette.

— Est-ce que papa et maman sont ici? demande à son tour Lucile.

— Non, mademoiselle, dit gravement le commandant, monsieur et madame Pontal sont mal remis de l'alerte que vous leur avez causée... Ils n'ont pas quitté Morgat, et je dois vous avouer qu'ils sont fort irrités. Votre escapade a mis tout l'hôtel en émoi.

— Oui, vous serez bien reçues au retour ! ajoute Paulette en riant.

— C'est bon, nous n'aurons pas de peine à nous justifier, riposte impérieusement madame Desjoberts; dans tous les cas, je vois que leur mauvaise humeur ne t'a pas empêchée de te donner de l'air.

— Je t'avais prévenue que je chercherais un moyen d'assister au Pardon; je l'ai trouvé... Le commandant a eu la bonté de m'emmener avec lui.

— Parfait !... N'est-ce pas, monsieur Rivoalen? il faut que les enfants s'amusent... Ah ça ! nous mourons de faim... Est-ce qu'il n'y a pas moyen de déjeuner ici?

— Si fait, madame, l'hôtel a envoyé un déjeuner froid... Vous trouverez près de la chapelle les breaks où nos compagnons de voyage sont en train de déballer les provisions...

— Merci du renseignement, commandant, nous allons en profiter... [A bientôt !...

Les deux couples se remettent en marche, au milieu de la foule qui se presse autour des baraques où l'on vend des objets de piété, et sous les tentes où l'on mange. Chaque paroisse a apporté son contingent de costumes originaux. Les gens de Châteaulin, aux vêtements noirs et aux attitudes sévères, semblent de vivants portraits du moyen âge; les femmes surtout, avec leurs blanches collerettes empesées et leurs coiffes rigides. Les *bigoudens* de Pont-l'Abbé, aux corsages brodés de vert et de jaune, aux cheveux relevés au sommet de la tête sous un bonnet de doreloterie, ont des airs d'idoles laponnes. Les jupes et les vestes bleues des paysannes de Quimper, les coiffes aux ailes palpitantes des filles de Rosporden et de Fouesnant jettent une note plus gaie et plus coquette dans cet ensemble un peu austère. On arrive enfin près des breaks, où l'on retrouve les baigneurs de l'hôtel très affairés à s'assurer une part dans la distribution des vivres. L'apparition de Lucile et de Tonia, aux bras du peintre et de son compagnon, l'état lamentable de leur toilette provoquent une émotion peu indulgente de la part de leurs commensaux. On les dévisage avec des mines scandalisées; la famille du sous-préfet les salue d'un sourire ironique; le clergyman et ses filles s'écartent comme s'ils craignaient d'être contaminés par le contact de ces brebis galeuses.

Cependant, autour des nappes étendues sur l'herbe, chacun s'est installé plus ou moins à l'aise. Les appétits sont aiguisés par le long trajet qu'il a fallu faire de Morgat à Sainte-Anne; l'air de la mer a asséché les gosiers; on se dispute les viandes froides, on remplit les verres à la ronde. Mais à peine les convives sont-ils en train de déchirer à belles dents leur pilon de volaille, avec des mines de cannibales, qu'un grain violent crève sur leurs têtes et provoque un sauve-qui-peut général. Lucile et Salbris se sont réfugiés sous la capote d'un landau; là, blottis dans l'ombre, ils se partagent une tranche de pâté et boivent dans le même verre, sans souci du qu'en-dira-t-on. Paulette grimpe dans l'un des breaks et s'y abrite sous un large parapluie; dans sa hâte, elle n'a pris sur la nappe qu'un morceau de pain qu'elle grignote avec résignation. Rivoalen accourt. En homme de précaution, il a empoché une bouteille et deux verres et il apporte sur une assiette un poulet rôti.

— Donnant donnant, dit-il avec son petit rire malin, si vous voulez bien partager avec moi votre parapluie, je vous offrirai de quoi assaisonner votre pain sec.

— Je serais désolée de vous faire attraper un rhume, réplique « la petite dernière ». Montez!... Je vous mettrai à l'abri, bien que vous ne le méritiez guère!

Elle lui ménage une place sous le large parapluie campagnard. Rivolaen déploie un journal sur les genoux de la jeune fille, y pose l'assiette et remplit les verres.

— Là, soupire-t-il avec satisfaction, nous allons faire la dînette gentiment.

— Si j'avais un peu de dignité, reprend Paulette, je devrais ne rien accepter de vous... Mais ventre affamé n'a pas de rancune. Tout de même, vous n'avez pas été correct. Vous auriez dû empêcher cette escapade qui a scandalisé tout l'hôtel et bouleversé mes parents. Maman est furieuse, mais cela lui passera vite, et demain elle n'y pensera guère; mon pauvre papa, lui, a été plus sérieusement touché, il est dans les transes, et, de le voir ainsi tracassé, cela m'a irritée contre vous. Je vous croyais raisonnable, et vous vous êtes montré aussi étourdi que les autres...

— Ne me grondez pas, j'en ai été le premier puni... Je ne me suis pas du tout amusé... au contraire!

— Vrai? s'écrie la jeune fille dont la physionomie mobile s'éclaire d'un sourire, vous avez des remords?

— J'ai celui de vous avoir fait de la peine sans le vouloir, et d'avoir baissé dans votre estime... à laquelle je tiens par-dessus tout!...

Cependant le grain a passé, un clair soleil glisse de nouveau sur les pâtis mouillés, les tentes détrempées et les légions de véhicules dételés en un coin de la lande. Dans le svelte clocher de la chapelle, des cloches tintent mélodieusement et annoncent la sortie de la procession. Salbris et Lucile se décident à quitter la capote du landau, et se dirigent vers le porche de l'église. Sur leur passage, les commensaux de l'hôtel haussent les épaules et glosent ironiquement :

— Ils ne se quittent pas, murmure la sous-préfète, ils s'affichent sans vergogne!

— Ma parole! ajoute un magistrat, ils ont l'air de jeunes mariés.

— Ils le sont peut-être déjà! ricane le sous-préfet...

Rivoalen et Paulette sont descendus à leur tour du break.

— La procession va sortir, insinue Hervé, et j'aperçois là-bas le vieux Le Dantec qui semble vous chercher... Si nous le semions dans la foule, voulez-vous?

— Ce sera de l'ingratitude, objecte « la

petite dernière », car, si je suis ici, c'est à lui que je le dois...

— Bah ! il a déjà eu la chance de voyager ce matin avec vous ; il a reçu sa récompense et doit se tenir pour satisfait... Venez ! je suis de l'avis des Anglais : *Two is a company, three is none*. A deux c'est parfait, à trois on se gêne...

Paulette a été trop longtemps privée d'une bonne causerie intime avec Rivoalen ; elle a trop souffert d'être exclue de la partie de Douarnenez, pour ne point accéder au désir de son compagnon. Elle le suit docilement, et ils se glissent à travers les rangées de curieux qui se pressent aux entours de l'église. Ils gravissent lentement la pente de la colline, au long de laquelle des banderoles bleues et blanches indiquent la route que parcourra le cortège. De là, ils peuvent embrasser du regard les foules houleuses, les tentes dont le vent agite les toiles grises, et la lande verte où des groupes épars mettent des taches de couleurs vives. Déjà les premières bannières multicolores émergent du proche et se balancent en pleine lumière. Entre une double haie de coiffes neigeuses, la procession serpente au revers de la colline ; des cantiques murmurés à mi-voix emplissent l'air tiède d'une rumeur confuse, semblable à un bourdonnement d'abeilles.

Les touristes se coudoient pour s'approcher du défilé et braquent leurs kodaks de façon à saisir au passage un des pittoresques détails de la procession. Les cloches carillonnent à toute volée. Voici les filles en robe blanche sur deux rangs, puis, cierge en main, une longue file de *messieurs* prêtres. Des roulements de tambour résonnent ; deux Bretons en veste bleue et en braies, ayant gardé, selon la mode d'autrefois, leurs longs cheveux gris flottants sur l'épaule, battent énergiquement une vieille marche du temps des Chouans. Ils précèdent la châsse d'or de sainte Anne, portée par quatre robustes femmes vêtues de robes richement brodées de fleurs d'argent. Sous le soleil, les dorures et les gemmes de la châsse jettent des étincelles. Des grappes de pèlerins se forment autour d'elle ; on se bouscule pour toucher de la main les miraculeuses reliques. Un grand Cornouaillais, qui soutient dans ses bras un enfant perclus, a réussi à effleurer les joyaux de sainte Anne. Il pose ensuite à terre le garçonnet et essaie de le faire marcher, comme si le miracle avait déjà opéré...

Ces sonneries de cloches, ces démonstra-

tions pieuses, ces élans de foi naïve émeuvent sourdement Paulette et Rivoalen ; leurs yeux se mouillent et leurs bras se serrent étroitement.

— Je ne suis guère dévote, soupire la jeune fille ; je n'ai pas été élevée à ça... Mais la conviction sincère de ces braves gens me va au cœur ; encore un peu, je me serais élancée pour toucher la châsse !

— Moi aussi, chuchote Hervé Rivoalen, dont la voix s'amollit ; moi aussi, je me sens devenir dévot... La sainte à laquelle je voue un culte, c'est vous... c'est vous que je veux adorer comme une madone !

Les yeux pers de « la petite dernière » s'imbibent d'une lueur de tendresse. Leur couleur plus foncée a la fraîcheur et l'attirance d'une source profonde.

— Ne vous moquez pas ! murmure-t-elle candidement, je suis très crédule, voyez-vous, et, si ce n'était qu'une moquerie, je serais trop malheureuse !

— C'est sérieux, affirme gravement Rivoalen, je vous aime !

Paulette baisse la tête ; elle savoure en silence cet aveu inattendu et, en silence, se serre avec plus d'abandon contre le bras d'Hervé. Assis à l'écart sur l'herbe courte du pâtis, ils regardent s'allonger les ombres de la procession qui redescend vers l'église ; et, par intervalles, ils échangent de rares paroles, douces comme le miel, tandis que s'écoulent les heures trop brèves...

II

Les cloches s'étaient tues. La lande, où se mouvaient tout à l'heure des groupes bariolés de paysans et de touristes, redevenait peu à peu solitaire. La foule refluait maintenant vers les tentes ou du côté des voitures remisées non loin de la chapelle. Salbris et mademoiselle Pontal cadette passèrent rapidement à portée du tertre de bruyères où Paulette et Rivoalen devisaient à l'écart.

— Vous savez, leur cria Lucile en courant, on part,... les breaks sont attelés !

— Résignons-nous, soupira Hervé en se levant, si nous nous attardions davantage, nous ne trouverions plus de place, et je tiens cette fois à voyager avec vous.

— Mais le commandant ?

— Vous le planterez là... D'ailleurs, s'il vous voit déjà installée dans l'un des breaks, il n'aurait plus de raison pour insister. C'est pourquoi il faut nous caser au plus vite...

Ils se hâtèrent, mais, quand ils atteignirent l'endroit où ils avaient déjeuné, les voitures étaient déjà prises d'assaut : ils avisèrent Tonia, Lucile et Salbris qui grimpaient dans le dernier break...

— Il n'y a plus qu'une place ! déclara aimablement madame Desjoberts, et je vous l'ai réservée, monsieur Rivoalen...

— Bah ! répliqua celui-ci, en se serrant un peu !...

— Du tout ! nous serions tassés comme des harengs... Et puis, nous désobligerions M. Le Dantec, si nous le privions de sa compagne de voyage... N'est-ce pas, commandant, continua Tonia en interpellant le marin qui se tenait près du panier encore vide, vous pouvez vous charger de ma petite sœur ?

— Non seulement je le puis, répondit Le Dantec, mais je le désire absolument... Je dois remplir ma mission jusqu'au bout... Montez, mademoiselle Paulette !

« La petite dernière », mise ainsi au pied du mur, lança un regard navré dans la direction de Rivoalen, puis se décida à obéir, tandis qu'Hervé, furieux, escaladait le marchepied du break.

Le panier conduit par le commandant détala le premier et fila vivement sur la route, laissant loin derrière lui les autres voitures bondées de voyageurs. Le ciel s'était découvert ; le soleil déclinant rougissait de ses rayons obliques les haies touffues qui bordaient le chemin, les champs de blé noir et les chaumières éparses dont on apercevait çà et là, parmi les pommiers du courtil, les toits trapus nimbés d'une fumée bleue. Les landes fleuries d'ajoncs exhalaient au passage leur odeur embaumante, et le silence de cette campagne solitaire, succédant au brouhaha du pèlerinage, donnait une impression de mélancolique sérénité. Néanmoins, en dépit de la paix lumineuse du paysage, Paulette ne pardonnait pas encore au commandant de l'avoir enlevée à la compagnie de Rivoalen. Jusqu'à Plomodiern, elle garda une attitude boudeuse et ne répondit que par de brefs monosyllabes à l'affectueuse sollicitude du mentor qu'on lui imposait. Mais, si ses rancunes étaient vives, elles ne duraient guère. Peu à peu elle subit à son insu l'influence de cette magnifique soirée d'août, si limpide, si colorée, si imprégnée de rustiques parfums apaisants. D'ailleurs, n'emportait-elle pas du Pardon une joie intime qui devait facilement triompher de sa mauvaise humeur passagère ? La

délicieuse chanson de l'amour qui commence résonnait en elle comme une matinale musique d'alouette. Elle était heureuse ; le bonheur la rendait indulgente et elle éprouvait le besoin d'épancher au dehors l'allégresse qui l'inondait.

La vue d'une bande de petits gars bretons qui s'égaillaient autour du panier en tendant la main, puis se bousculaient à terre pour ramasser les sous que leur jetait Le Dantec, ramena soudain le rire sur ses lèvres.

— A la bonne heure, dit le commandant, la gaieté vous revient... A vous voir si pensive, je craignais de vous avoir contrariée en vous séparant de vos sœurs... Vous les aimez beaucoup ?

— Ou...i, assez !... Pourtant, vous savez, nos caractères ne sympathisent pas à l'excès. Tonia est trop personnelle, et Lucile trop insouciante pour mon goût. Au fond, je crois que je n'ai pas le sentiment de la famille, et quelquefois je me demande si je ne suis pas une fille dénaturée... Il n'y a que papa que j'aime énormément..., sans doute parce qu'il est le seul qui s'occupe de moi, et parce qu'il serait très malheureux, si je lui manquais. Les autres...

— Les autres ?...

— Les autres prendraient leur parti très philosophiquement, si je venais à disparaître.

— Vous voyez les choses bien en noir, à dix-neuf ans !

— Que voulez-vous ?... L'habitude de vivre avec des gens plutôt mûrs ! Mes sœurs me tiennent volontiers à l'écart et je passe mon temps en compagnie de papa..., qui n'est plus jeune.

— Plus jeune ! se récria le commandant, avec une légère grimace, quel âge a donc M. Pontal ?

— Cinquante-quatre ans.

— Et vous trouvez cela vieux ! murmura Le Dantec, tandis qu'une teinte de désappointement assombrissait ses yeux bleus.

Paulette observa le rembrunissement du visage de son interlocuteur, et, réfléchissant qu'il avait au moins cinq bonnes années de plus que son père, elle crut devoir réparer son étourderie en ajoutant :

— Oh ! le mariage l'a beaucoup vieilli... Vous n'avez jamais été marié, commandant ?

— Non... je n'ai pas encore songé au mariage... Et vous ? reprit-il en souriant indulgemment.

— Pas encore, non plus... C'est-à-dire.

personne n'a songé à me demander... N'ayant pas de dot, voyez-vous, je suis d'un placement difficile.

— Mais vous vous marieriez volontiers, le cas échéant?

— Oui... Avec un homme qui m'aimerait... et qui ne serait pas le premier venu...

— Ah! ah! interrompit le commandant, vous aussi, vous rêvez d'épouser « le fils du roi... »

— Erreur!... Je suis moins chimérique que ça. Je voudrais simplement un mari qui me plût et qui me promît d'être bon pour mon pauvre papa... Nécessairement il faudrait qu'il eût une position et un peu d'argent, puisque je n'ai pas le sou!

Le visage de Le Dantec s'était éclairci. Il poursuivit d'un ton enjoué et affectueux :

— Je vois que vous n'êtes pas égoïste et que vous songez plus aux autres qu'à vous... Le contentement de M. Pontal semble vous tenir au cœur?

— Dame oui!... Entre nous, — mais n'allez pas le redire, — il a un lourd fardeau sur les épaules... Maman est absorbée par son grand ouvrage; mes sœurs ne s'occupent que de leurs plaisirs, et c'est lui qui a toutes les responsabilités, toutes les charges de la maison. A son âge, il est encore obligé de donner des répétitions pour que nous puissions joindre les deux bouts. Je serais si heureuse de le soulager d'une partie de ses tracas!

— Et vous pensez que votre mari vous aiderait à lui rendre la vie plus facile?

— Naturellement... s'il m'aimait... Et moi, je l'en aimerais doublement... Nous prendrions souvent papa avec nous, nous le gâterions et nous mènerions une existence très heureuse à nous trois...

— Vous êtes une brave enfant! murmura Le Dantec, en posant paternellement sa main sur le bras de Paulette, vous méritez que l'avenir se charge de réaliser votre rêve...

Elle se rappela qu'un soir Rivoalen lui avait dit ces mêmes mots : « Vous êtes une brave enfant! » et, tout d'un élan, sa pensée se reporta vers les incidents de la journée; elle se répéta intérieurement les paroles d'amour qu'Hervé lui avait chuchotées à l'oreille pendant le passage de la procession. Son cœur se gonfla d'espoir et de tendresse, et avec un joyeux accent de conviction elle s'écria :

— Oui, j'ai confiance dans l'avenir!

Ils étaient arrivés à un point où la route dominait les découpures de la baie. Par-dessus les prés et les bois en pente, dont le crépuscule veloutait les verdures plus foncées, on voyait la mer encore empourprée des reflets du couchant. Le ciel s'embrunissait et, du côté de l'occident, les premières étoiles pointaient dans un azur couleur de turquoise. Le commandant était redevenu silencieux; il aspirait à pleines narines l'air frais du soir : ses bleus regards mélancoliques semblaient noyés dans une rêverie profonde.

— Je vous ai fatigué de mon bavardage, hasarda « la petite dernière », en croyant deviner dans ce mutisme prolongé un sentiment de lassitude.

Il se tourna vivement vers elle :

— Non, non, protesta-t-il, vous m'intéressez infiniment, au contraire!... Excusez-moi; le pays où nous sommes m'avait tout à coup plongé dans une mer de réminiscences... Je me souvenais qu'autrefois, quand j'étais tout jeune et alerte, j'avais parcouru à pied cette même route par une soirée semblable... Moi aussi, alors, j'avais confiance dans l'avenir; je regardais ces mêmes étoiles se lever, je respirais à pleins poumons ces mêmes odeurs éparses dans l'air, et je chantais à gorge déployée un refrain de ce temps-là..., un air d'*Orphée aux Enfers*, qui vous paraîtrait fort trivial et qui, pour moi, évoque avec un singulier charme mes années printanières...

Il sourit et, d'une voix encore très juste, fredonna : « Si j'étais roi de Béotie!... »

— C'est ridicule, n'est-ce pas? Une vieille barbe comme moi! Que voulez-vous? Quand on a bon pied, bon œil, on ne se sent pas vieillir, on se croit toujours jeune... Ce n'est que lorsqu'on regarde ses contemporains qu'on s'aperçoit des désagréables symptômes de la vieillesse...

Paulette écoutait, non sans une pointe d'émotion, les confidences de ce quasi-sexagénaire et elle se disait que la plus simple politesse l'obligeait à contredire aimablement son interlocuteur, en lui affirmant qu'il ne paraissait pas son âge. Mais elle n'arrivait pas à formuler sa phrase, et ce fut seulement après une bonne minute qu'elle accoucha de cette banale réflexion :

— Oui, les pierres, l'eau et les arbres ont cet avantage sur nous qu'ils ne semblent pas vieillir...

Le Dantec s'attendait peut-être à un plus charitable compliment. Toujours est-il que son visage, un moment illuminé, se rembrunit de nouveau et qu'un long silence succéda aux mélancoliques effusions du marin et aux naïves confidences de la jeune fille. Tous deux retombèrent dans leurs songeries respectives. Paulette recommença à ruminer doucement les moindres détails de sa conversation avec Rivoalen. Le commandant se remit à remâcher les souvenances de sa lointaine jeunesse. Toutefois, aux images du passé la jolie figure et les propos familiers de « la petite dernière » se mêlaient notablement. Le Dantec sentait au fond de lui une joie sourde tempérer les regrets du temps jadis. Il était heureux de voyager, dans le crépuscule, aux côtés de cette enfant, fraîche, naturelle et pure comme une fleur sauvage. La route courait maintenant entre deux hautes lisières de bois, et le commandant profitait de cet enténèbrement pour contempler à la dérobée la fine silhouette, la grâce souple de ce jeune corps féminin, drapé dans une cape légère. Au sortir du taillis, on aperçut peu à peu les lumières du bourg de Crozon, et le cheval, pressentant le voisinage de son écurie, trotta avec plus d'ardeur sur le chemin devenu plan.

— Nous voici à Crozon ! dit Le Dantec.

— Déjà ! s'écria Paulette, éveillée en sursaut de la plaisante songerie où elle s'était enfoncée.

Ce « déjà » ramena une expression joyeuse sur les lèvres du commandant, et, tandis qu'on descendait avec précaution la rampe ravinée qui conduit à Morgat, il se tourna vers sa compagne de voyage et lui prit la main :

— Nous sommes presque arrivés... Vous ne m'en voulez pas de vous avoir privée de la société de vos amis ?

Trop sincère pour répondre affirmativement, elle chercha un biais et murmura :

— La route était très intéressante et j'ai passé une agréable soirée...

— Tant mieux ! soupira Le Dantec, je souhaite qu'elle vous ait paru aussi bonne qu'à moi !...

III

Ce même soir, tandis que les voitures pleines d'excursionnistes s'en revenaient de Sainte-Anne sans se hâter, le courrier du Fret amenait au Grand-Hôtel de Morgat un voyageur qui paraissait fort impatient d'arriver à destination. C'était un homme de trente-cinq ans environ, maigre, au visage pâlot dans l'encadrement d'une barbe blonde très

soignée. Correct de tenue, il ne perdait pas un pouce de sa petite taille et portait comme un saint sacrement sa tête au front étroit, coiffée d'un feutre noir. Derrière les verres d'un pince-nez, ses yeux gris jetaient un regard froid, aigu et méfiant. On sentait que jamais ces yeux-là n'avaient connu ni la pitié ni l'attendrissement. Les narines étaient pincées, la bouche amère; la voix était coupante, tantôt sèche et tantôt ironique. Depuis qu'il était installé dans la carriole du courrier, il maugréait nerveusement contre la lenteur de l'attelage, contre les montées, les descentes et le mauvais état de la route. Aussitôt que le conducteur se fut arrêté devant la terrasse de l'hôtel, il sauta à terre, gravit lestement les degrés, et interpellant la dame du bureau, demanda de son ton cassant :

— Madame Desjoberts !

— Madame Desjoberts est au Pardon de Sainte-Anne, répondit la caissière, et elle ne rentrera sans doute qu'assez tard... Mais M. et madame Pontal sont chez eux, et, si monsieur veut bien me donner son nom, je vais les prévenir...

— Dites que M. Desjoberts désire leur parler...

M. et madame Pontal étaient, en effet, en tête à tête dans leur appartement, et complètement livrés à eux-mêmes, car la plupart de leurs commensaux avaient dès le matin fait route pour le Pardon. L'auteur de *l'Education des filles dans une démocratie* griffonnait sur un coin de table; quant à son mari, il étudiait, avec des froncements de sourcils et de sourdes exclamations de surprise, la note de la quinzaine, apporté le matin même par la femme de chambre.

— Évariste, murmurait madame Pontal énervée, vous m'agacez !... En aurez-vous bientôt fini avec vos grognements ?...

— Si je grogne, répliquait le professeur, j'ai pour cela de justes raisons... Sais-tu à combien se monte la note de ces derniers quinze jours ?...

— Au chiffre convenu, je suppose... Cinquante francs par jour.

— Vraiment ?... Eh bien ! tu es loin de compte !... Le total est de 1,550 francs, quinze cent cinquante, tu entends !... Et, dans cette somme, les dépenses de Tonia pour ses cabotins : soupers, champagne, éclairage et le reste, figurent jusqu'à concurrence de six cents et des francs... Cette enfant-là nous ruine !...

Madame Pontal eut une grimace de désagréable surprise. Bien qu'elle planât d'ordinaire au-dessus des détails prosaïques de la vie matérielle, elle ne pouvait se dissimuler que Tonia en prenait trop à son aise.

— Ces dépenses, déclara-t-elle nettement, ne nous regardent en aucune façon; elles auraient dû faire l'objet d'une note spéciale, que madame Desjoberts réglera directement sur son propre budget.

— Quel budget?

— Hé! la pension que lui sert son mari... Je suis lasse de prendre la responsabilité des incartades de vos filles et j'y mettrai bon ordre...

Elle fut interrompue par la femme de chambre, chargée du message de M. Desjoberts.

— Hein! s'écria la dame en sursautant, tandis que son mari blêmissait, comment, il est ici?... C'est bien, je descends...

Elle réfléchit sans doute que l'entrevue serait orageuse et qu'il était inutile de mettre les gens de l'hôtel dans la confidence des récriminations de son gendre, car elle se hâta d'ajouter :

— Ou plutôt, non... Priez M. Desjoberts de monter chez moi.

Quelques minutes après, M. Urbain Desjoberts, professeur de seconde au lycée de R..., était introduit près de ses beaux-parents, dans la petite chambre que madame Pontal appelait son « salon de travail ». Il y entra d'un pas brusque et salua froidement les deux époux. Après un moment de silence embarrassé, madame Pontal, qui se tenait debout, la main gauche appuyée à la table, dans une attitude fort digne, interpella le nouveau venu :

— Veuillez, monsieur, m'expliquer ce qui nous vaut l'honneur de votre visite!

— Je vais vous le dire tout de suite, répliqua sèchement M. Desjoberts, en jetant son chapeau sur une chaise et en tirant de la poche de son veston un journal qu'il déplia presque sous le nez de sa belle-mère;... savez-vous ce que c'est que ça?

— Je ne m'en doute nullement, repartit madame Pontal dédaigneuse.

— Eh bien! madame, c'est la Gazette de R..., le principal journal de la ville où j'ai été nommé professeur au lycée; j'y ai trouvé, reproduit, un article de la Dépêche de Brest, qui rend compte d'une représentation théâtrale donnée à Morgat, il y a huit jours, et j'y ai lu ceci...

Il ajusta son pince-nez, déblaya rapidement le préambule de l'article, puis, comme s'il dictait un devoir à ses élèves, pesa sur chaque mot, lorsqu'il arriva au passage suivant :

« L'interprète de la Reine Dahut serait, nous a-t-on affirmé, la fille de madame Laure Pontal, l'authoress féministe bien connue, et elle appartiendrait au monde universitaire par son mari, professeur de seconde dans un lycée de province... Madame Tonia D... a joué le rôle scabreux de Dahut avec un accent de sincérité, une grâce exquisement perverse... Après la représentation, un souper au champagne a réuni tous les acteurs et leurs amis... »

— Vous comprenez, continua-t-il sarcastiquement, en froissant le journal, combien j'ai dû être enchanté d'apprendre avec toute la ville que ma femme, la femme d'un professeur au lycée, s'exhibait en public sur les planches et soupait avec des cabotins!... Vous voyez d'ici le reluisant prestige que cela me donne aux yeux de mes supérieurs, de mes collègues et de mes élèves!...

— Permettez, monsieur, interrompit madame Pontal avec hauteur, vous oubliez que votre femme est majeure et maîtresse de ses actions... Nous n'avons eu à approuver ni à désapprouver le fait dont vous vous plaignez... Tonia a agi d'après ses propres impulsions et il est dans mes principes de ne pas entraver l'exercice de sa liberté.

— C'est juste, riposta Desjoberts, avec un redoublement d'ironie rageuse, je connais vos principes et je les apprécie à leur valeur!... Aussi avais-je tout d'abord l'intention de m'expliquer avec votre fille, mais elle court la prétentaine, selon son habitude. On ne sait quand elle rentrera et je me vois forcé de m'adresser à vous pour lui notifier mes griefs et mes résolutions... Car, moi aussi, j'ai des principes : j'estime que la femme doit obéir au mari dont elle porte le nom et qui est l'éditeur responsable de ses actes... Je suis décidé à ne pas me laisser berner plus longtemps... C'est déjà bien assez d'avoir fait un mariage de dupe...

— Monsieur, protesta à son tour M. Pontal en se levant avec majesté, je vous prie de mieux mesurer la portée de vos paroles...

— Je la mesure comme il faut... et je répète que j'ai été dupé de toutes les façons! Quand j'ai épousé votre fille, vous m'aviez leurré de l'espoir que, grâce à vos belles relations universitaires, je serais promptement nommé à Paris... Je moisis encore en province... Ce n'est pas tout... Aux termes de son contrat, votre fille apportait en dot une somme de quarante mille francs... Je n'en ai pas vu le premier sou !

— De quoi vous plaignez-vous? repartit madame Pontal, on vous en sert la rente à cinq pour cent.

— On me la sert, oui... Très irrégulièrement et en se faisant fortement tirer l'oreille... Du reste, tant que votre fille a vécu avec moi, elle la dépensait, cette rente, et au delà, pour sa toilette, si bien que j'ai préféré me séparer amiablement de madame Tonia, en lui allouant une pension de dix-huit cents francs, que je paie, moi, très exactement...

— Enfin, monsieur, où voulez-vous en venir?

— A ceci, et c'est mon ultimatum. A partir de demain, je cesse le service de cette pension; votre fille sera libre de réintégrer le domicile conjugal, où elle trouvera le vivre et le couvert, à la condition de remplir convenablement tous ses devoirs... En outre, j'exige le paiement immédiat des 40,000 francs promis... Sinon, je demanderai le divorce, et les motifs ne me manqueront pas, je vous l'assure !...

— Voyons, voyons, Desjoberts, gémit l'infortuné Pontal en joignant les mains, vous n'y pensez pas... Un pareil scandale !... Ce serait désastreux pour tout le monde...

— Pour vous, c'est possible... Quant à moi, j'en ai assez, et rien ne m'arrêtera... J'userai de mon droit jusqu'au bout.

— Oui, répliqua amèrement madame Pontal, le droit du plus fort... Je reconnais bien là le brutal despotisme de l'homme abusant d'une loi inique qu'il a faite lui-même...

Elle se préparait à exhaler longuement son indignation, quand elle entendit le tintement de la cloche qui annonçait le dîner, et elle se tut.

— Voici l'heure de la table d'hôte, observa solennellement M. Pontal; bien que nous n'en ayons guère envie, nous sommes obligés d'aller prendre notre repas quotidien... Si vous nous accompagnez, monsieur, j'aime à penser que vous ménagerez les apparences et que vous jugerez inutile de mettre le public dans la confidence de nos dissentiments domestiques...

— Rassurez-vous, monsieur, riposte sèchement Desjoberts, je sais vivre...

Ils descendirent ensemble dans la salle à manger et le professeur de seconde s'assit à une place vide, non loin de ses beaux-parents. La table d'hôte était aux trois quarts dégarnie, la plupart des habitués ayant fait le voyage de Sainte-Anne. Quelques voyageurs arrivés du matin, et une dizaine de commensaux d'un âge mûr, demeuraient seuls, éparpillés et comme perdus dans le grand *hall* solitaire. Le début du repas eut lieu dans un morne silence. Madame Pontal mangeait distraitement, son mari touchait à peine à la nourriture et poussait de douloureux soupirs entre chaque bouchée. Urbain Desjoberts seul faisait honneur au menu; il était gros mangeur et la colère ne lui coupait nullement l'appétit : d'ailleurs, il avait pour principe qu'à table d'hôte, on doit consommer en raison directe de l'argent déboursé.

Vers le second service, des roulements de voiture se firent entendre sur la route, et les pèlerins du Pardon, amenés par les premiers breaks, commencèrent à apparaître. Ce furent d'abord le clergyman et ses trois filles, puis le sous-préfet et sa maisonnée. Ayant l'estomac creusé par le grand air, ils se précipitèrent à table comme des loups dévorants, et avalèrent avec recueillement le potage servi par Florentin. Quand ils eurent apaisé leur première faim, ils se mirent à raconter bruyamment leurs impressions de voyage :

— Nous pouvons vous rassurer sur le sort de mesdames vos filles, dit charitablement la sous-préfète à madame Pontal... Nous les avons rencontrées au Pardon en compagnie de messieurs Rivoalen et Salbris; elles étaient enchantées de leur excursion... Il paraît qu'elles ont passé la nuit dans un hôtel de Douarnenez, et qu'elles ne s'en sont pas trop mal trouvées... grâce aux bons soins de leurs cavaliers.

— Le pis, ajouta le sous-préfet, c'est qu'elles ont été obligées de faire la traversée en barque et que le gros temps les a passablement secouées... Ces messieurs ont dû opérer quasiment un sauvetage et les transporter à bras dans un canot qui les a jetées à la côte...

— Oh ! ce... était tragique !... déclara à son tour une des Anglaises, elles avaient l'air très... très fatigué !

— Bah ! reprit le sous-préfet, à leur âge on ne se fatigue de rien !... Une heure après, elles déjeunaient en partie carrée avec ces messieurs, qui ne les quittaient pas d'une semelle...

Madame Pontal recevait ces confidences en affectant un calme olympien; M. Pontal continuait de soupirer; et Urbain Desjoberts, sans perdre un coup de dent, prêtait attentivement l'oreille à ces propos de table, *grâce* auxquels il apprenait les piquants détails de l'escapade de madame Tonia. Rien n'échappait à son attention : ni les mines scandalisées du clergyman, ni les allusions perfides de la sous-préfète, ni les rires mal dissimulés des commensaux, ni les commentaires singulièrement suggestifs du sous-préfet, et une rage froide l'exaspérait.

Au moment où le dessert apparaissait sur les tables, le commandant Le Dantec et Paulette arrivèrent à leur tour.

La jeune fille se jeta au cou de son père, l'embrassa sur les deux joues, puis, relevant la tête, aperçut en face la figure blafarde de son beau-frère.

— Tiens, s'écria-t-elle, Desjoberts !... En voilà une surprise... Ça va bien?

Elle lui tendait par-dessus la table sa petite main dégantée et le professeur répondait à cette amicale démonstration par une flasque étreinte.

— Florentin, s'écria-t-elle, servez-nous vite, nous mourons de faim !

Pendant ce temps, le commandant saluait madame Pontal et lui disait avec un courtois sourire :

— Vous le voyez, madame, je suis de parole. Je n'ai voulu laisser à personne le soin de vous ramener mademoiselle Paulette...

— Oh ! oui, maman, le commandant a été le plus consciencieux, le plus paternel des chaperons... et aussi le plus indulgent, car il ne m'a nullement empêchée de m'amuser...

— Et tes sœurs, demanda sévèrement madame Pontal, où sont-elles?

— Tonia et Lucile sont montées dans le dernier break avec MM. Salbris et Rivoalen... Ils étaient tous très gais dans cette voiture-là, et ils sont capables de souper en route... Je crois que vous ferez bien de ne pas les attendre...

Sans perdre un mot des propos échangés, M. Desjoberts rongeait son frein en silence. Paulette et le commandant Le Dantec s'étaient attablés près de M. Pontal. Tout en dépêchant leur dîner, ils racontaient au professeur les incidents du voyage, le curieux spectacle de la procession et la variété des costumes. Celui-ci les écoutait machinalement, mais son esprit était ailleurs. Chaque fois que, dans son récit, Paulette faisait allusion à l'escapade de Tonia et de Lucile, il épiait avec inquiétude la physionomie et les moindres mouvements de son gendre. Il redoutait que Desjoberts, à bout de patience, n'éclatât tout à coup et ne se laissât aller

à quelque algarade en public. A la fin, madame Pontal, énervée, jeta sa serviette sur la nappe et se dirigea vers la sortie. Au même moment, le mari de Tonia se leva et suivit sa belle-mère. Il la rejoignit sur la terrasse déjà envahie par l'obscurité.

— Je renonce, murmura-t-il d'une voix sourdement rageuse, je renonce à attendre le retour de votre fille... Les propos que je viens d'entendre m'ont suffisamment édifié; je sais à quoi m'en tenir sur les écarts de conduite de ma femme et sur la façon dont elle est jugée par votre entourage... Je pars demain matin pour Camaret où j'ai promis de passer la journée avec un ami; mais je reviendrai à Morgat, le soir avant six heures... D'ici là, vous aurez le temps de réfléchir et communiquer à madame Tonia mon ultimatum : ou la soumission ou le divorce... A elle et à vous de choisir...

Là-dessus, il la quitta sans attendre une réponse et rentra à l'hôtel.

Madame Pontal se mit à arpenter la terrasse dans toute sa longueur. Bien qu'elle eût naturellement l'humeur combative et qu'elle ne se laissât pas facilement désarçonner, elle se sentait en ce moment fort troublée et mal à l'aise. Depuis quelques jours, le guignon la poursuivait : d'abord, l'échec de sa conférence de Brest; puis la sotte équipée de Tonia et de Lucile, que venaient compliquer les exigences inattendues et mortifiantes de Desjoberts; enfin, comme dernière conséquence, des difficultés matérielles et des ennuis d'argent dont elle ne savait comment sortir... Elle se trouvait en un complet désarroi et se creusait en vain la tête pour inventer une solution... Si seulement elle avait pu, au préalable, entendre Tonia et Lucile, et se concerter avec elles !... La nuit était tout à fait venue. Appuyée au parapet, madame Pontal tendait le cou vers la route enténébrée et essayait de surprendre au loin quelque roulement de voiture. Mais dans la direction de Crozon, aucun bruit ne rompait la quiétude de la campagne endormie. Seule, du côté de la baie, la sourde plainte de la mer s'exhalait à intervalles réguliers et montait vers le ciel fourmillant d'étoiles...

— Elles ne reviennent pas ! répétait tout bas avec dépit madame Pontal, exaspérée; elles s'amusent et se moquent bien des angoisses de leur mère... Oh ! les misérables filles !... Elles me feront devenir folle !...

Tandis qu'elle se désespérait, le sable grinça derrière elle sous les pas d'un promeneur et, ayant tourné la tête, elle reconnut Tanguy Le Dantec.

— Madame, murmura le commandant d'une voix légèrement oppressée, j'ai laissé mademoiselle Paulette en compagnie de M. Ponta... Je suis venu ici dans l'espoir de vous y rencontrer... et de vous adresser une requête...

Et, comme elle le regardait, un peu surprise de son ton cérémonieux, il continua :

— Je désirerais avoir avec vous un entretien auquel j'attache une sérieuse importance... Ce soir, le moment vous paraîtrait mal choisi; mais je vous serais très reconnaissant si vous pouviez m'accorder une audience demain matin à l'heure qui vous conviendra le mieux.

— Comment donc? répondit-elle étonnée, je suis toute à votre disposition, commandant... Voulez-vous vous donner la peine de passer chez moi entre huit et neuf heures?... Je vous y attendrai.

— Merci, madame... A demain donc, et veuillez agréer mes respectueux hommages...

IV

Le lendemain du Pardon, tout l'hôtel fit la grasse matinée. Les huit heures de voiture, dépensées pour aller de Morgat à Sainte-Anne et en revenir, avaient mis sur le flanc les touristes du pèlerinage et personne ne bougeait. Lucile et Tonia, rentrées vers minuit, sommeillaient douillettement dans leur dortoir commun. Elles pressentaient une explication orageuse et avaient décidé de comparaître le plus tard possible devant l'irascible madame Pontal. Paulette, bien qu'elle ne dormît plus, s'oubliait en d'agréables songeries, et ne se pressait point de se lever. Au fond de sa chambre, située sous les combles, et où un large rais lumineux glissait par la fenêtre ouverte, — l'œil mi-clos, — elle ruminait le tendre souvenir des incidents du pèlerinage. Elle écoutait le murmure berceur de la mer montante, le tireli des rouges-gorges parmi les sorbiers du jardin, la clameur des marchandes de sardines courant pieds nus sur le sable de la route. Ces rumeurs perçues vaguement lui donnaient l'hallucination des cantiques bourdonnants de la procession, et sur cette basse confuse, il lui semblait entendre se détacher, comme une obsédante musique, les inoubliables paroles de Rivoalen : « C'est très sérieux... Je vous

aime!... » Aimée! elle était aimée!... Celui qui lui avait le premier chuchoté des mots d'amour était précisément cet Hervé Rivoalen qu'elle avait distingué dès le premier jour où elle l'avait aperçu!... Son jeune cœur, si sevré d'affection jusqu'alors, se gonflait à éclater. Des larmes de joie lui mouillaient les yeux. Brusquement, à la pensée qu'elle allait tout à l'heure revoir Hervé, elle se jetait hors du lit, courait à sa toilette, afin de se faire belle et de se montrer à lui dans le clair rayonnement de son bonheur tout neuf.

L'hôtel était donc plongé dans un silencieux assoupissement, quand, sur les neuf heures, le commandant Le Dantec sortit de chez lui et se dirigea vers le « salon de travail » de madame Pontal. Bien que l'heure fût matinale, sa tenue, toujours correcte, était particulièrement soignée. Cravaté de noir, boutonné dans une jaquette de couleur foncée, et ganté comme pour une visite de cérémonie, il avait la mine à la fois grave et préoccupée. Ce fut avec un léger tremblement dans la voix qu'il pria la femme de chambre de service de l'introduire chez l'auteur de l'*Education des filles dans une démocratie.* Après quelques secondes d'attente, la porte du cabinet de travail s'ouvrit, puis se referma discrètement, et le couloir du premier étage retomba dans son silence ensommeillé.

L'entretien dura plus d'une grosse demi-heure. Lorsque le commandant sortit du sanctuaire, reconduit par madame Pontal et congédié avec une poignée de main pleine d'effusion, il paraissait plus troublé et plus préoccupé encore qu'au moment où il était entré. Au lieu de remonter chez lui, il descendit vivement l'escalier, sortit de l'hôtel et gagna la plage, où on le vit très longtemps se promener d'un pas agité...

Pendant ce temps, sur l'ordre de madame Pontal, la femme de chambre allait frapper à la porte de Paulette.

— Mademoiselle, êtes-vous levée?... Madame votre mère désire vous parler et vous prie de passer chez elle le plus tôt possible.

— C'est bien, dites que je descends! répondit la jeune fille en donnant un dernier coup de main à sa coiffure.

Légère et sautillante, elle fila comme un oiseau dans le couloir, dévala en fredonnant au bas des deux étages et entra tout d'une envolée dans le « salon de travail », où elle trouva M. et madame Pontal en tête à tête. Le professeur d'histoire, rouge et épanoui comme une pivoine, avait l'œil luisant; il bombait avec satisfaction sa large poitrine, dressait haut la tête, et rien qu'à voir les mouvements de ses lèvres rasées, on devinait qu'il méditait un de ces discours pompeux et fleuris dont il avait la spécialité. Quant à l'*authoress* féministe, son visage, si renfrogné la veille, s'était notablement rasséréné. Son altière physionomie de Junon reprenait toute sa majesté olympienne.

— Paulette, commença-t-elle avec une gravité bienveillante, assieds-toi et écoute-moi sans m'interrompre... Mon enfant, nous venons de recevoir pour toi une demande en mariage...

Les joues de Paulette s'empourprèrent, et elle pensa tout de suite à Rivoalen. Ses yeux verts s'ouvrirent tout grands et s'imbibèrent d'une joie attendrie :

— Pour moi? s'écria-t-elle en joignant les mains et sans chercher à dissimuler son contentement, déjà !

— Oui, déjà... Je conviens que tu es encore un peu jeune et que j'aurais préféré établir Lucile avant toi... Mais il ne faut pas se montrer trop exigeant... Eh bien! tu ne t'enquiers pas même de quelle part vient cette proposition?

— C'est que, murmura « la petite dernière » en retroussant le coin de sa bouche..., c'est que je m'en doute un peu...

— Si tu t'en doutes, tant mieux! répliqua madame Pontal, vexée de cet aveu qui lui coupait ses effets, cela nous épargnera des explications oiseuses... Je vois, du reste, à ton air de jubilation, que tu comprends les choses et que nous n'aurons pas, comme je le craignais, à nous heurter contre des objections puériles... Tu peux être satisfaite, en effet... C'est un mariage brillant, enviable sous tous les rapports, malgré la différence d'âge...

— Oh! la différence d'âge? repartit étourdiment Paulette... Il a à peine dix ans de plus que moi !

— Hein! répliqua sa mère interloquée, qu'est-ce que ce quiproquo et de qui parles-tu?

— Mais... de M. Hervé Rivoalen.

Madame Pontal haussa les épaules et déclara d'un ton bref :

— Il n'est pas question de ce monsieur, qui ne se plaît qu'à mystifier les gens et à faire la fête... Il s'agit d'un parti sérieux... Tu es demandée en mariage par le commandant Tanguy Le Dantec.

Toute la joie de Paulette tomba. Ses grands yeux verts avaient pris une expression de révolte et de moquerie; un sourire amer crispait ses lèvres, et sa déception était si grande qu'elle lui ôtait la force de protester.

M. Pontal crut le moment venu de placer la harangue qu'il méditait et, la main droite enfoncée dans son gilet, les narines gonflées d'éloquence, la bouche arrondie, il dit :

— Ma chère fille, les choses ne se passent pas dans la vie comme dans les romans; lorsqu'il s'agit de conclure un mariage, il ne faut pas se placer à un point de vue purement sentimental...

— Oh! papa, interrompit irrévérencieusement « la petite dernière » en hochant négativement la tête, pas de discours, je t'en prie, tu perdrais ton temps !... Je suis parfaitement décidée à refuser le commandant Le Dantec.

— Et pourquoi le refuseriez-vous, mademoiselle? s'écria madame Pontal d'une voix acerbe, pourquoi feriez-vous cet affront à un galant homme, riche, honorable, bien de sa personne et qui vous offre une position inespérée?...

— Pourquoi?... Parce que ce serait ridicule, parce qu'il pourrait être mon grand-père, et enfin parce que je ne l'aime pas... Là... Etes-vous contents?

— Vous préféreriez un poseur comme M. Rivoalen... Un garçon sans consistance et sans principes !

— Sûr que je le préférerais... Il n'a qu'à se présenter, et vous verrez ça tout de suite !

— Seulement, ricana l'*authoress*, il ne se présente pas... De même que son digne ami Salbris, il est de ceux qui compromettent les jeunes filles et ne les épousent pas...

— Voyons, Paulette, reprit M. Pontal avec une voix paterne et conciliante, réfléchis un peu... Nous n'avons pas de dot à te donner et tu risques de vieillir dans le célibat, car au temps où nous sommes, les jeunes gens désintéressés et qui prennent une fille pour ses beaux yeux se font de plus en plus rares... Or, voici que, par un hasard providentiel, un parti s'offre pour toi... Le commandant, à la vérité, n'est plus jeune, mais il est encore très vert et bien conservé; il ne porte pas son âge... Il a une belle fortune, il t'aime et désire t'épouser... Ce serait, à tous les points de vue, un mariage fort avantageux.

— Pour vous, c'est possible... Pas pour moi,

— Laissez donc, Évariste, dit aigrement madame Pontal, cette petite est une niaise et une entêtée. Mais j'aurai raison de son obstination et je me charge de la faire plier.

— C'est ce que nous verrons ! déclara Paulette en relevant la tête avec un geste de défi.

— Tu oublies, ma petite, que tu es mineure, riposta la mère, que cette résistance inattendue exaspérait et dont une colère froide blêmissait les lèvres; tu oublies que nous avons pour nous les droits de l'autorité paternelle et maternelle, et j'espère encore que tu ne nous forceras pas à en user...

— Et toi, maman, répliqua l'enfant avec une malicieuse ironie, tu oublies tes principes et tout ce que tu as écrit dans tes livres au sujet des mariages de convenance... N'as-tu pas répété cent fois que la femme ne doit suivre que sa propre impulsion dans le choix d'un mari?... N'as-tu pas réclamé pour les filles la liberté de se marier à leur gré, comme en Angleterre?... Ce serait curieux si, quand il s'agit de ta fille à toi, tu reniais toutes tes théories !

Furieuse d'être mise en contradiction avec elle-même, madame Pontal perdait de plus en plus son sang-froid. Elle s'élança de son fauteuil et s'avança menaçante vers Paulette, qui s'était levée à son tour et la dévisageait bravement en croisant les bras :

— Tu te mêles de discuter avec ta mère? s'exclama-t-elle, tu n'es qu'une impertinente et une ingrate !... Tu oses me jeter mes principes à la tête; mais, petite misérable, si je n'étais retenue par eux, il y a longtemps déjà que je t'aurais giflée comme tu le mérites...

— Du calme, ma bonne amie ! murmura M. Pontal en s'interposant.

— Ah ! les enfants, continua-t-elle en levant les bras au ciel, quelles plaies pour les mères qui ont conscience de leurs devoirs éducatrices ! Je me suis exterminée toute ma vie pour ces filles-là, et voilà ma récompense !

A ce moment, la porte de la chambre s'ouvrit; Tonia et Lucile apparurent sur le seuil, montrant des visages à la fois surexcités par la curiosité et satisfaits d'un incident qui semblait détourner sur une autre l'orage qui les menaçait.

— Ah çà ! dit madame Desjoberts avec aplomb, vous vous querellez donc ici?... On vous entend du bout du couloir...

— Fermez la porte ! commanda impérieusement madame Pontal, et, puisque vous vous décidez à reparaître toutes deux après votre scandaleuse équipée, vous arrivez à point pour prendre votre part des justes reproches que j'adresse à votre sœur...

La sournoiserie des yeux chastement baissés de Lucile et la suavité agaçante du sourire de Tonia portèrent sa colère au paroxysme :

— Oui, poursuivit-elle en éclatant, voilà ma récompense, voilà les filles que j'ai !...

Comme elle haussait la voix, M. Pontal était allé prudemment fermer la fenêtre. Cette précaution acheva de mettre l'irascible matrone hors d'elle-même.

— Peu m'importe qu'on m'entende ! cria-t-elle, ne sommes-nous pas déjà la fable de la table d'hôte, grâce à l'inqualifiable conduite de ces demoiselles? Les aînées sont à l'unisson de la cadette... L'une s'est si sottement affichée que son mari, poussé à bout, menace de réclamer le divorce; l'autre se jette à la tête de ce bohème de Salbris, et son aventure de Douarnenez l'a si déplorablement compromise qu'elle ne trouvera jamais à s'établir... La troisième, à laquelle je croyais un peu de bon sens, un peu d'affection, sinon pour moi, du moins pour son père, la troisième est pire encore et plus dénaturée... Elle a entre les mains un moyen de tout réparer et de rendre à la famille la considération que ses sœurs lui ont fait perdre, et elle refuse de nous tirer d'embarras !...

— Je ne suis pas un terre-neuve, murmura Paulette avec un sanglot dans la gorge, et je ne me soucie pas de me jeter à l'eau pour repêcher les gens qui se noient...

— Tu es un cœur sec et un monstre d'égoïsme, voilà ce que tu es ! gémit madame Pontal, en se laissant tomber épuisée sur son fauteuil.

Tonia et Lucile, très intriguées, se regardaient, puis dévisageaient la malheureuse Paulette, dont les traits s'altéraient et dont les yeux commençaient à se mouiller.

— Enfin, interrogea madame Desjoberts, que se passe-t-il?... Au lieu de t'énerver, tu ferais bien mieux de nous dire ce qu'il y a.

— Il y a, reprit madame Pontal, que le commandant Le Dantec la demande en mariage et que cette péronnelle ne veut pas l'épouser.

— Elle a tort ! déclara nettement Tonia.

Elle ramena sur ses lèvres son plus engageant sourire et, s'adressant à « la petite dernière », d'une voix câline :

— Ne te l'ai-je pas cent fois répété? Le commandant a un *béguin* pour toi; si tu l'épouses, tu le mèneras par le nez, tu seras parfaitement heureuse, et ton bonheur rejaillira sur la famille... Voyons, un bon mouvement !

Lucile haussait les épaules et, se tournant languissamment vers Paulette, elle ajoutait d'un ton traînant et avec son air sainte-nitouche :

— Ne sois donc pas enfant à ce point-là !... Fais ça pour nous... Après tout, ce n'est pas la mer à boire !...

Un moment prête à pleurer, Paulette renfonça ses larmes, et, les yeux étincelants, les narines dilatées, elle lança à ses deux sœurs un regard de mépris :

— Tenez, protesta-t-elle, vous m'écœurez !... Vous souffririez, n'est-ce pas ? que je me sacrifie pour raccommoder les accrocs que vous faites à votre réputation et pour réparer vos sottises... De tout temps ç'a été mon rôle dans la maison, j'étais votre Cendrillon et je reprisais vos nippes pendant que vous vous amusiez... Tant que ça s'est borné à porter vos robes défraîchies et à subir vos rebuffades, j'ai pris patience; mais maintenant qu'il s'agit de me rendre malheureuse toute ma vie pour vos beaux yeux, ne comptez pas sur moi !... On ne disposera pas de moi contre mon gré, et puisque Lucile trouve que c'est si simple de se marier pour de l'argent, eh bien ! qu'elle épouse M. Le Dantec... Je le lui laisse volontiers... Bonjour !

Elle sortit en faisant claquer la porte, remonta quatre à quatre les deux étages, rentra chez elle et, se jetant sur son lit, enfouit son visage dans les couvertures.

Cette chambre mansardée, qu'elle avait tout à l'heure quittée si gaiement, était encore inondée de soleil. Les mêmes sonorités joyeuses y pénétraient par la fenêtre ouverte : elles devenaient plus allègres, plus éclatantes à mesure que la matinée avançait. Accompagnant ces bruits familiers, la mer montante rythmait sur le sable le frais bouillonnement de ses vagues ourlées d'écume. Toutes ces rumeurs matinales, qui, une heure auparavant, éveillaient au cœur de Paulette un vol charmant et léger de rêves amoureux, retentissaient maintenant en elle comme un refrain obsédant et cruellement ironique. La clameur prolongée d'une sirène annonçant l'arrivée du bateau de Douarnenez accrut encore cette sensation douloureuse, en évoquant le souvenir de ces débarquements quotidiens qui constituaient pour les baigneurs de Morgat l'amusante distraction de chaque

matinée. Elle revit la mer bleuissante, les barques chargées de touristes, se détachant des flancs du bateau pour déposer à cent pas de la plage leur cargaison de passagers, qu'on transportait à dos d'homme, et dont les mines ahuries récréaient la curiosité des badauds installés au sec sur le sable. Elle se rappela avoir ainsi assisté à l'arrivée de Rivoalen, perché sur les épaules d'un marin aux jambes nues, et elle se remémora sa première impression à l'aspect du jeune homme en costume de cycliste, qui sautait lestement sur la grève et riait d'un rire si communicatif... Et du même coup ce ressouvenir ramena violemment son attention sur la situation nouvelle qui lui était créée.

Son cœur se déchira à la pensée qu'Hervé était peut-être déjà instruit de la démarche du commandant. Elle savait Tonia très capable de divulguer cette odieuse demande en mariage, en y ajoutant de perfides commentaires. Et alors, si Rivoalen apprenait par des étrangers les propositions de Le Dantec, de quelle façon jugerait-il la conduite de son amie, lui qui s'était déjà montré si ombrageux au sujet des assiduités du commandant? Il ne pourrait manquer de trouver étrangement équivoque cette démarche survenant le lendemain même du jour où il avait déclaré son amour à Paulette. Elle se représenta la surprise et la juste irritation du jeune homme. Il l'accuserait certainement de déloyauté, de duplicité et de calculs répugnants. Un redoublement de désespoir la saisit. En même temps, un impétueux désir de se justifier la jeta à bas du lit où elle s'était couchée. Elle voulait voir Rivoalen et s'expliquer sur-le-champ avec lui. Mais où le joindre, à cette heure matinale? Si elle eût eu l'imperturbable aplomb de Lucile, elle aurait été frapper à sa porte... Un secret sentiment de pudeur la retenait; le rouge lui montait au front rien qu'à l'idée d'être vue par un domestique, près de la chambre du jeune homme. Aller à sa recherche sur la plage?... Mais, si elle se décidait à sortir, elle risquait de rencontrer, au lieu de Rivoalen, le commandant Le Dantec; il l'aborderait, on les verrait causer, et ce serait plus désastreux encore. Non ! le plus sage était de rester claquemurée dans sa mansarde, jusqu'à ce qu'on eût notifié son refus au vieux Le Dantec, et qu'il n'y eût plus d'équivoque possible.

A ce moment, le premier coup du déjeuner sonna à toute volée. Elle se rejeta sur son li et s'y étendit, bien décidée à ne point paraître à table d'hôte. D'ailleurs à quoi bon? Elle se sentait l'estomac fermé et il lui eût été impossible d'avaler une bouchée. Cinq minutes se passèrent. La sonnerie du second coup éclata, plus bruyante, plus impérative. Paulette enfonça sa tête entre l'oreiller et le traversin. Elle n'avait qu'un désir : s'engourdir dans une sorte d'hébétude léthargique et ne sortir de cet état que lorsque le commandant aurait plié bagage. — « Car, pensait-elle, une fois prévenu de son échec, il n'aura pas, je suppose, le mauvais goût de s'éterniser à l'hôtel et il s'en retournera certainement à Landerneau... »

On heurta du doigt à la porte. Elle ne bougea pas. Alors l'huis s'entre-bâilla, et l'on vit apparaître d'abord la tête fureteuse, puis la personne entière de Tonia, immédiatement suivie de Lucile.

— Paulette, hasarda madame Desjoberts, après avoir constaté que « la petite dernière » était couchée, le visage tourné vers le mur. Paulette, viens-tu?

Pas de réponse.

— Est-ce que tu dors? demanda à son tour Lucile.

— Non, grogna la jeune fille, sans se retourner.

— Ma chère, reprit Tonia avec sa belle sérénité souriante, ne boude pas contre ton ventre, et viens déjeuner, le second coup est sonné.

— Je n'ai pas faim.

— Permets-moi de te dire que personne ne comprend rien à ton entêtement... Tout autre que toi serait enchantée de saisir la balle au bond... Pourquoi te butes-tu à refuser le commandant?... Si tu comptes sur Rivoalen, tu es encore bien naïve, ma petite!... Pas plus tard qu'hier, il nous a déclaré qu'il fleuretait tant qu'on voulait, mais qu'il n'épousait jamais... Est-ce vrai, Lucile?

— Parfaitement, affirma la cadette, Rivoalen est un simple farceur... Et puis, tu es par trop niaise, ma fille... Epouse donc ton vieux commandant... S'il t'ennuie, les distractions ne te manqueront pas...

— Tu me dégoûtes !

— Enfin, descends-tu, oui ou non? insista Tonia... Tu sais que ton refus désole papa? Tout à l'heure il en avait les larmes aux yeux, et s'il ne te voit pas à table, ça l'achèvera !

— Tu diras que j'ai la migraine.

— Veux-tu qu'on te monte de quoi manger? ajouta insouciamment Lucile.

— Non, je veux qu'on me laisse en paix.

— A ton aise !

Elles sortirent. Dès qu'elles furent dehors, Paulette alla nerveusement verrouiller la porte à l'intérieur. Puis elle se rejeta sur son lit et se mit à sangloter. Tout ce qu'elle avait retenu des propos de ses sœurs, c'était le chagrin que sa résolution causait à son père. Elle aimait tendrement le bonhomme Pontal et elle était navrée de lui faire de la peine. Mais quoi?...

Elle lui expliquerait les choses et il finirait par comprendre que ce qu'on exigeait d'elle était un sacrifice immoral, cruel, au-dessus de ses forces...

Une heure se passa. Par les fenêtres ouvertes de la salle à manger, le cliquetis des couverts, les rires des convives montaient jusqu'à la croisée de la mansarde et achevaient d'énerver la triste Paulette. Elle songeait à Rivoalen, à Le Dantec, aux angoisses de M. Pontal, et elle se remettait à fondre en larmes...

Elle entendit des pas dans le couloir; quelqu'un s'arrêta devant sa porte et essaya de tourner le bouton.

— Qui est là? murmura-t-elle, le cœur battant.

— C'est moi, ma chère enfant, répondit la voix gémissante de monsieur Pontal, ouvre, je t'en prie !...

Elle alla tirer le verrou et, avec un dernier sanglot dans la gorge :

— Entre, papa ! balbutia-t-elle doucement.

V

M. Pontal entra d'un pas lourd, le dos voûté, la tête basse, les yeux rougis et la bouche chagrine. De l'air d'un homme terrassé par la mauvaise fortune, il s'effondra sur une chaise près de la table de toilette, appuya son front sur sa main et demeura un moment sans parler. En voyant ce visage défait et cet abattement, Paulette fut saisie d'un remords et s'apitoya. Elle s'agenouilla gentiment aux pieds de monsieur Pontal, posa ses mains sur les genoux paternels et murmura :

— Pauvre papa, je t'ai fait du chagrin.. Tu m'en veux?

Il leva un bras en l'air, puis le laissa retomber d'un geste las

— Pardonne-moi, reprit-elle, et écoute-moi... Avec maman, il n'y a pas moyen de s'expliquer sans se fâcher ; mais, toi, tu es bon et tu me comprendras... Songe que j'ai dix-neuf ans, et que M. Le Dantec en a presque soixante... C'est un excellent homme, soit, mais, vrai, il est trop vieux ; il me serait impossible de l'aimer, je le prendrais en grippe, et nous finirions par nous détester réciproquement... C'est déjà bien assez d'un mauvais ménage dans la famille, et tu ne veux pas que ta « petite dernière » soit misérable pour le restant de ses jours ?... Je t'en prie, ne me tiens pas rigueur et conviens que j'ai raison...

M. Pontal poussa un profond soupir :

— J'en conviens... Tu as raison... cruellement raison ! Je comprends jusqu'à un certain point tes répugnances, et c'est précisément pourquoi je suis plus douloureusement meurtri par les tuiles qui nous pleuvent sur le dos.

— Quelles tuiles ? demanda Paulette en ouvrant de grands yeux.

— Nous nous trouvons dans une situation calamiteuse... Voilà le fait brutal, ma chère enfant !... J'aurais désiré t'épargner la révélation des angoisses qui nous tourmentent. Mais puisque tu m'interroges, j'ai le devoir de te dire la vérité. Nous sommes matériellement et moralement dans une impasse... Si un miracle ne vient nous en tirer, nous y perdrons non seulement notre avoir, mais notre respectabilité, notre position dans le monde et même ma place de professeur au lycée, c'est-à-dire mon gagne-pain...

— Papa ! balbutia l'enfant effrayée, ce n'est pas possible !... Tu exagères !

— Plût au ciel ! reprit-il en secouant tragiquement la tête ; je n'exagère rien, malheureusement, au contraire, et tu vas le voir... Hier, tu as été surprise en apercevant Desjoberts à table d'hôte... T'es-tu demandé pour quels motifs il venait à Morgat ?

Paulette haussa légèrement les épaules. A la vérité, elle ne s'était même pas posé la question, tant les émotions heureuses qui gonflaient son cœur absorbaient son être entier et la laissaient indifférente aux actions d'autrui.

— Mon Dieu, avoua-t-elle, j'ai pensé tout bonnement qu'il désirait se réconcilier avec Tonia.

— Tu te trompais... Desjoberts a été amené ici par des motifs moins généreux... Il a lu dans les journaux les détails de cette malencontreuse représentation de *La Reine Dahut*, et il a été furieux que sa femme se soit exhibée sur les planches... En quoi il n'a pas tout à fait tort. Si l'on m'avait écouté, jamais Tonia ne se serait donnée en spectacle avec ces cabotins... Mais, là où ton beau-frère a dépassé la mesure, c'est en profitant de ce prétexte pour nous faire une querelle d'Allemand et exercer sur nous une sorte de honteux chantage : il nous réclame le paiement immédiat de la dot de quarante mille francs stipulée au contrat de Tonia, sans quoi il nous menace d'introduire une instance en divorce.

— C'est un joli monsieur ! s'écria Paulette indignée.

— C'est un drôle ! déclara sévèrement monsieur Pontal, mais, je le connais, il exécutera sa menace, car il a un cœur incapable de pitié... Nous voilà donc, ta mère et moi, acculés à cette désespérante alternative : payer les quarante mille francs ou subir le scandale d'un divorce. Dans le premier cas, c'est la ruine, car nous n'avons pas la somme en caisse ; il nous faudra chercher à l'emprunter je ne sais où... faute de quoi nous serons forcés de vendre jusqu'à notre mobilier... Et si, dans la seconde hypothèse, Desjoberts introduit une instance en divorce, ma situation est irrémédiablement compromise... Je me verrai obligé de quitter l'Université et je ne survivrai pas à une pareille déchéance !

Paulette, atterrée, ne répondait pas. Des sanglots s'étaient de nouveau noués dans sa gorge ; elle entourait son père de ses bras et pleurait convulsivement.

Pontal lui-même semblait gagné par ces larmes contagieuses et, ostensiblement, écrasait un pleur dans l'un de ses yeux.

— Papa, murmura la jeune fille, ne te désole pas... J'irai trouver mon beau-frère. Je lui ferai honte de sa conduite, je le supplierai si fort qu'il se laissera attendrir.

— Autant vaudrait essayer d'attendrir un des rochers de la plage !... Tu ne le connais pas ! il est indécrottable... Non, ma chérie, je ne veux pas t'exposer à subir les rebuffades d'un pareil butor !... Seulement, tu comprends maintenant, n'est-ce pas, le souci qui me ronge ?... Ce matin, au milieu de notre désarroi, le commandant Le Dantec est venu nous demander ta main, et dame !... ta mère et moi, nous étions si consternés que nous l'avons quasiment accueilli comme un sauveur... La douleur rend égoïste, mon enfant, et tout d'abord nous n'avons vu dans cette proposition si inattendue, que l'intervention miraculeuse qui pouvait nous sortir d'embarras... Le fait seul de ton mariage avec un homme riche, bien posé dans le pays, rétablissait du coup notre prestige et notre crédit... En apprenant cette nouvelle, Desjoberts, qui est aussi vaniteux qu'intéressé, se serait assoupli... Dans l'espoir de tirer son épingle du jeu, à l'aide du commandant, il serait devenu aussi plat et mielleux qu'il s'était montré intransigeant... Seulement nous avions compté sans tes répugnances de jeune fille... La planche de salut nous a glissé dans les mains... et dans le premier moment nous n'avons pu cacher notre déception...

Lentement, Paulette s'était levée; ses yeux mouillés enveloppaient son père d'un navrant regard, pareil à celui d'une chevrette aux abois. Un frémissement nerveux agitait ses lèvres; un froid glacial lui courait par tout le corps et elle était devenue blanche comme neige.

— Écoute, papa !... balbutia-t-elle, et tandis qu'elle articulait péniblement ces deux mots, il lui semblait que c'était une autre voix que la sienne qui parlait...

— Non, non, interrompit le professeur, en quittant sa chaise et en ébauchant le geste d'un homme qui jette le manche après la cognée, il est juste que ce soient les vieux qui pâtissent et se sacrifient pour les jeunes... Après tout, si les choses sont poussées à l'extrême, j'aurai toujours la ressource de disparaître... Je ne m'ouvrirai pas les veines comme Sénèque, mais la mer n'est pas loin, et j'irai lui demander le remède suprême à tous les maux !...

En même temps il s'approchait de la fenêtre, avec un mouvement si prompt qu'il semblait déjà prêt à mettre sa menace à exécution. La candeur de Paulette s'y laissa prendre. Elle se le représenta roulé par les lames, brisé par les pointes des rochers et rejeté sans vie sur le sable de la plage. De tous les membres de sa famille, son père était le seul pour lequel elle eût une profonde et aveugle affection. Elle se revit, à huit ans, bordée dans son petit lit par le professeur qui travaillait à côté d'elle, tandis que madame Pontal courait les *meetings* féministes et les salles de conférences..., — ou bien serrant de ses doigts la grosse main paternelle et se promenant gravement avec lui sous les marronniers, dans l'avenue de l'Observatoire. Comme les rapides tableaux d'un cinématographe, les années d'autrefois s'évo-

quèrent à ses yeux, avec les douces heures d'intimité, d'abandon, de consolantes causeries, passées dans la société de cet unique compagnon de son enfance et de sa jeunesse. Evariste Pontal lui était cher à cause de la constante amitié qu'elle lui avait vouée; elle le dotait libéralement de la puissance affective qui existait en elle et dont elle avait reversé le trésor sur lui. Elle ne pouvait supporter l'idée de sa disparition; lui parti, la maison familiale serait pour elle aussi odieuse et insupportable qu'une prison. Tout ce qu'elle avait de tendresse et d'abnégation lui monta du cœur au cerveau, et un généreux élan de sa nature impulsive la jeta contre la poitrine du désolé professeur. Elle s'y blottit, enlaça ses bras autour du cou paternel, et, dans une effusion où les baisers alternaient avec les sanglots, elle bégaya :

— Père, je ne veux pas que tu souffres !... Tout, oui... tout, plutôt que de te voir malheureux !... S'il le faut, je me résignerai... j'épouserai M. Le Dantec !

A son tour, Pontal la serra dans ses bras, puis, lui prenant les mains et la regardant anxieusement dans les yeux, il objecta, pris de scrupule :

— Merci, ma fille... Non, je ne veux pas arracher à un mouvement de sensibilité une résolution que tu me reprocherais plus tard.

La pauvre « petite dernière » fut secouée par un frisson douloureux. A la fin, s'efforçant de raffermir sa voix, elle déclara bravement :

— Je ne te reprocherai rien... Le sacrifice que je refusais aux autres, je le ferai pour toi, et de tout mon cœur... A-t-on déjà donné une réponse au commandant ?

— Pas encore... balbutia monsieur Pontal, un peu honteux en présence de cette héroïque immolation; ta mère l'a prié d'attendre jusqu'au soir...

Jusqu'au soir !... Paulette eut conscience qu'une pareille attente serait au-dessus de ses forces. Elle ne voulait pas avoir le temps de réfléchir, car elle pressentait que chaque minute de retard affaiblirait sa résolution :

— Eh bien ! reprit-elle en essuyant ses yeux, va tout de suite trouver le commandant : dis-lui que je lui donnerai moi-même la réponse... Mais pas ici, pas dans cet hôtel où tout le monde nous épie... Je veux pouvoir lui parler tranquillement, seule à seul... Prie-le de se rendre au pâtis qui est derrière la ferme de Ker-an-Provost... Il connaît bien l'endroit... J'y serai dans un quart d'heure...

M. Pontal respira bruyamment, comme un homme débarrassé du poids qui l'étouffait. Lent et solennel, il imposa ses mains sur les épaules de sa fille, et la baisant au front :

— Mon enfant, déclara-t-il d'une voix mouillée, je n'oublierai jamais ce que tu fais pour sauver ton vieux père... Excuse-moi de ne pas te remercier plus éloquemment... Les grandes joies comme les grandes douleurs sont muettes... Je cours à la recherche de Le Dantec afin de m'acquitter de ton message... A bientôt, fillette !

Il sortit d'un pas léger et disparut dans le couloir.

Dès qu'il fut parti, Paulette plongea son visage dans un bain d'eau froide afin d'effacer la trace de ses larmes et de rafraîchir son front fiévreux. Elle ne songea même pas à réparer le désordre de sa toilette; peu lui importait de paraître laide ou jolie à celui qu'elle allait rejoindre dans le pâtis de Ker-an-Provost. Elle voulait avant tout brusquer les choses et ne pas permettre à sa détermination de se refroidir, à sa volonté de devenir hésitante. Elle épingla un chapeau de paille sur sa tête, et, gagnant la cour de l'hôtel, s'esquiva par une porte de derrière qui s'ouvrait sur les champs. Au lieu de suivre la route trop fréquentée, elle contourna l'étang du moulin et gagna le lieu du rendez-vous par un chemin creux. Elle marchait hâtivement et sans penser. Bientôt elle vit au-dessus d'un bouquet de frênes pointer les toits de tuiles moussues de Ker-an-Provost. Cette ferme, enfouie dans les arbres, était au XVIe siècle une gentilhommière comme il en existe un grand nombre parmi les landes et les pins de la Cornouaille. Un large pâtis carré, encadré de hauts talus, sur lesquels poussaient des chênes, des ormes et des frênes plus que centenaires, régnait derrière les bâtisses de pierre grise, qu'un antique lierre drapait d'un pan de verdure sombre.

Ce fut en escaladant un de ces talus que Paulette pénétra dans le grand carré de verdure, où des touffes d'iris défleuris s'étalaient parmi l'herbe courte, et dont un poulain à la crinière emmêlée, gambadant en liberté, animait la pacifique solitude.

Elle était arrivée la première au rendez-vous et elle en ressentit presque du dépit. Maintenant qu'elle était décidée au sacrifice, elle aurait voulu que tout fût consommé irrévocablement; ce retard l'énervait. Elle contemplait avec émoi la pelouse unie où les futaies du talus découpaient de mobiles ombres et où elle était maintes fois venue jouer au croquet avec ses sœurs, Salbris et Rivoalen. Le choc alterné des fléaux sur une aire lointaine et les battoirs des laveuses agenouillées au bord d'un *doué* voisin, interrompaient seuls le grand silence de la campagne endormie au soleil. Cette paix rustique contrastait si violemment avec le trouble de son cœur, que Paulette en éprouvait un inexprimable malaise. Elle s'assit au pied d'un arbre, ferma les yeux et s'abandonna à une sorte de douloureux engourdissement. La fuite bruyante du poulain effarouché, qui galopait vers les cordons boisés du talus, lui fit brusquement rouvrir les paupières, et, avec un battement de cœur, elle aperçut à l'extrémité opposée Tanguy Le Dantec qui poussait la barrière du pâtis.

Entre ses cils mi-clos, elle l'étudia un moment, toute prête à s'indigner s'il eût eu la démarche et la physionomie trop visiblement triomphantes. Mais non; boutonné dans sa jaquette foncée, coiffé d'un feutre gris, il avait plutôt l'air intimidé et hésitant. Son teint semblait pâlir sous le hâle et une nuance d'inquiétude avivait l'habituelle mélancolie de son visage. Paulette se leva et marcha résolument vers lui. Ils se trouvèrent bientôt en face l'un de l'autre, et il y eut d'abord entre eux quelques secondes d'un silence gênant.

— Mademoiselle Paulette, murmura Le Dantec, avec une gauche brusquerie, je suis un vieux fou, n'est-ce pas?... Et c'est pour me le dire que vous m'avez assigné ce rendez-vous?

Un nouveau silence.

La jeune fille sentait qu'elle devait répondre, mais les paroles se nouaient dans son gosier, et il lui était impossible d'articuler un mot. Une pâleur plus intense s'étendit sur le visage anxieux du commandant, et il reprit d'une voix moins assurée :

— Vous jugez sans doute ma démarche outrecuidante et mon insistance importune?

— Non... Vous vous trompez, balbutia-t-elle enfin, touchée par l'accent de profonde tristesse et d'absolue défiance de lui-même avec lequel il s'exprimait.

— Pardonnez-moi, poursuivit-il, d'avoir agi avec tant de précipitation... C'est la faute de mon âge et aussi de mon caractère inquiet. Je n'ai jamais pu supporter de rester dans l'indécision et j'aime mieux un bon coup nettement asséné qu'une douteuse attente... Parlez-moi franchement, ajouta-t-il, d'une voix attendrie, mais virilement énergique, ne craignez pas de me chagriner... Je suis dur au mal, et, dans ma longue carrière, je n'ai pas toujours été gâté par la destinée. Si c'est une déception qui m'attend, ce ne sera pas la première et cette considération ne doit pas vous arrêter.

Elle demeurait muette, très émue par l'humilité de cet aveu, et cependant trop franche pour abuser son interlocuteur avec des formules polies.

— Mon enfant, s'écria-t-il avec un redoublement d'angoisse, j'aime mieux tout que de vous voir ainsi frissonnante et interdite... Madame Pontal, qui est un peu autoritaire, a peut-être essayé avec vous d'un système d'intimidation?... Je serais au désespoir si vous vous croyiez obligée de me ménager pour lui obéir !...

— Vous vous trompez, commandant, répéta-t-elle, en relevant fièrement la tête, personne n'a jamais rien obtenu de moi par l'intimidation... Et, si je vous ai donné rendez-vous ici, c'est de mon plein gré !

— Tant mieux ! repartit Le Dantec rassuré, toute pression exercée sur vous me serait odieuse... C'est de vous seule, mademoiselle Paulette, que je veux tenir la réponse, librement formulée, qui me rendra heureux ou malheureux... J'ai longtemps hésité avant d'aller prier vos parents de vous transmettre ma demande... Chaque fois que je me regardais dans la glace, je me disais : « Ma tournure et mon visage n'ont rien qui puisse tenter le cœur d'une jeune fille; je n'ai rien d'un héros de roman... » Et, malgré tout, j'ai tenté une démarche qui, à moi tout le premier, apparaissait comme une présomptueuse folie... Ce qui m'a décidé, c'est notre conversation d'hier pendant le trajet de Sainte-Anne à Morgat. Il m'a semblé, en vous écoutant, que je pouvais encore être utile à quelqu'un, et bon à quelque chose dans la vie... Et puis, dans le son de votre voix, dans la confiance naïve que vous me témoigniez, j'ai cru deviner qu'il y avait entre nous une certaine sympathie... Me suis-je abusé?...Si je suis absurde, dites-le-moi carrément..

— Non, répondit-elle avec précipitation, il n'y a rien d'absurde... J'ai... toujours eu pour vous une grande sympathie...

Les yeux bleus de Le Dantec, jusque là voilés de tristesse, s'étaient peu à peu éclairés.

— Bien vrai? interrogea-t-il.

— Bien vrai... Je ne dis que ce que je pense.

Il saisit dans sa main celle de la jeune fille, qui devint toute fluette et tremblante en se sentant prisonnière, et, d'une voix étranglée par l'émotion, il murmura :

— Paulette, vous rendez-vous clairement compte de l'importance qu'ont pour moi vos paroles?... Savez-vous bien à quoi vous vous engagez?

— Ou...i... je le sais, répliqua-t-elle, mais elle n'eut pas la force de le regarder en face, et ses paupières demeurèrent obstinément baissées.

— Etes-vous sûre, continua-t-il pensivement, de ne pas céder simplement à un mouvement de compassion, au désir de ne pas me peiner par un refus... Je connais les impulsions de votre nature généreuse et si peu égoïste. Vous avez l'habitude de songer aux autres plus qu'à vous-même; mais il ne faut pas que votre bonté naturelle vous entraîne à des actes irréfléchis... Dites-vous bien qu'il s'agit d'un lien qui ne se rompt qu'à la mort.

— Je le sais, répéta-t-elle plus faiblement.

— Je souffrirais cruellement, si, plus tard... trop tard, vous vous aperceviez que le sacrifice est au-dessus de vos forces, et si vous veniez me dire que j'ai profité de votre inexpérience pour gâter votre vie !...

— Oh ! s'écria-t-elle étourdiment, même si cela était, je n'aurais pas la dureté de vous le dire !

Cette naïve affirmation ne parut pas sans doute à Le Dantec absolument rassurante, car il poursuivit :

— Parmi les jeunes gens que vous avez connus, ne s'en est-il jamais rencontré au moins un, auquel vous auriez volontiers associé votre jeunesse, plutôt que de la consacrer à un homme de mon âge?

C'en était trop, et cette dernière question inattendue évoquait de trop récents souvenirs, une image trop chère pour que le cœur de Paulette n'en fût pas violemment meurtri.

Des larmes lui montèrent aux yeux, en même temps que l'aveu de son amour lui venait aux lèvres. Elle fut tentée de crier : « C'est vrai, il y a un homme que j'aime et que je préférerais à tout en ce monde !... » Mais, tandis que se réveillait sa tendresse pour Rivoalen, le visage bouleversé de son père surgissait devant ses yeux; elle se rappelait les cris de détresse de M. Pontal.

Partagée entre l'horreur d'une trahison et l'ardeur de son affection filiale, elle n'avait plus la force d'être sincère. En face de cette interrogation, elle demeurait muette, suffoquée, ayant peine à réprimer un sanglot.

Le commandant vit ses yeux pleins de larmes et se méprit sur la cause de son trouble. Il se reprocha de torturer cette âme vierge avec ses questions intempestives. Peut-être aussi eut-il peur que son indiscrète insistance ne fît évanouir un bonheur qu'il touchait déjà de la main :

— Pardonnez-moi, s'écria-t-il, je deviens tout à fait idiot... Je vous assassine de mes agaçantes questions, tandis que je devrais m'estimer trop heureux d'être accepté par vous... Mais, Paulette, j'ai si peu confiance en mon propre mérite !... Vous ne savez presque rien de la vie, vous avez une nature sensible et aimante, et si, un jour, vous veniez à rencontrer un homme jeune, vers lequel vous vous sentiriez attirée, ce serait pour vous et pour moi la pire des misères...

Hélas ! l'homme vers qui pouvait s'incliner son cœur, elle l'avait déjà rencontré et elle était en train de l'abandonner...

Avant le soir, Rivoalen apprendrait cet abandon et, justement indigné de tant de déloyauté, il la mépriserait et la renierait à son tour...

Paulette était si convaincue que son unique roman d'amour était fini, et que jamais il ne recommencerait, qu'elle put répondre à Le Dantec en toute sincérité :

— Je suis plus sérieuse que vous ne pensez et je sais à quoi je m'engage... Vous n'aurez jamais rien de pareil à me reprocher...

Les yeux du commandant s'illuminèrent.

— Alors, vous consentez !... s'écria-t-il en saisissant les deux mains de la jeune fille, vous serez ma femme, Paulette?

— Oui... Je ne demande qu'une chose, et je vous prie de l'obtenir de mes parents... Je désire que nous quittions Morgat dès demain... Tous les gens de l'hôtel sauront bien vite que je me marie; nous serons en butte à leurs curiosités et à leurs commentaires... Rien que cette idée-là m'énerve et je veux partir...

Cette demande concordait trop bien avec les propres désirs de Le Dantec pour qu'il n'y donnât point son assentiment :

— Je suis parfaitement de votre avis, répondit-il... Je veux pouvoir vous faire ma cour tranquillement, sans avoir tous ces indiscrets sur le dos. Nous partirons donc demain et je vous accompagnerai à Paris... J'aurai, d'ailleurs, là-bas, à m'occuper de notre future installation... Tandis que je

bâtissais présomptueusement de chimériques châteaux en Espagne, j'ai formé un projet qui vous sourira sans doute, Paulette... Mon manoir de Landerneau serait une demeure un peu bien austère pour une jeune Parisienne... Alors, j'ai rêvé de louer, aux environs de Paris, une villa agréablement située, où vous seriez tout près de votre famille et que vous arrangeriez à votre fantaisie... Cela vous plairait-il?

— Vous êtes trop bon et je vous remercie... Je serai très contente, surtout si vous permettez que papa vienne souvent nous voir, et si vous m'autorisez à le garder avec moi pendant les vacances...

— C'est entendu ! s'écria-t-il gaiement...

Il y eut un instant de silence, traversé seulement par une folle galopade du poulain.

— Je vais, poursuivit Le Dantec, prévenir immédiatement M. et madame Pontal... Venez-vous avec moi, Paulette?

Elle dégagea lentement ses mains prisonnières et secoua la tête :

— Non, murmura-t-elle, je préfère ne rentrer que lorsque vous aurez tout arrangé avec eux... Je vous retrouverai tout à l'heure sur la plage...

Il la regarda un moment avec hésitation : il aurait voulu lui reprendre les mains et les couvrir de baisers, mais il n'osa pas se permettre cette privauté qu'autorisait cependant sa nouvelle situation de fiancé. Il s'inclina avec résignation :

— Alors, au revoir... A bientôt, Paulette !

Il s'éloigna dans la direction de la barrière et, avant de disparaître, envoya encore un salut de la main à la jeune fille, qui restait immobile comme une statue au milieu du pâtis verdoyant.

VI

Un quart d'heure se passa. Paulette gardait la même attitude rigide. Les pieds cloués au sol, les bras croisés, l'esprit absorbé, elle était abasourdie de la rapidité avec laquelle l'orientation de toute sa vie avait brusquement changé. Le choc qu'elle venait de subir avait été si inattendu, si douloureux, qu'elle était tentée de se croire en proie à une sorte d'hallucination. Ne la voyant pas bouger, le poulain à la crinière emmêlée s'avança curieusement vers elle en s'ébrouant. Il lui fit peur et, sursautant, « la petite dernière » s'enfuit vers l'encoignure où un échalier s'ouvrait dans le talus. Elle le franchit précipitamment et gagna un sentier caillouteux qui coupait la route de Crozon, dans la direction du hameau de Lesquiffinec. Elle suivit machinalement cette sente creusée entre deux hauts buissons de ronces et de houx, et, comme un écureuil dans sa roue, la même pensée obsédante se remit à tourner dans son cerveau : « Tout était fini, elle avait engagé sa parole et demain elle s'en irait, fiancée au vieux commandant Le Dantec ! » Il lui semblait que sa jeunesse venait tout à coup de disparaître, comme une eau courante qui tombe soudain dans un gouffre. Elle traversa lentement l'unique rue dont les masures croulantes abritaient sous leur toiture de chaume des étables sordides; où des enfants demi-nus grouillaient, mêlés aux poules et aux cochons. C'était le plus misérable village de la paroisse, et cependant, à cette heure où elle allait quitter Morgat, Paulette enviait quasi le sort des vieilles femmes accroupies au seuil de leur obscur taudis. Elle enveloppait d'un regard navré tout ce paysage dont l'intime sauvagerie avait vu éclore son unique et si court rêve de tendresse : — le clocher de Crozon à la tour massive, le bois de pins aux cimes rasées par le vent de mer, le petit fort de Rullianec couronnant de ses bastions gris un monticule envahi par les ajoncs. — « La petite dernière » adressait un déchirant adieu à ce coin de Bretagne dont les lignes et les colorations s'associaient pour elle à tant de secrètes joies, à toute une aube d'amour, hélas ! si cruellement, si rapidement enténébrée par des vapeurs d'orage !... Elle se rappelait sa promenade nocturne au bras de Rivoalen, tandis que la lune se levait au-dessus de Rullianec, et les paroles qu'elle avait jetées d'une voix si moqueuse, à travers le bruissement de la mer pailletée d'or, lui revenaient amèrement à la mémoire : « Non, là, me voyez-vous, en robe à traîne et en voiles blancs, descendant les degrés de l'autel au bras du vieux Le Dantec?... » Eh bien ! cette éventualité, dont elle riait si étourdiment, allait pourtant se réaliser, et Rivoalen, pour peu qu'il en eût envie, pourrait assister à ce mortifiant et ridicule spectacle !...

Elle s'arrêta. Sa poitrine se serrait, un froid lui transissait les tempes, une rougeur de honte lui montait aux joues, à la pensée que Rivoalen la mépriserait comme une créature vénale et sans conscience. L'idée de le rencontrer tout à l'heure sur la plage et d'affronter son regard ironiquement dédaigneux lui enlevait tout courage et la faisait défaillir. Un moment, elle fut tentée de rebrousser chemin, de courir à l'hôtel, de se terrer dans sa mansarde et de n'en plus sortir. Puis elle songea que c'était l'heure du courrier, que tout l'hôtel attendait sur la terrasse l'arrivée du piéton, et qu'elle risquait de se trouver face à face avec celui qu'elle voulait éviter. Alors elle se décida à descendre sur la grève de Porsic. La mer s'était retirée très loin. Un groupe de baigneurs en profitait pour organiser une partie de croquet sur le sable. Lentement, Paulette décrivit une longue courbe, moins encore pour se soustraire à la curiosité des joueurs que pour rester plus longtemps seule avec elle-même. Néanmoins, si désireuse qu'elle fût d'allonger sa route, elle eut beau marcher à pas ralentis, le moment arriva où elle atteignit la pointe rocheuse qui sépare les deux plages, et à peine l'eut-elle doublée qu'un violent battement de cœur la força de nouveau à s'arrêter. Sur le sable jaune où leurs ombres agrandies se projetaient en avant, elle distinguait nettement Tanguy Le Dantec donnant le bras à madame Pontal, M. Pontal en serre-file et, non loin de lui, Tonia et Lucile.

On l'avait aperçue également sans doute, car le groupe tout entier se dirigea de son côté. Madame Pontal, plus que jamais semblable à Junon aux noirs sourcils, marchait d'un pas victorieux. M. Pontal, maintenant la mine épanouie et l'œil radieux, pérorait en agitant sa canne et paraissait avoir totalement renoncé à se précipiter dans la mer. Dès qu'ils ne furent plus qu'à une vingtaine de pas, madame Pontal lâcha le bras du commandant et s'élança vers Paulette. Ses traits s'étaient détendus, son regard s'était rasséréné et sa voix prit une intonation douce comme miel pour dire à « la petite dernière » :

— Te voici enfin !... M. Le Dantec nous a annoncé la nouvelle... Allons, mon enfant, oublions nos mouvements d'humeur et embrassons-nous !

Elle déposa un baiser sur le front glacé de sa fille, dont elle feignit de ne pas voir la pâleur. M. Pontal s'était élancé derrière elle et serrait Paulette sur son cœur :

— Fillette ! s'exclamait-il en lui donnant l'accolade, tu nous rends tous bien heureux !...

Tonia et Lucile, qui riaient sous cape, s'avancèrent à leur tour et baisèrent leur sœur sur les joues :

— Mes compliments, ma chérie ! déclara la souriante madame Desjoberts, puis, plus bas, — de façon à n'être entendue que de Lucile et de Paulette, — elle murmura :

— Seulement, puisque tu es devenue raisonnable, tâche donc de ne pas avoir cette figure d'enterrement !...

— Oui, chuchota Lucile, ne fais pas la bécasse !... Ne crains rien... Rivoalen n'est pas là ; il vient de monter à Crozon avec Salbris...

Paulette leur tourna rageusement le dos. Madame Pontal lui avait repris la main et l'entraînait vers Le Dantec :

— Commandant, déclara la dame avec ostentation, voici Paulette qui vient réclamer votre bras... Elle me remplacera et vous gagnerez au change...

Le Dantec s'était empressé de s'emparer du bras tremblant de la jeune fille :

— Madame, répondit-il courtoisement, je suis heureux d'être le cavalier de mademoiselle Paulette, mais cela ne me privera pas, je l'espère, du plaisir de votre compagnie.

— Soyez donc sincère et avouez que vous préférez le tête-à-tête !... Le rôle d'une mère, dans la circonstance présente, est de s'effacer... Ne vous occupez pas de moi !... J'attends du reste mon gendre Desjoberts, qui revient de Camaret et avec lequel j'ai à m'entretenir...

— Précisément, annonça M. Pontal, en pâlissant légèrement, je l'aperçois là-bas, près des cabines de l'établissement... Il nous cherche...

— Évariste, s'écria vivement la dame en lançant à son mari un coup d'œil significatif, allez au-devant de lui et amenez-le-nous !

M. Pontal s'exécuta, non sans éprouver un désagréable frisson entre les deux épaules. Il s'agissait de prendre le taureau par les cornes et de le dompter avant qu'il se retrouvât en présence de madame Pontal et de Tonia. La mission était scabreuse, et le bonhomme Pontal, en dépit de son goût pour les morceaux d'éloquence, était peu flatté de la remplir. Il se hâtait néanmoins et il rejoignit son gendre au moment où celui-ci descendait l'escalier des bains. Desjoberts, blafard et pincé, dévisagea son beau-père, qui escaladait les marches en soufflant, et l'interpella de sa voix sèche :

— Bonsoir !... Désolé de vous déranger, mais je viens querir une réponse...

— Et moi, Desjoberts, repartit confidentiellement Pontal, je viens vous informer que, depuis notre entrevue d'hier, un événement heureux a très avantageusement modifié notre situation.

— Vous avez fait un héritage? interrogea sarcastiquement le professeur de~seconde.

— Non, monsieur..., mais la main de Paulette nous a été demandée par le commandant Le Dantec, et nous la lui avons accordée.

— Le Dantec?... N'est-ce pas l'officier qui commandait le *Desaix?*

— Parfaitement.

— Ah !... reprit Desjoberts, dont la physionomie se radoucit.

Il se souvenait que le marin était fort riche et fort honorablement connu à Brest.

— C'est un mari un peu mûr, continua-t-il... Enfin, si Paulette l'accepte...

— Elle l'accepte.

— Mes compliments !

— Nous célébrons les fiançailles ce soir, et vous allez tomber au milieu d'une fête de famille... C'est pourquoi j'ai voulu vous prévenir afin que vous vous montriez moins raide et que vous ne renouveliez pas, en présence de M. Le Dantec, la scène fâcheuse d'hier...

— Vraiment, répliqua Desjoberts, vexé et rogue, vous avez l'air de me prendre pour un rustre !... Soyez sans crainte, je suis resté homme du monde, bien que je croupisse en province... Vous pouvez compter sur ma correction et ma patience... momentanée.

— Merci... Du reste, vous ne perdrez rien pour attendre... Le commandant a de belles relations et assez d'influence pour vous faire nommer à Paris.

— Je connais cette chanson-là... Si vous espérez me payer cette fois encore en monnaie de singe, vous vous trompez, cher monsieur !... Afin de ne pas déranger vos petites combinaisons, je consens à jouer ce soir le rôle d'un gendre aimable et satisfait; mais je ne retire pas une seule de mes légitimes exigences : je veux que la dot promise me soit versée intégralement et que ma femme rentre au domicile conjugal... Vous avez notifié ma volonté à Tonia?...

— Oui, et vous en causerez tout à l'heure avec elle... Quant aux quarante mille francs, dussé-je faire appel à l'obligeance du commandant, je vous promets que vous serez remboursé aussitôt après le mariage de Paulette... Et maintenant que nous sommes d'accord, Desjoberts, allons retrouver ces dames.

Ils hâtèrent le pas et rejoignirent bientôt le groupe des promeneurs. Madame Pontal, qui ne se déconcertait pas facilement tendit magnanimement la main à son gendre et s'exclama de son air le plus gracieux

— Soyez le bienvenu, mon ami... Vous nous surprenez en pleine joie, et c'est si rare de goûter en cette vie un moment de félicité sans mélange !... Évariste vous a annoncé la bonne nouvelle, n'est-ce pas?... Nous marions Paulette !

Desjoberts, ahuri de l'aisance avec laquelle cette maîtresse femme le cajolait, après l'avoir accablé, la veille, de ses invectives, se laissait étreindre la main et balbutiait d'un ton de condescendance :

— Allons, c'est bien... c'est bien !... Tous mes compliments !

— Venez, poursuivit-elle, que je vous présente à votre futur beau-frère...

Elle l'amena devant le commandant et procéda à la présentation :

— Monsieur Urbain Desjoberts, professeur de seconde au lycée de R... Monsieur le commandant Tanguy Le Dantec...

Oubliant tout à coup ses allures gourmées et cassantes, Desjoberts se métamorphosait; il souriait et se confondait en formules de politesse :

— Commandant, c'est pour moi un honneur de saluer l'un des plus brillants officiers de la marine française... Et cet honneur est doublé de la joie d'apprendre que le distingué capitaine du *Desaix* va devenir un membre de notre famille... Ma chère Paulette, je vous adresse mes plus sincères félicitations...

— Charmé de vous connaître, monsieur, répondait Le Dantec, en lui serrant la main, vous êtes professeur à R...?

— Hélas ! oui, commandant, répliquait le gendre de M. Pontal, d'une voix désenchantée et la tête mélancoliquement inclinée sur l'épaule, j'y occupe la chaire de seconde depuis tantôt huit ans, et on m'y oublie !... Quand on m'y a nommé, au lendemain de mon agrégation, les gros bonnets du ministère me promettaient un prompt retour à Paris, mais les promesses sont faites pour ne pas être tenues, surtout à l'époque où nous sommes...

— Je connais, dit obligeamment Tanguy, le chef du secrétariat à l'Instruction publique... C'est un vieil ami, et si un coup d'épaule est nécessaire, je m'emploierai de grand cœur à vous servir...

Desjoberts prodiguait ses remerciements avec tant d'abondance que sa belle-mère jugea à propos de l'interrompre.

— Mon cher, insinua-t-elle, je crois que Tonia désire causer avec vous... Nous reparlerons de vos affaires à table... Le commandant a eu l'intention délicate de nous faire dîner tous ensemble dans un salon réservé, afin que nous puissions passer cette dernière soirée dans l'intimité, loin des gêneurs.

— Oui, répéta Le Dantec, en s'adressant plus particulièrement à Paulette, il m'a semblé qu'après les émotions de ce tantôt, il valait mieux rester en famille... N'est-ce pas votre avis, mademoiselle?

— Tout à fait, murmura la jeune fille, j'allais justement vous prier de nous faire dîner à part... Merci de m'avoir devinée...

— Je voudrais, reprit le commandant, enchanté de la savoir contente, je voudrais qu'il en fût de même dans l'avenir; je m'estimerais heureux si, quand nous serons mariés, je pouvais réaliser ainsi par avance vos moindres souhaits...

Elle leva curieusement vers lui un regard mouillé, où il y avait une expression de gratitude mêlée à une infinie tristesse. Tranquillisée par l'absence de Rivoalen, elle était touchée de la sollicitude de cet excellent homme, qui lui épargnait la pudeur de découvrir le fond de sa pensée. En même temps, avec un sentiment de détresse, elle songeait que le dîner du soir à table d'hôte était pourtant la seule occasion qui lui restât de revoir encore une fois celui qui lui avait pris le cœur; elle se disait que demain tout serait fini, irrévocablement fini. Détournant la tête pour que Le Dantec ne s'aperçût pas que ses yeux étaient humides, elle marchait distraitement au bras de son compagnon, en regardant la baie empourprée par le soleil couchant.

Si le commandant avait espéré récolter un sourire ou un mot d'encouragement en échange de sa tendre exclamation, il se trouva déçu. Paulette continuait à contempler vaguement la mer qui s'envermeillait et montait à petit bruit. Le vieux fiancé hocha pensivement son front, et tous deux poursuivirent silencieusement leur promenade.

Parallèlement et à peu de distance, M. et madame Desjoberts marchaient côte à côte :

— Vous avez désiré me parler, chuchotait Tonia, avec un sourire sur les lèvres; vous savez, si c'est pour me faire une scène, vaut mieux pas...

— Une scène ! à quoi bon?... Je n'aime pas à perdre mon temps, et puis, ce soir, quand tout le monde est à la joie, le moment serait mal choisi... Votre père vous a communiqué mon ultimatum?

— Mot pour mot...

— Et vous avez jeté les hauts cris, naturellement !

— Moi? pas le moins du monde. Du moment que vous voulez me prendre par la famine, je préfère vous suivre, comme l'exige le Code... Quand partons-nous?

— Mon Dieu, répondit Desjoberts, un peu déconcerté par cette docilité inespérée, je comptais filer ce soir, mais, à cause de votre petite fête de famille, j'ajourne mon départ jusqu'à demain matin... Il est bien entendu, n'est-ce pas? qu'en rentrant chez moi, vous devrez renoncer à votre vie de cabotinage et de dissipation...

— Je m'en doute un peu.

— En ce cas, préparez vos malles, nous prendrons demain le bateau du Fret.

— A merveille... Seulement, moi, si j'étais de vous, j'attendrais la fin des vacances pour opérer cette touchante réconciliation...

— Et pourquoi, s'il vous plaît?

— D'abord parce qu'au fond, vous n'êtes pas plus que moi enchanté de vivre en province et parce que, d'ici à la rentrée, il y aura peut-être moyen, à l'aide de Paulette et du commandant Le Dantec, de vous faire nommer à Paris... Il y a encore une autre raison : si nous obtenons votre changement dans l'intervalle, vous n'aurez pas le désagrément de me ramener à R... où chacun sait comment nous nous sommes quittés...

Il demeura un instant pensif. Les arguments de Tonia avaient porté, mais il ne crut pas de sa dignité d'en convenir :

— Il faut, dit-il sarcastiquement, que vous ayez grande envie de revenir à Paris, pour que vous daigniez vous occuper de mes intérêts !... Eh bien ! soit, je consens à ce que vous passiez encore un mois en famille; mais après, quoi qu'il arrive, je serai inflexible... J'en ai assez de jouer les maris complaisants qu'on plante là pour courir les aventures...

— Il ne vous manquait plus que d'être jaloux !... Mais, mon pauvre ami, si j'avais voulu vous tromper, ce serait fait depuis longtemps !... Ce n'est ni votre charme, ni votre esprit qui pouvaient me retenir...

Pendant cet aimable dialogue, madame Pontal était restée en arrière avec Lucile et son mari. Elle suivait d'un œil inquiet M. et madame Desjoberts; puis, peu à peu, voyant les deux époux converser côte à côte et de façon fort calme, elle reprenait confiance, et cherchant à s'illusionner elle-même, elle montrait d'un geste triomphant les deux couples qui cheminaient parallèlement :

— Allons ! s'exclama-t-elle avec un soupir de soulagement, les Desjoberts ont fait la paix... Ils roucoulent maintenant comme deux tourtereaux... Quel doux spectacle pour une mère ! continua-t-elle en s'exaltant à froid, quand elle peut voir deux de ses filles marcher ainsi suspendues aux bras des chers compagnons que leur cœur a librement choisis... Ces têtes tendrement penchées, ces ombres jumelles qui se confondent au soleil couchant, cette mer qui berce leurs causeries... Voilà qui console de bien des choses et qui donne à l'âme un essor, une envolée...

— Ah ! par exemple, non, pas ça !... interrompit Lucile avec un accent d'indolente moquerie.

— Plaît-il? interrogea madame Pontal, qui se retourna comme si une guêpe l'avait piquée.

— Non, maman, répéta la cadette en secouant les épaules, tout ça, c'est bon pour la galerie, mais, à nous qui sommes derrière la toile, il ne faut pas chanter ces turlutaines.

— Lucile ! intervint M. Pontal, choqué, quel vocabulaire ! Je ne sais, mon enfant, où tu vas chercher tes expressions !...

— Chez les bohèmes qu'elle fréquente, naturellement, repartit l'*authoress*, pleine d'un amer dédain; c'est la langue de MM. Salbris et Rivoalen?...

Sur ces entrefaites, le second coup du dîner sonna et les couples, rassemblés, se dirigèrent vers l'hôtel, mais sans se presser, afin de laisser aux dîneurs de la table d'hôte le temps de passer de la terrasse dans la salle à manger. D'après les instructions du commandant, on avait dressé le couvert dans un salon particulier. Ils s'y attablèrent cérémonieusement, M. Pontal entre ses deux filles aînées; madame Pontal avec Desjoberts à sa gauche, Le Dantec à sa droite; Paulette à côté de ce dernier. Bien que le commandant eût projeté de solenniser ce dernier repas pris à Morgat, en lui donnant un air de fête en dépit des roses semées sur la nappe et du champagne versé dès le premier service, le dîner manqua d'entrain. Paulette était retombée dans ses rêveries; le professeur d'histoire méditait le discours qu'il prononcerait au dessert; Urbain Desjoberts, en veine de pessimisme, se plaignait de l'infélicité de la vie, et ses paroles désenchantées jetaient un froid sur les convives. Tonia roulait silencieusement des boulettes de mie de pain et écoutait avec un inaltérable sourire les doléances de son mari. Madame Pontal soustatant que le front du commandant s'ennuageait, s'ingéniait à vanter les qualités de Paulette afin de dissiper la mélancolie de son futur gendre :

— Eh bien? êtes-vous content? lui murmurait-elle à l'oreille.

— Je devrais l'être, madame, puisque j'ai réalisé un rêve qui m'était cher, mais je crains que mademoiselle votre fille n'ait pas les mêmes raisons de se réjouir et cela me trouble un peu...

— Excusez-la, elle est encore étourdie de son bonheur inattendu... C'est une petite âme toute blanche que je remets entre vos mains, commandant... Assurément ses sœurs ont une culture plus étendue et une cérébralité plus active... Paulette est la candeur même; elle est moins complexe que Tonia et Lucile et ne leur ressemble en rien...

— Heureusement! pensait Le Dantec, en regardant les physionomies inquiétantes des deux aînées.

On venait de servir l'entremets et on allumait les lampes. M. Pontal se leva en balançant significativement sa coupe de champagne. Prévoyant une harangue, et peu désireuse de subir l'éloquence paternelle, Lucile profita d'une porte entr'ouverte pour s'esquiver à l'anglaise. Une fois sur la terrasse, elle jeta à travers l'obscurité un regard inquisiteur et aperçut Salbris, qui fumait sa cigarette, appuyé à la balustrade.

— Vous êtes seul? chuchota-t-elle, en s'accoudant près de lui.

— Tiens, c'est vous?... Oui, tout seul, mais qu'êtes-vous devenue, ce soir?... On ne vous a vus ni les unes, ni les autres à dîner...

— Je vous conterai ça... Allons jusqu'à la plage, voulez-vous?

— Avec joie.

Ils gagnèrent les jardins, où il faisait très noir, et le peintre pressa le bras de Lucile contre le sien :

— Voyons, dit-il, parlez, il y a des mystères dans l'air... Le commandant a disparu, Rivoalen est remonté chez lui de très méchante humeur; madame Tonia est invisible, et, vous-même, vous avez votre mine de sphinx... Que se passe-t-il?

— Toutes sortes de choses... D'abord Tonia est en possession de son mari et elle est obligée de lui tenir compagnie dans la petite salle à manger, où elle s'ennuie à avaler sa langue... Ensuite le commandant a demandé la main de Paulette et l'a obtenue,

ce qui vous explique comment nous avons dîné à part.

— « La petite dernière » épouse Le Dantec !

— Oui, il y a des gens qui ont la toquade du mariage... Le pis, c'est que nous partons tous demain à la première heure.

— Vous quittez Morgat?... Eh bien! et moi?

— Vous, vous resterez pour consoler M. Rivoalen...

— Mauvaise!... Ça vous est égal de ne plus nous voir !

— La preuve que ça ne m'est pas égal, c'est que j'ai filé pour passer un bout de soirée avec vous.

— Oui, je suis injuste... Merci, Lucile chérie... N'importe, je suis consterné de ce que vous me dites... Je vous aime si passionnément !

— Est-ce bien vrai, ce mensonge-là? murmura-t-elle en tournant vers lui ses yeux câlins

Pour toute réponse, il entoura de son bras la taille de la jeune fille et l'attira contre lui. Ils étaient arrivés sur le talus des bains.

Des nuées couvraient le ciel, et il faisait très sombre; mais de blanches phosphorescences s'allumaient à la crête des vagues; chaque lame en tombant paraissait baignée d'une lumière électrique.

— Venez, soupira languissamment Lucile, il y a là un banc... Asseyons-nous.

Il obéit, sans cesser de lui enlacer la taille. Cette mer phosphorescente, qui par intervalles s'embrasait dans l'obscurité, semblait dégager d'amoureux effluves. L'air chargé d'électricité avait une moiteur grisante.

— Mignonne aimée, disait Jacques Salbris, il n'est pas possible que notre rêve de tendresse soit brusquement, misérablement aboli par votre départ... Jurez-moi que nous nous reverrons à Paris.

— Je le voudrais, répliquait-elle, — gagnée par la chaleur de son étreinte, par la caresse de ses paroles; aiguillonnée aussi par une perverse curiosité, — mais où?... comment?... Je ne sais pas même votre adresse.

— Rue Notre-Dame-des-Champs, 120 bis, j'y ai un atelier, et vous m'y trouverez toutes les après-midi.

— Je n'oserai jamais.

— Pourquoi?... Rien n'est plus facile et moins compromettant qu'une visite chez un peintre !... Voyons, chérie, c'est entendu, n'est-ce-pas?

— C'est bien gros, ce que vous me demandez, reprit-elle, déjà vaincue. Quand rentrerez-vous à Paris?

Dans une quinzaine... Prévenez-moi par un petit bleu du jour et de l'heure de votre visite, afin que j'écarte les gêneurs.

— Je... j'essaierai.

— Vous êtes adorable! A propos, *darling*, vous savez que vous me devez un baiser?...

— Oh! objecta-t-elle en baissant les yeux et en souriant sournoisement, il me semble que vous vous êtes déjà payé...

— Non, un baiser pour de bon, un exquis baiser d'adieu, insista-t-il, en penchant sa tête si près de celle de Lucile qu'ils se trouvèrent bouche à bouche.

Et déjà leurs lèvres se confondaient, quand des pas sur la chaussée du talus, des voix et des exclamations de promeneurs attirés par le phénomène de la mer phosphorescente, les réveillèrent en sursaut...

— Voilà du monde! balbutia Lucile en se dégageant, adieu... je me sauve! A demain matin!...

Le lendemain, tout l'hôtel était en émoi, dès sept heures. Les garçons transbordaient des malles dans l'escalier; les sonnailles des deux chevaux du break tintaient sur la route, pendant qu'on chargeait les bagages.

Sur la terrasse, les époux Pontal, Tonia et Lucile distribuaient bruyamment des poignées de main à quelques pensionnaires de la table d'hôte, accourus curieusement pour assister au départ.

Le commandant surveillait le rangement méthodique des caisses et des valises sur l'impériale, tandis que M. Desjoberts, déjà perché à côté du conducteur, s'impatientait.

On n'attendait plus que Paulette.

Elle descendit enfin lentement l'escalier, tenant à la main un léger sac de voyage. Elle était très pâle et mordillait machinalement un brin de chèvrefeuille cueilli au treillage qui garnissait le bas de sa fenêtre. Au moment où elle allait traverser le vestibule, elle eut un coup au cœur : Hervé Rivoalen lui barrait le passage. Lui aussi était très pâle, presque blême; une flamme d'ironie illuminait ses yeux gris; un pli moqueur retroussait les coins de ses lèvres dédaigneuses. Avec une politesse exagérée, il s'inclina devant « la petite dernière » et lui dit de son rire chevrotant

— Je suis en retard, mademoiselle, permettez-moi de joindre mes félicitations à celles de vos amis et de vous souhaiter beaucoup de bonheur en ménage...

— De grâce... épargnez-moi! murmura-t-elle presque défaillante, et elle se précipita vers le break, dont le commandant tenait la portière ouverte.

Tout le monde était casé; Le Dantec s'installa près d'elle.

Des mouchoirs s'agitèrent encore, des exclamations d'adieu se croisèrent, puis les deux trotteurs, enlevant la voiture, commencèrent à gravir la montée de Crozon.

Pendant dix minutes, on roula au pas le long de la rampe poudreuse, encaissée entre les arbres de bordure. A un lacet de la route, la perspective s'élargit soudain et on aperçut le fort de Rullianec, les toits du Grand-Hôtel, avec un morceau de la plage. Lucile, appuyée à la portière, agita sa main fluette et murmura du bout des lèvres :

— Adieu, Morgat!

Paulette releva les yeux. Devant elle, au-dessous du moutonnement vert des ormes et des chênes, la mer laiteuse bleuissait entre la falaise de Porsic et la pointe de la Chèvre. Des flottilles de barques y fuyaient, gonflant leurs voiles blanches; l'arche rocheuse de Cador arrondissait sur le ciel sa baie géante. Il semblait à la jeune fille que le meilleur de sa jeunesse s'envolait pour toujours avec ces voiles aux ailes inclinées, et que toutes ses espérances, toutes ses illusions s'engouffraient sans retour sous la voûte énorme de cette porte de Cador. En même temps, elle revoyait nettement le visage pâli, les lèvres ironiques de Rivoalen, et un remords lui meurtrissait le cœur. — Le break tourna devant la gendarmerie de Crozon, et le paysage de mer disparut. Le commandant étudiait attentivement Paulette, qui s'était rejetée dans son encoignure. Il remarqua ses yeux mouillés et lui dit avec sollicitude :

— Vous regrettez Morgat?... Si vous voulez, quand nous serons mariés, nous y reviendrons au printemps...

Elle le regarda, effarée, et secoua la tête :

— Non, balbutia-t-elle..., jamais!... C'est fini!

Et, sans songer à maîtriser son chagrin, elle éclata en sanglots.

TROISIÈME PARTIE

I

L'omnibus du chemin de fer, qui fait le service de la station de Massy à Verrières, venait de déposer madame Desjoberts au milieu d'un carrefour situé à mi-côte, et où se croisent deux routes ombragées de peupliers de la Caroline.

— Suis-je loin de La Vignée? demanda la jeune femme au conducteur.

— Non, madame, vous n'avez qu'à longer ce mur, à main droite; la première grille que vous verrez est celle de La Vignée.

Tonia ouvrit son ombrelle, car le soleil des premiers jours d'octobre dardait encore de brûlants rayons à travers les feuillées jaunies des peupliers. Vêtue d'une claire robe de demi-saison, chaussée de bottines jaunes, elle suivait d'un pas léger la contre-allée herbeuse, parallèle au mur de clôture; au bout de quelques minutes, elle atteignait une grille en fer forgé, au delà de laquelle une oblique allée s'enfonçait entre des massifs d'arbres déjà nuancés par l'automne. Sur l'un des deux jambages surmontés de vases de fonte, une plaque de marbre gris encastrée dans la pierre et portant, gravé en lettres roses : « La Vignée », rassura complètement madame Desjoberts. Elle se trouvait rendue à destination, et c'était bien là qu'habitaient les nouveaux mariés : Tanguy Le Dantec et Paulette.

Le mariage avait été célébré quinze jours auparavant à Saint-Sulpice. Bien que le commandant eût désiré que la cérémonie gardât un caractère d'intimité, madame Pontal avait lancé un grand nombre d'invitations, et la nef était aux trois quarts pleine. Du côté de Le Dantec, on ne comptait guère que quelques anciens camarades; l'un de ses témoins était ce chef à l'Instruction publique, dont l'influence pouvait hâter la nomination du gendre des Pontal, et que Tanguy avait eu l'attention de donner pour cavalier à la séduisante madame Desjoberts. Le ban et l'arrière-ban des collègues de l'Université et de leurs femmes, un notable choix de confrères et de consœurs appartenant au groupe féministe, formaient la majeure partie de l'assistance.

Lucile était l'unique demoiselle d'honneur; grâce à une habile manœuvre, elle avait obtenu que Jacques Salbris serait invité à la noce et figurerait avec elle dans le cortège. Adroitement circonvenue, madame Pontal s'était résignée à cet arrangement, d'abord parce que le nom bien connu du peintre produirait son effet dans les notes adressées aux journaux, puis parce qu'elle espérait qu'un mariage pourrait s'en suivre. Salbris ne lui plaisait que médiocrement, mais, après la compromettante escapade de Douarnenez, Lucile, à son avis, devrait s'estimer heureuse si l'artiste voulait bien tout réparer en l'épousant. La jeune fille apparut donc au bras de Salbris et quêta avec lui, ce qui prêta à des commentaires peu charitables et ce qui permit à Jacques de raconter à Rivoalen tous les détails de la cérémonie : « Le sacrifice est consommé, lui écrivait-il, « la petite dernière » a comparu à l'autel de l'hyménée, la main dans la main du vieux Le Dantec, et lui a promis d'être la chair de sa chair, la compagne des bons et des mauvais jours. Entre nous, je crois que les journées ennuyeuses surpasseront en nombre les journées de félicité. La pauvre petite semblait en être convaincue et avait plus envie de pleurer que de rire. Le commandant était grave et inquiet. J'ai idée qu'en son par-dedans, il se remémorait la consultation donnée par Pantagruel à Panurge, et les multiples hésitations de ce dernier. Quant à Paulette, elle baissait sa tête résignée et frissonnait sous ses voiles de tulle. Très charmante, au demeurant, dans sa robe blanche à traine et sa blanche coiffure de fleurs de jasmin... Mais plus adorable, plus grisante et plus désirable encore était Lucile... Quelle étrange fille ! Avec ses airs de vierge et ses audaces d'imagination, elle a des façons d'aimer extraordinairement capiteuses... C'est du gingembre écrasé dans de la neige... Pendant la bénédiction nuptiale, nous n'avons pas perdu notre temps; nous avons combiné un moyen de nous voir souvent, qui sauvera lès apparences, et qui sera délicieux...

Dès le soir du mariage, Tanguy Le Dantec avait emmené Paulette dans la maison de campagne choisie et arrangée pour elle avec une ingénieuse sollicitude. Le commandant avait eu la main heureuse, et la maison était un vrai nid d'amoureux. Bâtie à la fin du XVIIIe siècle et confortablement meublée, adossée au bois de Verrières, entourée de pelouses et de massifs de fleurs, La Vignée ouvrait ses fenêtres sur un calme horizon de prairies, de champs de blé et de forêts onduleuses. La Bièvre coulait lentement au fond de la vallée sous un couvert de platanes, et, sur la gauche, par-dessus les toits roses et les parcs d'Antony, on apercevait à travers les arches de l'aqueduc d'Arcueil le grand espace bleuâtre, où Paris invisible se voilait d'un rideau de brume. Dans cette lumière automnale, sous ce ciel léger d'un bleu doux, la propriété, dès l'entrée, donnait une impression de paix joyeuse et de bien-être. Lorsque, à un détour de l'oblique allée, Tonia Desjoberts embrassa d'un coup d'œil les pelouses semées de groupes d'arbres, fleuries de géraniums rouges ; la maison tapissée de jasmins de Virginie et de rosiers grimpants, avec un élégant corps de logis dressant sa toiture d'ardoise, entre deux ailes plus basses, surmontées de terrasses à l'italienne, elle ne put réprimer un mouvement d'envie, en songeant que cette confortable demeure était le lot de Paulette et non le sien.

Un domestique, averti par le coup de cloche du concierge, était venu au-devant d'elle et la conduisait vers l'une des ailes, où un cèdre étendait ses ramures horizontales. Sous cette ombre, les deux nouveaux mariés étaient assis et lisaient des journaux.

— Tiens, c'est Tonia ! dit « la petite dernière » avec un empressement médiocre, tandis que Le Dantec se levait courtoisement et offrait un fauteuil d'osier à la visiteuse.

S'il est vrai que l'on se sente parfois vieillir dans la compagnie des gens âgés, en revanche le contact de la jeunesse opère sur certaines natures une sorte de reverdissement. Le commandant parut rajeuni à madame Desjoberts. Son teint s'était éclairci ; sa taille svelte, bien prise dans un veston de cheviote bleue, s'était assouplie ; sa démarche avait une plus alerte désinvolture. Quant à Paulette, elle conservait toujours son naturel primesautier, mais son visage s'était imprégné d'une mélancolie qui n'échappa point à l'examen de sa sœur aînée.

Pardonnez-moi, expliqua Tonia en souriant, d'arriver comme une intruse dans le plein de votre lune de miel ; je tenais à remercier M. Le Dantec de son aimable intervention en faveur de mon mari... Grâce à vous, commandant, Desjoberts est enfin nommé à Paris, et je ne saurais vous exprimer trop chaleureusement toute notre reconnaissance.

— Oh ! répondit poliment Tanguy, je n'y suis pour rien, moi ; mon ami, le chef du secrétariat, a, il est vrai, hâté la nomination... ; mais je suis persuadé que M. Desjoberts doit surtout son avancement à son propre mérite.

— Peut-être, murmura Tonia, avec un rien d'ironie, mais, en pareil cas, les protections font tout de même beaucoup... Et devinez où on l'a casé ?... Tout près d'ici, au lycée Lakanal, où il occupera la chaire de troisième... Naturellement, nous nous installerons à proximité du lycée, de sorte que nous vivrons presque dans votre voisinage... N'est-ce pas une surprise charmante ?

Paulette ne paraissait nullement charmée de la surprise. Tonia lui était peu sympathique, et elle prévoyait de trop fréquentes et indiscrètes visites du couple Desjoberts. L'annonce de la collocation de son beau-frère au lycée Lakanal lui était plutôt désagréable, et le silence par lequel elle accueillit cette communication jeta un froid. Pour rompre la glace, Le Dantec dit à Tonia :

— Puisque nous vous tenons, vous n'échapperez pas au tour du propriétaire. Pendant qu'on nous préparera des rafraîchissements, nous allons vous montrer notre domaine...

On promena donc madame Desjoberts à travers toutes les pièces de la maison. Elle visita le salon communiquant de plain-pied avec une serre remplie de plantes vertes, parmi lesquelles des orchidées épanouissaient leurs fleurs aux formes bizarres, aux violentes colorations ; elle dut admirer la lumineuse salle à manger, décorée à l'anglaise ; le large escalier à rampe de chêne conduisant au premier étage ; les chambres à coucher tendues de toile de Jouy et meublées dans le style Louis XVI ; le cabinet de travail et la bibliothèque du commandant.

Tanguy lui expliqua que tout l'appartement était chauffé par un calorifère, ce qui permettait d'y vivre aussi confortablement en hiver qu'en été. Tonia, à la vue de ce luxe, à la fois simple et élégant, faisait mentalement d'amers retours sur la mesquine installation de la maison qu'elle venait de louer à Sceaux, sur le meuble usé et fané de son salon tapissé d'un papier à vingt sous le rouleau. Et quand, pour achever, on lui eut fait longer les allées sablées du jardin fleuriste où des roses d'automne jetaient leur dernier éclat; contourner les pelouses qu'arrosait une source d'eau vive et qu'embaumaient des massifs d'héliotropes, le sentiment de jalousie qui lui aigrissait le cœur eut grand'peine à ne pas chasser de ses lèvres son éternel sourire.

On revint sous le cèdre, où la femme de chambre avait servi du thé, des gâteaux et des vins de liqueur. Un verre de vin de Chypre, que madame Desjoberts sirota lentement, réussit néanmoins à ramener sur son visage une apparente sérénité.

— Tous mes compliments, ma chère, dit-elle à Paulette d'un ton moitié miel et moitié vinaigre, tu nages dans le bonheur comme en pleine eau... Quand tu viendras chez moi, tu seras tristement dépaysée... T'ai-je dit que j'avais loué à Sceaux une petite maison avec un jardinet?... Ah! dame, c'est bien modeste à côté de tes splendeurs; néanmoins, je crois que je m'y plairai... J'aime ce coin de la banlieue de Paris, et il paraît que je ne suis pas la seule... Une de nos connaissances de Morgat, Jacques Salbris, va devenir aussi ton voisin... Il s'est arrangé un atelier à Verrières afin d'y faire des études de plein air. J'ai appris la chose par son ami Rivoalen, que j'ai rencontré l'autre jour, à la station de Port-Royal... Tu te souviens, chérie, de M. Rivoalen?

— Mais... oui, murmura péniblement Paulette, qui sentit avec effroi une rougeur lui monter aux joues.

— Rivoalen? reprit Le Dantec, naturellement, elle se le rappelle... N'était-il pas un de nos voisins de la table d'hôte?

— Oui, répliqua perfidement Tonia, il se montrait fort galant avec nous, et surtout très empressé auprès de Paulette...

— Ah! remarqua le commandant dont le front se rembrunit.

Paulette, troublée, cherchait un moyen de changer la conversation et ne trouvait rien. Il y eut de nouveau un silence gênant, que Tonia rompit elle-même en se levant:

— J'attends demain M. Desjoberts... Dès que nous en aurons fini avec notre emménagement, il viendra vous voir, commandant, et vous exprimer lui-même toute sa gratitude.

— Dites-lui, s'écria Le Dantec, de s'arranger pour rester à dîner et de vous amener avec lui... Ce sera la meilleure façon de nous remercier.

— Vous êtes trop bon!... repartit Tonia avec un radieux sourire, nous serons enchantés d'accepter votre invitation... Mais j'ai assez abusé de vous; d'ailleurs, je suis talonnée par l'heure du train... Au revoir, et merci mille fois!...

Tanguy et Paulette la reconduisirent jusqu'à l'extrémité de l'avenue; mais, tandis que Le Dantec échangeait quelques mots avec la concierge, « la petite dernière » se glissa dehors et accompagna son aînée sur la route. Quand elles eurent marché silencieusement pendant deux ou trois minutes, Paulette s'arrêta brusquement et, regardant Tonia droit dans les yeux:

— Tu sais, déclara-t-elle d'une voix sourde, c'est assez laid, ce que tu viens de faire, en parlant de M. Rivoalen devant le commandant...

— Mon Dieu, répliqua suavement madame Desjoberts, comme tu prends tout de travers!... Je ne supposais pas que le seul nom de Rivoalen te produirait une pareille émotion!...

— Eh bien! ne t'avise pas de récidiver, tu entends!... Sinon, je te fermerai ma porte... Te voilà prévenue, maintenant, bonjour!...

Elle lui tourna vivement le dos et regagna La Vignée; mais, quand elle eut franchi la porte d'entrée, elle ne trouva plus Tanguy Le Dantec. Sans attendre Paulette, il avait rebroussé chemin, et en arrivant à la maison, la jeune femme apprit qu'il s'était retiré dans son cabinet de travail. Elle s'imagina que la maligne allusion de Tonia avait motivé cette brusque disparition, et n'osa pas l'aller troubler dans sa retraite. Elle se promena solitairement autour des pelouses en maudissant la visite malencontreuse de madame Desjoberts. Le coup certainement prémédité par sa sœur aînée avait réussi à inquiéter le commandant et de plus il évoquait dans l'esprit de Paulette cette image de Rivoalen qu'elle s'était si scrupuleusement efforcée d'oublier. Maintenant elle le revoyait tel qu'elle l'avait connu à Morgat, — spirituel, ironique et tendre, doué de ce charme à la séduction duquel on ne pouvait résister. Elle se disait qu'il était de retour à Paris, qu'elle était exposée à le rencontrer un jour, et elle s'effrayait de découvrir en elle la persistance des liens mystérieux qui l'attachaient encore à Hervé. Elle se souvenait d'avoir promis à Le Dantec de se conduire toujours de façon à n'avoir rien à se reprocher, et elle tremblait déjà de n'être pas assez forte pour tenir loyalement sa promesse.

En octobre, le jour tombe vite. Bientôt le crépuscule velouta le contour des collines, un fin brouillard s'éleva au-dessus du cours de la Bièvre, quelques étoiles clignotèrent dans le ciel, et l'on sonna le dîner.

Contrairement à ce qu'elle avait redouté, Paulette, en entrant dans la salle à manger, fut accueillie par la même robuste poignée de main et le même affectueux baiser sur le front. Le commandant s'assit en face d'elle et causa avec son affabilité coutumière. Sous la blonde clarté des lampes, ses yeux bleus gardaient la même expression de tendresse confiante; ses lèvres, le même sourire mélancolique. Ils s'entretinrent quiètement de menus détails domestiques — la récolte des fruits du verger, les plantations de chrysanthèmes destinés à remplacer les pétunias des massifs pendant les derniers beaux jours de l'arrière-saison, les embellissements projetés pour le printemps prochain. La conversation demeurait un peu terre à terre; Tanguy Le Dantec n'était pas lyrique; « il manquait d'envolée », comme eût dit madame Pontal; mais il y avait dans ses moindres paroles une si cordiale bonté, une si active sollicitude pour le bien-être de sa jeune femme, une si juvénile et amusante vivacité, que Paulette, touchée et reconnaissante, s'intéressait aux moindres explications et ne trouvait jamais longues les heures passées en sa compagnie.

Après le dîner, il alluma un cigare; elle s'emmitoufla dans un collet de fourrure, et ils se promenèrent devant la façade, en regardant les mouvantes lumières qui trouaient l'obscurité et apparaissaient entre les arbres dans la direction du village. Le silence qui enveloppait la campagne assoupie les gagnait peu à peu, et ils n'échangeaient plus, de loin en loin, que de brèves remarques sur la douceur extraordinaire de la soirée et sur la grande paix nocturne, à peine interrompue par le passage des trains qui filaient rapidement dans le fond de la vallée. Quand vint le moment de rentrer, le commandant saisit les deux mains de « la petite dernière » et, cherchant à bien voir ses yeux qui brillaient dans l'ombre :

— Eh bien ! Paulette, murmura-t-il, commencez-vous à vous habituer à votre nouvelle vie ?

— Je serais fièrement ingrate si je ne m'y habituais, répliqua-t-elle en riant, je n'ai jamais été gâtée et choyée comme je le suis.

— J'ai si grand'peur que vous ne vous ennuyiez... Parfois je me reproche de vous avoir condamnée à cette solitude...

— Elle me plaît, déclara-t-elle, j'abomine les visites et les visiteurs, et je ne suis jamais si contente que lorsque, après les corvées parisiennes, je me retrouve chez nous, et rien que nous deux...

Elle était sincère. La vie campagnarde s'accordait avec son caractère prime-sautier, ses goûts pour tout ce qui était naturel et simple; avec ses façons de vivre et de parler un peu à l'étourdie, sans être obligée de mesurer à chaque instant la portée de ses actes ou de ses paroles. Ses appréhensions de nouvelle mariée se dissipaient insensiblement, grâce au soin que Le Dantec prenait de ne point effaroucher cette âme d'enfant, peu préparée à une union aussi étrangement disproportionnée. Il apportait une réserve tellement délicate dans l'expression de sa tendresse, une attention si discrète à ménager la sensibilité de cette jeune plante, à en savourer le parfum sans froisser la fleur, qu'il parvenait à rendre Paulette aussi heureuse qu'elle pouvait l'être après le brusque dénouement de son bref roman d'amour. Dans les premiers jours, craignant pour elle la monotonie de la campagne, il avait voulu la conduire chez les Pontal et la mener au théâtre. Paulette connaissait trop bien sa mère et ses sœurs pour trouver du charme à leur société. Son père seul l'intéressait, et elle préférait se donner le plaisir d'attirer M. Pontal à La Vignée. Il y venait du samedi au lundi, et croyait être agréable à l'ancien officier de marine en dissertant à satiété sur la flotte de Salamine ou la bataille navale d'Actium. — Quant au théâtre, le commandant et sa jeune femme y étaient allés une seule fois, pour entendre *Hernani* à la Comédie-Française. Le jeu des acteurs les enchanta d'abord, et ils suivirent les péripéties du drame avec émotion; mais quand, au troisième acte, don Ruy Gomez, exhalant devant dona Sol sa douleur de vieillir, s'écria :

Quand passe un jeune pâtre, — oui, c'en est là, souvent
Tandis que nous allons, lui chantant, moi rêvant...

Oh ! que je donnerais mes blés et mes forêts,
Et les vastes troupeaux qui tondent mes collines,

. . . .

Pour sa chaumière neuve et pour son jeune front !
Car ses cheveux sont noirs, car son œil reluit comme
Le tien; tu peux le voir et dire : « Ce jeune homme ! »
Et puis penser à moi qui suis vieux...

Paulette vit le visage de Tanguy s'assombrir; ses yeux se fixer sur elle tristement; elle se sentit gênée, déclara que la chaleur la fatiguait, et demanda à partir sans attendre la fin. Ce fut le seul essai qu'ils firent des plaisirs parisiens.

Aux courses dans Paris, où elle était exposée à de fâcheuses rencontres, elle préférait les promenades dans la campagne. L'arrière-saison se montrait clémente et exceptionnellement belle. Le Dantec et Paulette, tous deux bons marcheurs, profitaient de ces jours de grâce pour explorer la vallée de la Bièvre et le Buisson de Verrières.

Un après-midi, ils quittèrent la maison aussitôt après le déjeuner et se mirent à gravir la pente à laquelle s'adossaient les clôtures de la Vignée. Dans un ciel bleu, velouté d'une fine brume, le soleil enveloppait de caresses les prairies semées de colchiques et les frondaisons fauves ou rougissantes des taillis. Les chênes demeuraient verdoyants, mais les châtaigniers étalaient déjà toute la gamme des jaunes : l'orange, le safran, l'ocre, le vieil or. L'atmosphère elle-même, imprégnée du reflet de ces blondes couleurs, semblait rouler de l'or fluide.

Ce beau temps donnait un regain de verdeur au commandant Le Dantec. Paulette s'étonnait de la vivacité, de l'élasticité avec laquelle il escaladait les raidillons et sautait par-dessus les fossés. Elle admirait combien son corps était resté souple, ses jarrets solides, sa tournure jeune. Vu de dos, tandis qu'il se glissait agilement parmi les cépées, dans le clair-obscur des sous-bois, il ne paraissait certes point avoir dépassé la quarantaine. Tanguy réfléchit tout à coup que la grimpée devait être pénible, même pour des jambes de dix-neuf ans; il se retourna, redescendit, et offrit la main à Paulette, en s'excusant de ne lui être pas venu en aide plutôt. Il avait cette grâce chevaleresque des hommes bien élevés d'autrefois, qui plaît aux femmes, quel que soit leur âge, parce qu'elles devinent dans ceux qui en sont doués des adorateurs fervents et respectueux de leur sexe. Paulette s'appuya avec confiance sur cette main tendue, et ils atteignirent le sommet de la colline, où « la petite dernière » s'arrêta un instant, un peu essoufflée, les joues roses, les lèvres souriantes et les yeux brillants. Dans la tiède paix des bois ensoleillés, de menus bruits épars s'harmonisaient mollement avec le ciel vaporeux, les arbres roussis et les champs où brûlaient des feux d'herbes sèches.

La fuite des heures brèves et lumineuses;

les feuillages opulemment nuancés, que le moindre souffle détachait de la branche; les fleurs violettes, déjà marcescentes à travers lesquelles cheminait à son côté cette enfant rose et gaie, image de la jeunesse épanouie, formaient un contraste si mélancoliquement suggestif que Le Dantec en fut sérieusement touché. La sensation de reverdissement qui l'avait un moment entraîné fit place à une grave rêverie; il redevint pensif et taciturne. Au tournant d'un sentier, entre deux épais massifs d'arbres rouillés, une trouée s'évasant tout à coup laissait apercevoir un large et magnifique horizon, au fond duquel la lointaine perspective de Paris, couché au revers des collines, s'allongeait sous une oblique flambée de soleil. Dans le poudroiement des rayons empourprés, on distinguait, émergeant comme d'une mer rutilante, le dôme pointu des Invalides, les tours du Trocadéro et les énormes constructions du Sacré-Cœur de Montmartre; tout le reste flottait indistinct dans une buée vermeille. Ils restèrent tous deux en contemplation devant la grande ville, apparue soudain comme une féerie au sortir de la profonde paix de la forêt.

— Est-ce beau? s'écria Paulette en se retournant vers Tanguy… Elle vit qu'il hochait tristement la tête, s'inquiéta et murmura :

— N'êtes-vous pas de mon avis?

— Oui, répondit-il, c'est merveilleux, et vous allez vous moquer de moi quand je vous dirai pourquoi ce spectacle, qui vous enthousiasme, me remplit de mélancolie… Je songe involontairement combien de fois et en combien de pays divers j'ai déjà vu surgir ainsi ces apparitions de villes lointaines, à la vaporeuse lumière du soleil couchant!… Ces souvenirs de villes entrevues au hasard des voyages marquent pour moi autant d'étapes nombreuses, et me disent clairement quel long chemin j'ai déjà parcouru…

Et il pensait aussi, mais il se gardait bien d'ajouter : « J'ai laissé très loin en arrière les jours de jeunesse et les jours de maturité; l'heure est passée des espoirs et des surprises. Je sais bien que mon cœur est resté jeune, mais la belle avance, si personne ne daigne s'en soucier! J'ai cruellement conscience que je ne compte plus, et qu'ayant donné si peu d'heures à l'amour, je serais ridicule en en réclamant maintenant ma part. Même la femme qui s'attacherait à moi ne le ferait que par une sorte de généreuse pitié. Et quelle misère de ne devoir qu'à une compassion résignée un faux-semblant d'amour, quand on voudrait répandre des trésors de tendresse aux pieds de celle dont on s'est épris trop tard !... »

Ils s'étaient remis à marcher silencieusement. Un musical éclat de rire leur fit relever la tête. A cent pas d'eux, dans une allée transversale, jonchée de feuilles tombantes, deux amoureux, bras dessus bras dessous, cheminaient gaiement. On ne les apercevait que de dos, mais on les devinait jeunes et charmants. Le garçon, brun, leste et bien découplé, se penchait vers le visage de la jeune femme, svelte, élancée, à la démarche câlinement onduleuse. Serrés l'un contre l'autre, ils semblaient ne rien voir qu'eux-mêmes et foulaient d'un pas ralenti le tapis des feuilles mortes bruissantes. — Paulette, les yeux agrandis par la surprise, les contemplait avec un battement de cœur, car un rapide examen lui avait suffi pour constater que ces deux amoureux, fuyant dans l'allée vaporeuse, lui étaient familièrement connus. Elle ne pouvait pas s'y tromper : le jeune homme avait trop bien la tournure de Jacques Salbris; le corps svelte et mince de la jeune femme avait trop d'analogie avec celui de Lucile; son rire musical et traîné sonnait exactement comme celui de mademoiselle Pontal cadette. Elle se rappela ce que Tonia lui avait appris de l'installation du peintre à Verrières et ne douta plus.

Comme Le Dantec semblait disposé à suivre la même allée, Paulette prit peur à la pensée qu'ils pourraient d'aventure se trouver face à face avec Lucile et Salbris. Elle lui saisit le bras et murmura précipitamment :

— Non, ce chemin nous mènerait je ne sais où... Il est tard, je sens le frais du soir qui vient, et, si vous le voulez, nous rentrerons...

— Déjà ! protesta le commandant; et, comme il regardait sa femme, il surprit son regard fixé sur le couple qui s'éloignait parmi l'effeuillement des bouleaux et des châtaigniers.

Il crut deviner, dans cette subite évolution, le désir de ne pas assister plus longtemps aux effusions troublantes de ces deux amoureux; il y démêla comme un regret caché, un renoncement douloureux aux joies qui sont le lot des jeunes. La plainte du vieux Ruy Gomez lui revint en mémoire :

... Tu peux le voir et dire: « Ce jeune homme ! »
Et puis penser à moi qui suis vieux... Je le sais...

— Allons, soupira-t-il, revenons chez

nous !... Et tous deux, silencieusement, par les sentiers jonchés de feuilles sèches, redescendirent à La Vignée.

II

Les gens qui ont fait la guerre affirment que les terreurs des conscrits, au début de la bataille, s'atténuent à mesure que ceux-ci sont jetés en pleine mêlée. Il en est de même de toutes les épreuves humaines : à les voir venir de loin, il semble qu'on ne les supportera jamais, et l'on est surpris, quand elles nous atteignent, de pouvoir les affronter sans trop souffrir.

Avant le mariage, la vie intime avec un homme qu'elle n'aimait pas avait paru à Paulette un supplice intolérable, et, à mesure que les jours s'écoulaient, elle s'apercevait que ses craintes avaient été sinon imaginaires, du moins singulièrement exagérées. Non seulement elle s'habituait à sa nouvelle existence, mais elle y trouvait, par l'accoutumance, une calme sécurité qui n'était pas sans douceur. Assurément son union avec le commandant ne réalisait pas ses rêves de jeune fille, et la tendresse paternelle de Le Dantec ne remplaçait pas l'amour qu'aurait pu lui donner Rivoalen. D'amour, il n'était plus question. Elle avait violemment rompu le lien qui l'attachait à Hervé, et, après ce douloureux arrachement, elle était convaincue qu'il n'y avait plus de place en son cœur pour les entraînements de la passion. C'était donc avec une philosophie résignée qu'elle marquait à Tanguy Le Dantec une sorte de filiale affection. Sa naturelle bonté la portait du reste à entourer d'attentions et de soins cet excellent homme qui s'ingéniait à lui rendre la vie heureuse et confortable. Le commandant, eût sans doute préféré une amitié plus expansive et plus voisine de l'amour. Cela se devinait parfois à de profonds soupirs et à certains accès de mélancolie; mais il était philosophe, lui aussi; il se disait qu'à l'approche de la soixantaine, il ne faut pas se montrer exigeant; que le meilleur moyen de ne point trop vieillir, c'est de se détacher de soi et de se rajeunir au contact de ceux qui sont jeunes. Il se contentait donc de réjouir ses yeux à la vue de cette vive et verdissante Paulette qui avait consenti à lui consacrer sa jeunesse.

Dans cette disposition d'esprit, ils atteignirent paisiblement le mois de novembre, où les premiers frissons de la bise et les premiers givres se firent sentir à La Vignée. Les arbres complètement effeuillés détachaient leurs ramures noires sur un ciel couvert; de froides averses rendaient les chemins impraticables et le vent soufflait bruyamment dans les futaies du parc. Néanmoins la mauvaise saison ne leur pesait pas trop. La maison, parfaitement close et chauffée, se défendait à merveille contre le froid et l'humidité. Les journées étaient courtes, on allumait les lampes de bonne heure; les soirées se passaient en lectures et en tranquilles causeries, au coin de la cheminée flambante. Ils sortaient rarement, mais recevaient chaque semaine quelque visite. MM. Pontal et Desjoberts, attirés par la succulente cuisine de La Vignée, ne manquaient pas d'y accourir le samedi. Tonia et madame Pontal étaient rarement de la partie; elles goûtaient peu la campagne et profitaient de l'absence des maris pour courir les soirées. Lucile se montrait plus fréquemment. Elle choisissait les jours de belle gelée et d'ordinaire venait, « entre deux trains, disait-elle, de son air innocent, prendre des nouvelles des deux ermites campagnards ». Mais Paulette, qui se souvenait de la rencontre faite en octobre au bois de Verrières, ne s'en laissait pas imposer. Elle devinait que les visites à La Vignée n'étaient qu'un prétexte pour motiver une absence et masquer quelque rendez-vous avec Salbris. Inquiète de la suite de ces escapades, elle aurait voulu saisir une occasion de chapitrer sa sœur et de lui faire entendre qu'elle n'était pas sa dupe. Malheureusement le commandant était toujours là en tiers. Cette fine mouche de Lucile apparaissait à l'heure où Le Dantec et sa femme prenaient leur café, au sortir de table; elle abrégeait le plus possible sa visite et ne permettait pas qu'on la reconduisît à la station... »

Décembre avec ses tombées de neige, janvier avec ses averses glaciales et ses rafales tempétueuses, passèrent sans autres incidents. Février, plus clément, laissa filtrer un peu de soleil entre les nuées. Les chemins détrempés se séchèrent. A la lisière des bois humides, les premiers bourgeons verts s'épanouirent aux branches des sureaux. A l'aube et au crépuscule, les merles commencèrent à siffler dans les marronniers de La Vignée. Les jours devenaient plus longs et le ménage Le Dantec méditait déjà de reprendre ses promenades en forêt, lorsqu'un matin, en entrant dans la bibliothèque, Paulette trouva son mari en train de parcourir sa correspondance. Le commandant avait une mine soucieuse qui frappa la jeune femme :

— Le courrier, demanda-t-elle, vous a-t-il apporté quelque nouvelle fâcheuse?

— Je suis très ennuyé, en effet, répondit-il en lui tendant la lettre qu'il lisait; mon régisseur m'apprend que les gros temps du mois de janvier ont été désastreux pour les habitants de la côte. Le vent, qui a soufflé en tempête pendant huit jours dans la rivière de Landerneau, a mis notre domaine de Ker-Loch en piteux état; il a abattu des arbres par centaines et, qui pis est, emporté une partie de la toiture du manoir. Ce brave régisseur perd la tête et me conjure de partir au plus vite pour constater les dégâts et procéder à des réparations urgentes... Ma présence là-bas, dit-il, est absolument nécessaire.

— Alors, murmura-t-elle, rêveuse, nous allons être obligés d'aller en Bretagne?

— Non pas vous, ma chère enfant... Je ne vous imposerai pas une pareille corvée et je ferai seul le voyage.

— Pourquoi ne vous accompagnerais-je pas? objecta Paulette, mais faiblement et sans enthousiasme.

— Parce que, d'abord, la saison est trop rude encore, et puis Ker-Loch, avec sa toiture à découvert, serait pour vous un triste gîte. La maison est glaciale en hiver, et je ne veux pas vous exposer à y attraper un refroidissement... Non, je vous laisserai à La Vignée, à moins que vous ne craigniez d'y demeurer seule et que vous ne préfériez, en mon absence, habiter chez votre mère.

— Oh! Dieu, non! s'écria-t-elle avec vivacité, j'aime mieux vivre à La Vignée, où j'ai mes habitudes... Je suppose, du reste, ajouta-t-elle d'un ton suppliant, que vous ne séjournerez pas plus qu'il ne faut dans votre manoir ouvert à tous les vents?

— Chère Paulette, dit-il, ému à l'idée de cette séparation et touché en même temps de la sollicitude de sa femme, je vous promets de tout terminer le plus vite possible... Croyez bien que, plus qu'à vous encore, l'absence me pèsera et que j'aurai hâte de l'accourcir.

Il partit le lendemain, et Paulette le conduisit jusqu'à la station de Massy. Au moment où il allait monter en wagon, « la petite dernière, » qui avait le cœur gros, sauta à son cou, se serra contre sa poitrine et l'embrassa avec effusion :

— Vous me jurez de revenir bien vite, chuchota-t-elle, et vous m'écrirez très, très souvent !...

Et le commandant, réconforté par cette caresse qui lui parut plus expansive et plus chaude que de coutume, monta les yeux humides dans le train qui l'emporta vers Paris.

Paulette s'en revint mélancoliquement à La Vignée. La maison lui parut très vide; pour la première fois, elle eut conscience de la place que tenait dans sa vie ce mari dont elle avait accepté d'abord la société avec tant de répugnance, et qui, maintenant, était devenu un ami sûr, un compagnon dévoué et indispensable. Le lendemain, le temps se gâta, et la détresse de la jeune femme s'en accrut. Les heures, pour elle, se traînaient avec une lenteur monotone, et les ondées qui l'obligeaient à une complète réclusion rendaient sa solitude encore plus désolée. Il lui semblait qu'en même temps que la pluie ruisselait contre les vitres, elle tombait aussi sur son cœur et le noyait de tristesse. Fidèle à sa promesse, le commandant lui écrivait très exactement. Son voyage s'était effectué sans incidents, mais, en arrivant à Ker-Loch, il avait trouvé le domaine dans un pitoyable délabrement. Les dégâts étaient plus considérables qu'on ne le lui avait dit, et il lui faudrait, ajoutait-il, au moins deux semaines pour mettre en train les travaux de réparation.

Ces mauvaises nouvelles et la perspective d'une absence prolongée augmentèrent le désarroi de Paulette. La dépression dont elle souffrait lui ôtait tout ressort pour réagir. La solitude l'effrayait, et cependant elle ne se sentait pas le courage de s'y soustraire en allant à Paris. Elle comptait un peu sur M. Pontal pour alléger son isolement. Si, comme elle l'avait espéré, le professeur était venu passer le dimanche à La Vignée, le plaisir de choyer et de câliner ce papa qu'elle chérissait l'eût distraite de ses ennuis. Mais M. Pontal, qui aimait avant tout ses aises, ne se souciait pas de la campagne en hiver; un séjour à La Vignée, en tête à tête avec sa fille, le charmait médiocrement. A son sens, il n'y faisait pas ses frais. Le commandant était un auditoire, Paulette n'en était pas un. Elle écoutait ses dissertations avec une attention insuffisamment respectueuse. Elle l'interrompait étourdiment par des réflexions qui n'avaient aucun rapport avec le sujet traité et qui dérangeaient le bel ordre de ses morceaux d'éloquence. Il inventa donc d'ingé-

nieux prétextes pour se dispenser de sa visite hebdomadaire. Madame Pontal avait envoyé son livre sur « L'Éducation des filles » à l'Académie des Sciences morales; elle concourait pour le prix Jean Reynaud et employait ses loisirs à solliciter ses juges. Quant à Tonia, elle était trop absorbée par ses relations mondaines pour trouver le temps de courir à La Vignée; d'ailleurs Paulette, la sachant envieuse et perfide, n'insistait pas pour avoir sa compagnie, et sollicitait encore moins celle de M. Desjoberts, qui lui était antipathique. Elle écrivait à Le Dantec pour le presser de revenir, et celui-ci lui répondait par des lettres contrites, où il s'excusait tendrement de toutes les malencontres qui retardaient son départ.

Cependant la température s'adoucissait, les monotones journées de réclusion cessaient enfin, et Paulette pouvait promener son ennui au dehors. Le printemps était en pleine éclosion. Le vent du Midi, en passant par-dessus les bois, apportait de vertes odeurs de jeunes pousses. Les pelouses foisonnaient de primevères et de violettes, et, dans le verger, les boutons laiteux des abricotiers pointaient amoureusement hors du calice d'un brun rosé. Cette première floraison avait je ne sais quoi de sensuel qui troublait « la petite dernière ». Le mouvement de la sève, l'éclatement des bourgeons, l'activité printanière partout répandue mettaient une langueur en elle et lui rendaient plus pénible la sensation de son isolement. Elle se laissait aller à de vagabondes rêveries rétrospectives, à de confus regrets, dont la présence du commandant eût sans doute empêché l'éclosion, et qui, dans ses courses solitaires à travers la campagne, lui revenaient avec l'obstination des mouches par un temps d'orage. L'ennui dont elle avait souffert, pendant que la pluie la retenait au logis, s'appesantissait plus lourdement sur elle durant ces radieuses journées du renouveau, et cette fois il s'aggravait d'une agitation fébrile, d'un désir de distractions qui l'énervaient. Il y avait des heures où elle aurait donné tout au monde pour secouer le malaise qui l'accablait et pour échanger quelques paroles avec une âme charitable, qui ne fût pas absolument indifférente. Aussi se sentit-elle soulagée et presque joyeuse lorsqu'elle entendit un beau jour le valet de chambre lui annoncer que Lucile l'attendait au salon.

Mademoiselle Pontal cadette était en beauté. La marche avait rosé ses joues, le printemps avait allumé une flamme dans ses yeux langoureux et avivé l'expression de son virginal visage. Une robe très ajustée mettait en valeur la souplesse de son mince corps onduleux, un bouquet de violettes fleurissait sa ceinture; un subtil arome voluptueux émanait de sa mince personne, mêlé à un léger parfum de cigarette. Elle embrassa sa sœur sur les deux joues, s'étendit nonchalamment dans un fauteuil et soupira :

— Eh bien ! il paraît que tu es toujours veuve? As-tu de bonnes nouvelles du commandant?

— Oui... seulement il ne fixe pas encore l'époque de son retour...

— Et tu trouves le temps long ! s'exclama Lucile avec une pointe d'ironie.

— Je commence à m'ennuyer ferme.

— Je le comprends... La campagne, en hiver, quand on est en tête à tête avec soi-même, ça manque de charme... Mais pourquoi t'obstines-tu à vivre en recluse, quand tu as le chemin de fer à ta porte et qu'il te faut au plus trente minutes pour venir t'amuser en famille?

— Parce qu'en l'absence de Tanguy, je n'ai pas cru convenable d'aller m'amuser à Paris.

— Scrupuleuse à ce point-là?... murmura la cadette en haussant les épaules... Nous nous étonnions tous de ton silence... Alors je me suis dit : « Il faut pourtant que j'aille chercher des nouvelles de cette petite sauvage... », et je suis partie de la maison exprès pour te voir.

— Tu crois? demanda railleusement Paulette.

Un sourire sceptique retroussait l'un des coins de sa bouche, et elle regardait sa sœur droit dans les yeux.

— Comment ! si je crois? répondit Lucile, déconcertée, en baissant pudiquement ses longs cils, quel motif aurais-je de courir les champs?... Je n'ai pas comme toi l'amour de la belle nature et du paysage.

— Non, tu préfères les paysagistes !

Le teint mat de la jeune fille se colora de nouveau d'une nuance rosée, et elle répliqua évasivement :

— Tu sais, je ne suis pas forte pour deviner les énigmes.

— En ce cas, s'écria Paulette impatientée, je vais parler net. Tes visites à La Vignée me feraient le plus grand plaisir, si elles étaient uniquement pour moi, mais je n'ai plus d'illusions et je ne suis dans cette affaire

qu'un prétexte... Seulement, ma chère, puisque tu me prends pour paravent, tu devrais au moins avoir la politesse de me prendre aussi pour confidente... Est-ce clair?

— Pas trop.

— Ne joue donc pas les ingénues, tu perds ta peine !... Veux-tu que je mette les points sur les *i*?... Tu viens à Verrières pour voir Jacques Salbris, qui y a installé son atelier... Ne nie pas ! Je vous ai rencontrés tous deux dans les bois, en octobre, et votre conversation semblait très tendre, je t'assure !... Si je n'avais eu la précaution de rebrousser chemin, vous vous seriez trouvés nez à nez avec le commandant, qui ne plaisante pas sur le chapitre des mœurs, et qui t'aurait impitoyablement fermé la porte de La Vignée...

— Le commandant est rigide ! observa sournoisement Lucile... Après tout, avoua-t-elle sans plus de détours, l'amour est bien permis entre un garçon de vingt-huit ans et une fille qui en a vingt... Il n'y a rien là que de naturel...

— Cela dépend des points de vue... Salbris est léger; il t'a déjà compromise à Douarnenez, et, maintenant, il te compromet plus gravement encore... Tu joues avec le feu, ma chère, gare les brûlures !

— Tu n'y entends rien, ma petite... Tu parles de l'amour comme un aveugle des couleurs...

— Qu'en sais-tu? repartit amèrement Paulette; si je n'ai pas ton expérience, le bon sens du moins me dit qu'un homme sérieusement épris se montre plus respectueux et réservé avec la femme qu'il prétend aimer.

— Jacques m'adore !

— Dans ce cas, pourquoi ne le déclare-t-il pas ouvertement et honnêtement?... Pourquoi ne demande-t-il pas ta main à papa?

— Il m'épousera quand je voudrai... Mais nous ne sommes pas pressés, nous préférons attendre...

— Attendre quoi?... que vous soyez las l'un de l'autre?...

— Jamais ! protesta Lucile, en se catissant sensuellement dans son fauteuil... Nous ne nous lasserons jamais de nous aimer. Tu ne comprends pas, tu ne peux pas comprendre ce qu'il y a d'exquis dans cette attente !... L'obligation où l'on est de se cacher double la saveur et le plaisir des rendez-vous. L'amour libre, comme dit maman, l'amour qui n'aboutit pas prosaïquement et immédiatement à la cérémonie du mariage, est le seul délicieux et vraiment passionné...

On se chérit pour soi-même; on se dit que quand on le voudra on passera devant M. le maire, mais, pour être sûrs l'un de l'autre, on n'a pas besoin de la formule légale; les caresses qu'on se donne n'en sont que plus désintéressées, plus prenantes et plus savoureuses...

Paulette l'écoutait suffoquée. Cette perversion du sens moral, ce raffinement dans la recherche des voluptés de l'amour la choquaient et en même temps la troublaient, comme si elle eût feuilleté avec trop de complaisance les pages licencieuses d'un livre défendu. Les aveux hardis et presque cyniques de sa sœur lui mettaient le rouge au front. Elle l'interrompit avec brusquerie :

— Tais-toi, murmura-t-elle, tu me fais honte !

— Ah ! dame, riposta Lucile, en la regardant en dessous, ça te change, hein !

— Non, ça me confond et ça m'attriste...

Elle vit sa cadette consulter sa montre et se lever précipitamment :

— Tu pars? reprit-elle, ma morale t'ennuie et tu as hâte d'aller retrouver ton amoureux?

— Tu te trompes... Je sors de chez lui.

— Au fait, j'aurais dû le deviner à l'odeur de cigarette qui imprègne tes vêtements... Ah ! Lucile, si tu étais sage, tu retournerais tout droit à la maison !...

— C'est précisément mon intention, et, si tu en doutes, tu peux m'accompagner jusqu'à la gare !... A moins que tu ne rougisses d'être vue avec moi !

— Soit, répondit Paulette avec un reste de méfiance, une minute pour me chapeauter, et je suis à toi...

Elles gagnèrent la grille de La Vignée et cheminèrent ensemble le long de la route qui descendait vers la station. Les peupliers n'avaient pas encore déplié leurs feuilles, seuls leurs chatons d'un brun pourpre se balançaient aux branches, et la chaussée était pleine de soleil. Maintenant qu'elle était entrée dans la voie des confidences, Lucile ne se gênait plus pour parler des joies de son intimité avec Jacques Salbris. Pendant tout le trajet, elle vanta le talent du peintre, le charme de son esprit, la délicatesse de ses sentiments, l'enchantement de leurs rendez-vous d'amour. Paulette l'écoutait en silence et hochait pensivement la tête. Quand elles eurent atteint le fond de la vallée et commencèrent à gravir la pente, au sommet de laquelle la station de Massy dressait ses bâ-

tisses blanches, Lucile s'arrêta, jeta un coup d'œil sur la terrasse de la gare, et coulant un regard sournois vers sa sœur, déclara nonchalamment :

— A propos, j'ai oublié de te dire que j'ai un compagnon de route... Rivoalen m'attend là-haut...

— C'est trop fort ! protesta Paulette qui pâlit, tu aurais pu me prévenir un peu plus tôt... Je m'en vais... Bonjour !...

— Es-tu sotte?... se récria la cadette en la saisissant par le bras, Rivoalen sera ravi de te revoir... Tiens, le voici sur le pas de la porte... Il nous a aperçues, et, si tu te sauves, comme il est passablement fat, il s'imaginera que tu as peur de lui... D'ailleurs le train est signalé, et ce sera l'affaire de trois minutes...

Rivoalen les avait reconnues, en effet, et marchait déjà au-devant d'elles. Paulette, très décontenancée, perdait la tête; elle n'osait plus fuir et, retenue par une fausse honte, se laissait entraîner vers la station. Debout au bord de la terrasse, le jeune homme s'était découvert et saluait respectueusement.

— Je n'ai pas besoin de vous présenter l'un à l'autre, je suppose, dit Lucile en riant... Madame Le Dantec m'a fait un bout de conduite jusqu'à la station...

— Je suis heureux, madame, du hasard qui me permet de vous présenter mes hommages, déclara Rivoalen.

Il y avait dans l'intonation de sa voix un mélange de déférence et d'ironie qui acheva de troubler Paulette. Elle s'inclina, en maudissant mentalement la fâcheuse facilité avec laquelle la rougeur lui montait au visage.

— Assez de compliments ! s'écria Lucile, voici le train !...

Elle traversa vivement la salle d'attente, au moment où le convoi s'arrêtait le long de la plate-forme.

— Au revoir, ma petite, ajouta-t-elle en embrassant précipitamment sa sœur... Merci, et à bientôt !...

Elle s'élança dans un compartiment, et presque immédiatement le train repartit en sifflant. Paulette était si ahurie qu'elle ne s'aperçut pas tout d'abord que Lucile avait seule pris place dans le wagon. En se retournant, elle vit sur le trottoir Rivoalen qui souriait, et elle s'écria effarée :

— Comment vous n'êtes pas monté?

— Pas le moins du monde.

— Je croyais que vous rentriez à Paris avec ma sœur.

— Nenni... Je retourne à Verrières, où Salbris me donne l'hospitalité pour une quinzaine.

— Ah ! murmura-t-elle, déconcertée.

Ils avaient quitté silencieusement la salle d'attente et marchaient le long de la rampe qui dévalait vers la route.

— Si cela ne vous contrarie pas, reprit-il, j'aurai le plaisir de vous accompagner jusqu'à la croisée des chemins...

Paulette demeurait muette et faisait une moue mécontente.

— Je ne voudrais pas pourtant vous imposer ma compagnie, poursuivit sarcastiquement Rivoalen ; je regrette qu'il n'y ait que cette route pour gagner Verrières, mais, si vous l'exigez, je m'en irai à travers les terres labourées...

Cette ironie l'agaçait ; elle n'entendait pas qu'il la prît pour une prude, sotte et poseuse, et elle se dit que le mieux était d'affecter une belle indifférence.

— Je ne suis pas ridicule à ce point, protesta-t-elle, et je ne vois aucun inconvénient à ce que nous suivions la même route... D'ailleurs, observa-t-elle sans réfléchir, d'ici au carrefour de La Vignée le trajet n'est pas long.

— Effectivement, affirma-t-il avec un sourire, et aujourd'hui il me semblera encore plus court...

Elle baissa la tête sans répondre, et il continua :

— Vous vous plaisez à la campagne ?

— Beaucoup.

— Même quand vous y êtes seule ?... car votre sœur m'a appris que M. Le Dantec est absent.

— Mon mari est en Bretagne, mais je l'attends d'un jour à l'autre.

— Et vous trouvez le temps long, naturellement ?

— Naturellement.

— Après quelques mois de mariage, la société de M. Le Dantec doit vous manquer, en effet... Vous n'étiez pas habituée à une pareille solitude et vous devez vous ennuyer mortellement.

— C'est ce qui vous trompe ! s'écria-t-elle vexée ; et, pour couper court à ces allusions au commandant, débitées sur un ton moqueur qui l'irritait, elle s'empressa de déclarer : — Je ne m'ennuie jamais, surtout depuis que le temps s'est remis au beau... Ce pays-ci est très intéressant et je me promène beaucoup...

— Je sais, vous êtes bonne marcheuse... Oui, ce bois de Verrières est charmant.

— N'est-ce pas ? dit-elle, enchantée d'avoir fait dévier la conversation vers un sujet moins gênant ; on y découvre chaque fois des aspects nouveaux et des paysages amusants... Il y a surtout, ajouta-t-elle sans penser à mal, un coin très vert, très intime, et dont je suis toquée, c'est le petit étang de Malabry... Vous le connaissez ?

— Salbris me l'a montré... Vous vous risquez jusque-là toute seule ?

— Certainement... Je ne suis pas poltronne, et d'ailleurs, rien à craindre dans le bois... On y rencontre des flâneurs à chaque pas.

— N'importe, je vous trouve imprudente... En d'autres temps, j'aurais été heureux de m'offrir comme votre compagnon de promenade...

Elle rougit très fort, et un silence tomba entre eux. Le sourire moqueur de Rivoalen avait quitté ses lèvres ; une teinte de mélancolie ennuageait ses traits, et Paulette s'effrayait de nouveau du tour inquiétant que prenait l'entretien. Aussi fut-ce avec un soulagement réel qu'elle aperçut le rond-point du carrefour où la route bifurquait.

— Voici la croisée des chemins ! murmura-t-elle, et dans sa hâte de mettre fin à une situation embarrassante, elle tendit machinalement la main à son compagnon :

— Bonsoir, monsieur !...

— Bonsoir, madame, répondit-il en serrant cette main étourdiment tendue, je regrette de ne pas oser vous dire : « Au revoir !... »

III

A quelques jours de là, Tonia Desjoberts vint faire une courte visite à Paulette. Le beau temps la mettait sans doute de bonne humeur, car plus que jamais son sourire était imprégné de sereine mansuétude.

— Il me semble, remarqua-t-elle, que le commandant s'attarde en Bretagne... Quand compte-t-il revenir ?

— Je n'en sais rien encore, répondit tristement Paulette ; je lui ai précisément écrit hier pour le prier de hâter son retour... Son absence m'inquiète et m'ennuie.

— Tant que ça ! interrompit madame Desjoberts... Puis elle reprit avec une indulgente suavité : — Tu as eu pourtant quelques distractions ?... Et à ce propos, petite cachottière, tu ne me parles pas de M. Rivoalen... Il paraît que vous vous êtes revus ?

Le visage de « la petite dernière » s'empourpra, et elle murmura :

— Nous nous sommes rencontrés par hasard à la station... C'est Lucile qui t'a conté cela ?

— Oui... Voyons, ne rougis donc pas si fort... Il n'y a pas de quoi.

— Je ne rougis pas ! s'écria Paulette, seulement Lucile aurait mieux fait de se taire...; car c'est grâce à ses inconséquences et à sa légèreté que cette rencontre a eu lieu.

— Bah !... cela devait arriver un jour ou l'autre, et il n'y a pas grand mal. Tout de même, comment cela s'est-il passé ?... A-t-il été sentimental et t'a-t-il reparlé de Morgat ?

— Il a eu plus de tact que Lucile, repartit impatiemment Paulette, et il ne s'est permis aucune réflexion inconvenante... Du reste, je ne l'aurais pas toléré.

— Tu as la manie de prendre toujours les choses au tragique, répliqua son aînée en souriant... Mon Dieu ! quand tu l'aurais laissé fleureter un brin, tu pouvais bien lui donner cette consolation, après...

— Après quoi ?... Après avoir épousé M. Le Dantec, n'est-ce pas ?... Toi qui sais pourquoi et comment je m'y suis résolue, tu devrais être la dernière à me parler de la sorte... Assez là-dessus. Je suis madame Le Dantec, et M. Rivoalen n'existe plus pour moi...

— Oh ! ma chère, il ne faut jurer de rien ! déclara madame Desjoberts avec un ironique hochement de tête.

— Je sais, continua Paulette de plus en plus surexcitée, je sais que Lucile et toi, vous avez la manche large... C'est votre affaire !... Quant à moi, je suis décidée à me conduire loyalement envers l'homme dont je porte le nom... Je ne veux pas qu'il puisse soupçonner un seul moment que je regrette ma détermination, et je n'autorise personne à insinuer le contraire...

— A merveille ! je suis enchantée de te voir si héroïque ! dit la sœur aînée en se levant... Seulement, ma petite, ajouta-t-elle avec un ineffable sourire, un bon conseil : ne te fâche pas comme un jeune coq dès qu'on prononce le nom de Rivoalen, sans quoi on pourrait croire qu'il te tient encore au cœur beaucoup plus que tu ne veux en convenir... Au revoir, ma belle !

Elle prit congé après avoir lancé cette méchanceté qui pénétra dans l'âme de Paulette comme une épine aiguë et cuisante. La jeune femme était irritée contre ses sœurs et contre elle-même. En procédant à son examen de conscience, elle s'avouait que Tonia avait deviné juste et qu'elle ne se serait pas emportée avec tant de véhémence, s'il se fût agi d'un indifférent. Tout en s'efforçant d'effacer Rivoalen de sa mémoire, elle reconnaissait combien l'opération devenait plus difficile, maintenant qu'elle l'avait revu. En remuant perfidement les souvenirs du passé, madame Desjoberts lui avait fait sentir que, sous cette cendre qu'elle croyait refroidie, de vivaces étincelles de l'ancien amour persistaient encore.

Pour secouer cette préoccupation et changer le cours de ses idées, il lui sembla qu'une promenade au grand air serait un dérivatif efficace. Elle se chaussa plus solidement, se coiffa d'un chapeau de campagne, et gagna les bois par une porte qui s'ouvrait au fond du parc. L'après-midi de mars était très doux, presque trop chaud pour la saison. Le soleil, mi-voilé de nuées blanches, rappelait la discrète lumière des ciels de Bretagne. Le gazouillis des rouges-gorges voletant parmi les saulaies bourgeonnantes accroissait l'illusion. Sous les châtaigniers aux branches grises et dénudées encore, Paulette gravissait des sentiers de chèvre au long desquels les anémones épanouissaient leurs corolles blanches et roses à odeur d'amande. Çà et là, les éboulis des sablières plaquaient des taches d'ocre jaune au milieu de la tendre verdure des genêts. Involontairement, la jeune femme repensait aux landes sablonneuses des environs de Morgat, aux talus de genêts de Gwen-Dour, aux châtaigneraies de Lescoat. Elle s'y revoyait par certains jours tièdes de la fin d'août, en compagnie de Salbris et de Rivoalen. Insensiblement, une indulgente compassion lui amollissait le cœur, lorsqu'elle songeait avec quelle poignante tristesse Hervé avait dû repasser par ces mêmes sentiers, perdus dans la brande, et contempler ces mêmes paysages, pendant les jours d'automne qui avaient suivi l'annonce des fiançailles. En pensant combien il avait de justes causes de colère, Paulette se reprochait la sèche dureté de son accueil, lors de leur rencontre à la station de Massy. Comme l'insinuait malignement Tonia, après la blessure infligée à Morgat, la victime avait bien droit à quelques paroles de consolation, car, en cette conjoncture, si quelqu'un pouvait se montrer offensé et rancunier, c'était Rivoalen et non Paulette.

Tout en s'abandonnant à ces réflexions qui l'inclinaient à l'indulgence, elle longeait machinalement le mur de la sablière et atteignait le rond-point planté de hêtres, à l'ombre desquels le petit étang de Malabry s'endort sous les feuilles rondes des nénuphars et dans le frisson vert des roseaux. Là encore, nouveaux ressouvenirs. Cette nappe somnolente, son pacifique décor de vieux arbres et de plantes fontinales, avaient une vague ressemblance avec l'étang du moulin de Morgat. Debout sur le talus, les yeux baissés vers l'eau brune où son visage se reflétait dans l'enchevêtrement des ramures emmêlées, Paulette se rappelait les chauds après-midi d'août où, penchée sur la berge du moulin, elle cueillait des nymphéas, tandis que ses sœurs la plaisantaient sur les assiduités du commandant Le Dantec... Hypnotisée par la contemplation de ces choses du passé qu'elle croyait voir mystérieusement surgir du fond de l'eau, elle perdait peu à peu la notion du présent. Tout à coup, il lui sembla distinguer à côté de son propre reflet celui d'une personnalité bien connue. Instinctivement elle se retourna, et aperçut, à deux pas derrière elle, Hervé Rivoalen en chair et en os, qui souriait et la saluait.

Elle se souvint qu'elle lui avait parlé de sa prédilection pour l'étang de Malabry, et, cédant comme toujours à une première impulsion, elle s'indigna de cette intrusion qu'elle interprétait comme une sorte d'abus de confiance.

— C'est vous? s'exclama-t-elle d'une voix sourde, vous avez osé m'épier et me suivre !

— Vous m'accusez à tort, madame, répondit-il avec son sardonique sourire; j'avoue qu'en me vantant l'autre jour votre promenade favorite, vous m'avez donné envie de la revoir... Mais je ne pouvais me douter que j'aurais l'honneur de vous y rencontrer aujourd'hui... Le hasard seul a tout fait.

— Personne ne croira à ce hasard, poursuivit-elle dépitée, et on s'imaginera que nous nous sommes donné rendez-vous.

— Qui, on? répliqua-t-il en haussant les épaules, tandis qu'il désignait la route de Malabry où cavalcadaient les promeneurs venus de Robinson, et une coupe voisine où travaillaient des bûcherons; les gens qui passent ici ne nous connaissent ni l'un ni l'autre, et si, au lieu de nous quereller, nous nous bornons à causer comme de bons amis, nous ne risquerons pas d'attirer leur attention...

Un peu confuse de son emportement, elle s'était engagée dans la première allée qui s'ou-vrait devant elle, et Rivoalen continuait de marcher à son côté.

— D'ailleurs, poursuivit-il d'un ton conciliant et presque contrit, ce n'est pas la première fois que nous nous promenons ensemble, et vous me rendrez cette justice que vous n'avez jamais eu à me reprocher ni indiscrétion, ni manque de respect... Ayez donc plus de confiance en moi, et, puisque le hasard nous réunit une fois encore, montrez que vous m'avez gardé un peu de l'estime d'autrefois.

— La situation n'est pas la même, interrompit-elle avec sa vivacité coutumière.

— Non, dit-il amèrement, et il n'a pas dépendu de moi qu'elle ne fût autre... Mais, je vous en prie, ne parlons point du passé... Il y a des eaux dormantes, comme celles de cet étang, qu'il ne faut pas remuer !... Occupons-nous de l'heure présente, la seule dont nous puissions jouir avec certitude et sans arrière-pensée...

Paulette était forcée de reconnaître qu'il avait raison et que le parti le plus sage consistait à faire bonne mine à mauvais jeu. D'ailleurs, en se refusant tout le premier à évoquer le souvenir des jours de Morgat, Rivoalen avait rassuré cet esprit féminin, trop prompt à s'alarmer. Elle se sentait redevenir maîtresse d'elle-même et se résignait à accepter la compagnie d'Hervé, jusqu'au moment où elle pourrait atteindre la lisière du bois. Ils suivirent donc de concert l'avenue herbeuse vers laquelle Paulette s'était dirigée. La conversation, d'abord languissante, s'anima peu à peu, à mesure que la jeune femme constatait avec quel soin son compagnon s'abstenait de se hasarder sur un terrain dangereux. D'un air détaché et bon enfant, Rivoalen n'abordait que des sujets indifférents : le charme du printemps précoce, les beautés ignorées de certains coins de la banlieue parisienne, le goût qu'on peut avoir pour la vie campagnarde... A peine si, de loin en loin, quelque sarcasme ou quelque réflexion désabusée laissait soupçonner le véritable état de son âme et éveillait un remords dans celle de Paulette. Ils gagnèrent ainsi un carrefour où quatre allées se croisaient. Tout à coup, en examinant plus attentivement le paysage, « la petite dernière » reconnut l'endroit où elle était venue en octobre avec le commandant, et où elle avait aperçu Salbris et Lucile se promenant très tendrement au milieu des feuilles tombantes. Elle repensa aux périls de cette liaison audacieusement avouée par sa sœur, et l'idée lui vint d'en parler à Rivoalen. Elle le savait plus sensé et moins sceptique qu'il affectait de le paraître; elle avait été témoin de l'influence exercée par lui sur Jacques Salbris, et elle le croyait assez persuasif pour amener le peintre à réparer par un prompt mariage le tort qu'il causait à la réputation de Lucile. La possibilité d'opérer ce sauvetage avait de quoi plaire à sa nature généreuse, et elle résolut de profiter de l'occasion pour s'assurer le concours d'Hervé.

— Vous êtes très lié avec M. Salbris? lui dit-elle à brûle-pourpoint.

— Nous sommes de vieux amis de dix ans.

— Eh bien! reprit-elle en rougissant, je ne crois pas trahir un secret en vous parlant de l'intimité qui existe entre lui et ma sœur Lucile... Elle ne s'en cache guère et vous savez comme moi ce qui en est...

— Oui, je sais qu'ils s'adorent... Il y a encore des gens qui prennent l'amour au sérieux et qui croient que ça durera toujours!...

Paulette redevint pâle et poursuivit d'une voix altérée :

— Malgré ses airs placides, Lucile est une emballée... Chez elle, la passion domine tout...

— Je vous accorde, acquiesça Rivoalen ironiquement, qu'elle n'est pas aussi maîtresse d'elle-même que... certains membres de sa famille...; pourtant je n'ai pas le courage de l'en blâmer...

— Naturellement... Vous autres hommes, vous êtes très tolérants en pareille matière, mais tout le monde ne pense pas comme vous, et ma sœur est en train de gâter sa vie, pour peu que M. Salbris se montre aussi imprévoyant et aussi fou qu'elle-même... Connaissez-vous les intentions de votre ami?

— Salbris est le plus honnête homme que je sache, et, tant qu'il aime, il est capable des résolutions les plus héroïques... Seulement il a les défauts de ses qualités : il s'éprend et se déprend avec une terrible rapidité, et une fois dépris, comme il est trop sincère pour jouer la comédie du sentiment, il brûle impitoyablement tout ce qu'il a adoré... Je me hâte d'ajouter qu'actuellement il aime à la folie mademoiselle votre sœur, et qu'il acceptera tout pour l'amour d'elle.

— Alors, s'écria Paulette impétueusement, il n'est que temps d'agir... Il faut sauver Lucile, même malgré elle!... Aidez-moi... Vous êtes homme de bon conseil et vous pouvez beaucoup pour décider votre ami... Dites-

lui que quand on aime une femme, la première chose à faire c'est de mettre un terme à une situation équivoque et peu honorable... Obtenez de lui qu'il demande Lucile en mariage... On ne la lui refusera pas, soyez-en certain!... Faites cela, je vous en prie, et je vous en serai profondément reconnaissante!...

Dans l'ardeur de cette prière, ses joues s'étaient de nouveau colorées, ses yeux pers scintillaient, et sa bouche, pour laisser passer ces paroles de déprécation, s'entr'ouvrait avec la grâce d'une fleur. Rivoalen la regardait, plein d'une admiration mélangée d'indéfinissable tristesse.

— Du moment que vous le désirez, répondit-il, je suis prêt à accepter la mission fort délicate dont vous me chargez, et je vous promets d'agir pour le mieux...

— Merci! murmura-t-elle, et, dans un élan de gratitude, elle lui tendit la main... Maintenant, ajouta-t-elle, nous voici à la lisière du bois et nous devons nous quitter...

— Encore un instant, supplia Rivoalen, en gardant sa main dans la sienne; si je réussis, comment ferai-je pour vous aviser de la réponse de Salbris? Puis-je vous l'apporter à La Vignée?...

— Non... non,... balbutia-t-elle; dites à M. Salbris de me l'apporter lui-même, cela sera plus convenable... Merci encore et adieu !

Rivoalen tenait toujours la main de Paulette, et un instant ses lèvres se desserrèrent comme pour murmurer une prière; mais une crispation ironique les referma soudain, et, serrant nerveusement les doigts prisonniers de la jeune femme :

— Allons, adieu! soupira-t-il, — et ils se séparèrent.

A la fin de la semaine, dès le matin, Paulette reçut de Brest le télégramme suivant :

« Prendrai ce soir express. Arriverai Paris, dimanche, 7 heures, et Massy vers 9 heures. Tendres embrassades. Tanguy. »

Enfin il arrivait ! Elle ne serait plus abandonnée à elle-même à La Vignée... Il lui sembla que la seule présence du commandant la délivrerait de la mélancolie envahissante des souvenirs rétrospectifs et aussi du voisinage inquiétant d'Hervé Rivoalen. Elle se hâta d'informer les domestiques du prochain retour du maître et de donner des instructions pour que tout fût en ordre. Après son déjeuner, elle était en train de choisir dans la serre les plantes destinées à fleurir la maison en signe de fête et de bienvenue, quand la femme

de chambre annonça qu'un visiteur la demandait « de la part de M. Jacques Salbris ».
Très affairée et toujours distraite, Paulette
n'entendit que le nom du peintre. Immédiatement son imagination s'enflamma, et elle
crut que Jacques, prévenu par Hervé, se pré-
sentait en personne pour lui parler de Lucile.
Sans songer au négligé de sa toilette matinale, elle courut au salon, et comme une
soudaine flambée, le rouge lui monta aux
joues quand elle s'aperçut que le visiteur
n'était autre que Rivoalen.

— Vous? s'écria-t-elle, suffoquée; on
m'avait annoncé M. Salbris... Comment vous
êtes-vous permis un pareil subterfuge pour
entrer à La Vignée?

Il s'était arrêté sur le seuil du salon, étonné
du courroux de la jeune femme et, en même
temps, ravi de l'adorable vision qu'il avait
devant les yeux. Dans un rayon de soleil
tamisé par les stores des fenêtres, Paulette se
tenait debout à quelques pas de lui, les cheveux ébouriffés et frisottants, les joues en
feu, les narines dilatées par l'émotion; plus
charmante encore dans cette robe du matin,
dont la simplicité faisait valoir la souplesse
de sa taille, et dont le flottant corsage était
exquisement soulevé par le va-et-vient d'une
poitrine palpitante.

— Je n'ai employé aucun subterfuge,
répliqua-t-il, et si vous avez été induite en
erreur, c'est que la femme de chambre se sera
mal expliquée... Par une attention que vous
comprendrez certainement, je n'ai pas voulu
lui donner mon nom, et j'ai dit tout bonnement que je venais de la part de Jacques
Salbris.

— Soit, murmura Paulette, sans le faire
asseoir, j'aurai mal entendu... Eh bien! vous
avez parlé à votre ami?... Que vous a-t-il
répondu?

— Jacques proteste de la loyauté de ses
intentions; il est tout prêt à aller demander
la main de mademoiselle Lucile, dès que celle-
ci le désirera... Mais nos deux amoureux ont,
en matière de tendresse, des raffinements et
des raisonnements tout à fait fin de siècle...
Votre sœur s'est sans doute imprégnée des
théories féministes de madame Pontal; elle
prétend que la passion seule est sincère et que
le mariage légal n'est qu'une formule bête,
prosaïque et bonne tout au plus pour les bourgeois... Bref, elle se complaît dans une équivoque dont les dangers mêmes lui semblent
délicieux...

— Oui, je sais... C'est immoral et c'est

idiot!... Mais M. Salbris doit avoir de la raison
pour deux et, s'il aime réellement Lucile,
l'honnêteté exige qu'il la tire malgré elle de
cette situation fausse... Voilà, ajouta hâtivement Paulette, ce qu'il faut dire à votre ami,
en mon nom et au vôtre... Et maintenant,
je vous en prie, quittez-moi, quittez cette
maison où moins que tout autre vous pouvez
vous présenter... M. Le Dantec revient demain et je serais désolée s'il apprenait que je
vous ai reçu ici en son absence...

— Ha! ha! repartit ironiquement Rivoalen, le commandant est jaloux!... C'est dans
son rôle et dans l'ordre des choses... Je comprends que vous teniez à ménager une suscep-
tibilité que l'âge rend encore plus vive...

— Je vous défends, s'écria-t-elle impétueusement, de parler sur ce ton d'un homme
que je respecte et pour lequel...

— Et pour lequel, interrompit-il avec
amertume, vous devez avoir une reconnaissance... légitime. Cela, je vous l'accorde, mais
voilà tout...

— Vous vous trompez... Non seulement je
lui suis reconnaissante, mais je l'aime d'une
tendre affection...

— Vous êtes cruelle! s'exclama Hervé,
tandis que son visage s'assombrissait... Non,
poursuivit-il en se rapprochant de la jeune
femme, vous ne me ferez jamais croire que
vous ayez de la tendresse pour un mari qui
a le triple de votre âge!... Ce serait une
monstruosité, une perversité pire que celle
que vous reprochez à Lucile... Souvenez-
vous du langage que vous me teniez dans la
lande Sainte-Anne, la veille même de vos
fiançailles... Avouez qu'un intérêt quel-
conque, une force majeure vous ont obligée
à épouser M. Le Dantec, mais n'essayez pas
de justifier votre brusque revirement... Ne
profanez pas ce mot de tendresse!...

— Taisez-vous, supplia Paulette, et par-
tez, si vous ne voulez pas que je vous prenne
en haine... Laissez-moi au moins vous estimer, puisque je n'ai plus le droit de vous
garder d'autres sentiments...

— Ne vous mentez donc pas à vous-même!
murmura-t-il, emporté par un coup de folie...
il n'est pas possible que votre cœur ait
changé du jour au lendemain!...

Il lui avait pris le bras et l'attirait violemment contre lui. Elle était si près qu'il
sentait les battements de sa jeune poitrine et
se grisait de la fine odeur de violette de ses
vêtements.

Un moment abasourdie par la soudaineté de cette étreinte, Paulette demeurait immobile et fermait les yeux.

— N'est-ce pas que vous m'aimez encore, chuchotait Rivoalen en lui baisant les cheveux, que vous m'aimez toujours autant que je vous aime?...

Les paupières de Paulette, brusquement écartées, laissaient voir ses pupilles dilatées autant par l'effroi que par l'indignation. Elle s'était arrachée des bras d'Hervé et se reculait avec un piétinement de colère :

— Ne m'insultez pas davantage ! dit-elle toute frémissante, je ne vous ferai pas l'affront d'appeler quelqu'un, mais je vous ordonne de partir...

Elle ouvrit la porte, et, renfonçant un sanglot, elle ajouta avec un geste impérieux :

— Sortez... nous ne nous reverrons plus jamais !

Il la regarda longuement une dernière fois, ramassa son chapeau et obéit sans proférer une parole...

Quand il eut disparu, elle tomba dans un fauteuil et fut secouée par une crise de larmes. — Il était écrit que cette journée, après avoir commencé joyeusement, s'achèverait pour elle dans le trouble. A peine dix minutes s'étaient-elles écoulées, et avant que Paulette eût le temps de se calmer, la porte s'entre-bâilla; Tonia Desjoberts apparut souriante dans le salon ensoleillé.

— C'est moi, cria-t-elle, bonjour, petite !... Je viens t'embrasser entre deux trains.

Elle remarqua le visage bouleversé, les yeux rouges, les cheveux ébouriffés de sa sœur et continua :

— Ah çà ! tu as la figure renversée... As-tu reçu de mauvaises nouvelles?

— Mais... non, balbutia Paulette, au contraire... M. Le Dantec arrive demain, et depuis le matin je me démène pour que tout soit en ordre... C'est ce qui t'explique mon agitation.

Un joli rire d'incrédulité effleura les lèvres de Tonia :

— Le commandant revient?... Allons, tant mieux !... A propos, en chemin, j'ai rencontré Rivoalen... Il m'a à peine saluée, et il paraissait presque aussi ému que toi... J'aurais gagé qu'il venait de La Vignée...

— En effet, il sort d'ici, répondit brièvement madame Le Dantec.

— Ho ! ho ! tu le reçois, après avoir déclaré qu'il n'existait plus pour toi?... Eh bien ! et ces grands principes austères sur lesquels tu chevauchais si fièrement, tu les as donc remisés?

— Si j'ai reçu M. Rivoalen, répliqua Paulette agacée, c'est que j'avais pour cela des motifs dont je n'ai pas à te rendre compte...

Tonia sourit de nouveau indulgemment :

— Ni à moi, ni à ton mari, probablement... Tu vois... j'avais raison de dire qu'il ne faut jurer de rien !

— Ma chère, s'exclama « la petite dernière » qui était de plus en plus énervée, fais-moi grâce de tes ironies et de tes suspicions... Je suis la maîtresse chez moi et j'y reçois qui bon me semble... Ma mère, toi et Lucile, vous m'avez poussée au mariage... C'est bien le moins que j'aie le bénéfice de ma nouvelle condition et que je sois délivrée à jamais de vos jalousies, de vos sarcasmes et de votre espionnage. J'ai eu la chance d'être épousée par un honnête homme qui me rend la vie heureuse, et j'entends que ma tranquillité ne soit gâtée ni par vous ni par d'autres... Là, est-ce assez net?

— Très net, repartit madame Desjoberts en se mordant les lèvres... Tu es décidément trop nerveuse ce soir, et je te laisse à tes préparatifs... A quelle heure arrive le commandant?

— Il sera à Paris demain matin à sept heures, et je l'attends vers neuf heures à Massy.

— Fais-lui tous mes compliments... Allons, à un de ces jours, quand je ne craindrai plus de troubler votre lune de miel !...

Et Tonia partit, les lèvres pincées. Tout en longeant les pelouses reverdies de La Vignée, elle songeait en son par-dedans : « Toi, ma petite, tu me paieras tes insolences, et je te revaudrai tout ça au centuple ! »

. . . .

Le lendemain matin, Tanguy Le Dantec ayant laissé ses bagages à la gare Montparnasse et avalé en hâte une tasse de thé gagnait d'un pied léger la station du Luxembourg et y attendait impatiemment le départ du train de Limours. La vie active menée à Ker-Loch l'avait rajeuni. Leste et dispos, l'œil limpide, le visage épanoui, il monta en wagon et poussa un soupir de soulagement quand le convoi se mit en marche. A la station de Port-Royal, comme il examinait distraitement les voyageurs épars sur le trottoir, il remarqua une silhouette féminine qui inspectait du dehors l'intérieur des compartiments de première. Tout d'un coup, il s'imagina que peut-être Paulette avait eu la bonne pensée de venir au-devant de lui et qu'elle le cherchait de voiture en voiture. Avec vivacité il abaissa la glace et se trouva face à face avec madame Tonia Desjoberts, qui poussa un cri de surprise :

— Comment, c'est vous, commandant?... Je me félicite d'avoir eu l'idée de prendre le train direct... Vous me permettez de faire route avec vous jusqu'à Bourg-la-Reine?

Tanguy ouvrait galamment la portière, et Tonia, souriante, s'installa en face de lui. Tandis que le train repartait, elle demanda avec une aimable sollicitude :

— Votre voyage s'est bien passé?

— Aussi bien que possible...

— Vous avez très bonne mine... Comment Paulette n'est-elle pas venue au-devant de vous?...

— Oh! fit le commandant, l'heure était trop matinale; mais nous nous dédommagerons à La Vignée... La pauvre enfant ne sera pas fâchée de mon retour, car elle a dû fortement s'ennuyer dans son ermitage, en plein hiver!

— Vous croyez? dit innocemment madame Desjoberts... Elle paraissait cependant très bien prendre son parti... Elle refusait même de venir à Paris... Nous autres, nous étions tellement absorbées par nos obligations mondaines que nous ne pouvions l'aller voir souvent, mais elle n'était pas absolument solitaire, elle recevait des visites...

— Des visites? se récria le commandant, eh! lesquelles, mon Dieu?... Nous ne connaissons personne à Verrières...

— Si fait, affirma Tonia, Paulette y a retrouvé quelques-unes de nos relations de Morgat... Ne vous a-t-elle pas dit que Jacques Salbris, le peintre, avait là un atelier?

— Oui, répondit Le Dantec devenu rêveur, je crois me rappeler, en effet, qu'il en a été question devant moi... Et vous supposez que ce jeune homme est venu en visite à La Vignée?

— Parfaitement, Lucile l'y a amené avec un autre de nos amis, M. Hervé Rivoalen.

— Ah! soupira Tanguy, dont le front se rembrunit.

— Ces messieurs ont eu l'aimable attention de distraire Paulette pendant son veuvage... La campagne est si maussade en hiver!... Rivoalen, qui a plus de loisirs que Salbris, venait parfois passer une heure ou deux à La Vignée, et pas plus tard qu'hier, comme j'étais allée voir ma sœur, j'ai rencontré M. Hervé qui sortait de chez elle...

— Hier!... répéta Tanguy douloureusement.

Il y eut un moment de silence, puis le train stoppa à Bourg-la-Reine, et Tonia serra la main de Le Dantec :

— C'est ici que je m'arrête, commandant, murmura-t-elle entre deux sourires, embrassez Paulette pour moi, et à bientôt!

IV

Arrivée à Massy un peu avant neuf heures, Paulette arpentait impatiemment la plate-forme de la station. La certitude de se retrouver dans quelques minutes sous la protection du commandant effaçait à demi de son esprit les fâcheux incidents de la veille : la visite de Rivoalen et la querelle avec Tonia. Ses anxiétés et ses rancunes se dissipaient à la pensée de revoir Tanguy et de reprendre avec lui la calme existence du commencement de l'hiver. La lumière argentée du soleil qui montait dans un ciel encore vaporeux, les sonneries allègres des cloches du dimanche, tintant aux églises des prochains villages, la réveillante caresse de la brise matinale s'harmonisaient avec l'apaisement de son âme, où verdissait un renouveau d'espérance.

Un coup de sifflet strida dans la direction d'Antony et bientôt, à un tournant, surgit le train empanaché de fumée. Quelques secondes après, il s'arrêtait devant le terre-plein de la station et M. Le Dantec descendait lentement de l'un des wagons.

Paulette s'élança vers lui et impétueusement lui sauta au cou; mais, contrairement à son attente, le commandant accueillit cette tendre démonstration avec une tiédeur qui ne lui était pas habituelle. Il paraissait préoccupé et se borna à effleurer d'un rapide baiser le front que lui tendait sa jeune femme.

— Le voyage vous a sans doute fatigué? demanda-t-elle avec un peu d'étonnement mêlé d'inquiétude.

— Du tout, j'ai dormi pendant une partie de la nuit...

— L'omnibus est là pour vos bagages, reprit-elle de plus en plus décontenancée par cette froideur.

— Inutile... J'ai laissé mes bagages à Montparnasse, où Corentin ira les chercher ce tantôt, et l'omnibus n'aura qu'à nous transporter tous deux à La Vignée.

Paulette avait compté qu'ils s'en reviendraient doucement à pied et elle s'était d'avance réjouie de l'amicale causerie qui accourcirait le trajet. Mais voyant Le Dantec se diriger résolument vers la voiture, elle le suivit sans insister. Ils montèrent dans l'intérieur dont ils étaient les seuls occupants et, au trot des deux chevaux, le lourd véhicule dévala le long de la rampe qui aboutit au chemin de Verrières. Le tintement des glaces mal assujetties et le roulement des roues sur la chaussée récemment empierrée produisaient un bruit assourdissant qui rendait toute conversation impossible. Les deux époux furent donc condamnés à n'échanger que quelques mots insignifiants. Le commandant, du reste, semblait s'accommoder volontiers de ce silence obligé et demeurait absorbé par une soucieuse méditation. Paulette l'observait à la dérobée et constatait qu'en dépit de ses sourcils froncés, il rapportait de son séjour en Bretagne bonne mine et bonne santé. « Ce n'est donc pas le voyage qui l'a énervé, pensait-elle; mais alors d'où lui vient cette étrange préoccupation?... Certainement, il a quelque chose qui le tracasse... »

L'omnibus franchit la grille, déposa les voyageurs devant la maison, puis repartit avec un bruit de ferrailles. Sur les degrés du perron les domestiques s'empressaient à saluer le maître, et Tanguy leur répondait d'un ton de brusque cordialité.

— Peut-être avez-vous besoin de vous reposer avant le déjeuner? hasarda timidement Paulette.

— Non pas, j'ai seulement grand'faim et ne serais pas fâché de manger... Ayez la bonté de presser le déjeuner.

La jeune femme rentra pour donner des instructions à la cuisinière et le commandant monta dans sa chambre. Mais, au lieu de changer de toilette, il s'assit avec un soupir et retomba dans la rêverie qui l'avait absorbé pendant le trajet. Les doucereuses paroles de madame Desjoberts tintaient encore douloureusement à ses oreilles. Par moments, il se reprochait d'y avoir ajouté foi. Il soupçonnait Tonia d'être malveillante, envieuse même, et il se disait que les allégations d'une sœur jalouse avaient besoin d'être sévèrement contrôlées. Cependant il lui semblait impossible qu'elle eût tout inventé. Comment Paulette avait-elle commis l'imprudence de recevoir chez elle Hervé Rivoalen? Comment, surtout, dans ses lettres, n'avait-elle pas mentionné ces visites que l'absence du mari rendait singulièrement équivoques?... Cette dissimulation contrastait tellement avec l'habituelle franchise de « la petite dernière » qu'elle prenait un caractère d'inquié-

tante gravité. Pourtant, au fond du cœur de Le Dantec, une secrète tendresse protestait contre la possibilité d'une conduite aussi déloyale : madame Desjoberts avait sans doute exagéré; il y a une façon de présenter les faits, qui dénature les actes les plus innocents; Paulette n'avait peut-être été qu'étourdie, et d'un mot elle réduirait à néant les insinuations de sa sœur. Il importait donc, avant de s'alarmer, d'attendre les éclaircissements qu'elle ne manquerait pas de fournir spontanément; il fallait lui inspirer assez de confiance pour qu'elle fût tout naturellement amenée à s'expliquer et, afin de ne point l'effaroucher, il était inutile de lui parler de la rencontre avec Tonia, à la station de Port-Royal...

Sa méditation fut interrompue par le premier coup de cloche du déjeuner. Il se hâta de changer de vêtements et descendit à la salle à manger où Paulette l'avait devancé...

Bien que le menu fût suggestif et que Le Dantec eût annoncé qu'il avait grand'faim, il mangea peu et distraitement. Tandis que le valet de chambre passait les plats, Paulette interrogeait son mari sur les incidents du séjour à Ker-Loch :

— Avez-vous eu beau temps là-bas?

— Oui, pendant la dernière semaine.

— Et en avez-vous fini avec vos réparations?

— Le plus gros est achevé...

Il raconta avec des détails précis en quoi consistaient les travaux, et comment il avait passé ses journées. En narrant par le menu ce qu'il avait fait à Ker-Loch, il se plaisait à penser que Paulette se montrerait également communicative et croirait devoir, à son tour, rendre un compte scrupuleux de l'emploi de son temps.

— En somme, dit-il en se résumant, j'ai trouvé ces deux semaines fort longues, et dès que ma présence n'a plus été nécessaire, j'ai quitté avec joie la rivière de Landerneau...

— Espérons, reprit la jeune femme, que vous ne serez plus forcé d'y retourner.

Corentin, ayant servi le dessert, s'était retiré.

— Je le désire plus que vous, répondit le commandant, car j'avais gros cœur de vous laisser si longtemps seule...

Il s'accouda à la table, enveloppa « la petite dernière » d'un regard anxieux et poursuivit:

— Et vous, ma chère enfant, comment avez-vous supporté ces deux semaines de solitude?... Vous ne vous êtes pas trop ennuyée?

— Si fait... beaucoup.

— Etes-vous allée à Paris?

— Pas une seule fois... Vous absent, il m'a semblé plus convenable de rester à la maison. D'ailleurs, vous savez combien Paris m'attire peu.

— Au moins votre famille vous a dédommagée... M. Pontal a dû venir du samedi au lundi, comme d'habitude?

— Mon Dieu, non; papa a eu peur d'un tête-à-tête avec moi; il a supposé que la bataille d'Actium m'intéresserait médiocrement, et il s'est abstenu.

— Vous n'avez reçu aucune visite?...

Une imperceptible rougeur monta aux joues de Paulette et elle se sentit un moment troublée par cette brève interrogation. Il lui en coûtait de mentir et pourtant il lui paraissait impossible, dangereux même, de mentionner ses trois entrevues avec Rivoalen. Une franche confession ne pouvait servir qu'à alarmer inutilement le commandant et à créer entre lui et Hervé un état d'hostilité qu'il fallait, au contraire, empêcher à tout prix. D'ailleurs sa conscience ne lui reprochait rien : elle avait rempli strictement son devoir en congédiant Rivoalen et en lui déclarant qu'elle ne le reverrait jamais. Elle jugeait indélicat de trahir un secret qui ne lui appartenait pas entièrement, et de cruellement blesser ainsi les deux seuls hommes qui lui avaient témoigné une sincère affection. Toutes ces réflexions traversèrent son esprit avec la rapidité d'un éclair et son hésitation dura à peine quelques secondes...

— En fait de visites, répliqua-t-elle brièvement, je n'ai eu que celles de Tonia et de Lucile..., et, comme elles m'ont été plutôt désagréables, je ne puis les compter comme distractions.

— Et vous n'avez vu personne autre?

— Non... personne.

La voix de Paulette s'altérait sensiblement, tandis qu'elle articulait cette nouvelle dénégation. Son trouble croissait et elle cherchait désespérément un biais pour changer de conversation, quand on apporta le café.

— Il fait très beau temps, murmura-t-elle avec précipitation, voulez-vous qu'on nous serve dehors?...

— Merci! repartit Le Dantec, je ne prendrai pas de café... C'est maintenant seulement que je sens ma fatigue... Si vous le permettez, je remonterai chez moi et j'y ferai une heure ou deux de sieste...

Il regagna pensivement sa chambre, mais il n'y dormit pas. Une agitation fébrile lui fouettait le sang et lui secouait les nerfs. Maintenant, la situation était nette. Il ne s'agissait plus d'établir des distinctions subtiles, et de chercher des circonstances atténuantes. En déclarant catégoriquement qu'elle n'avait reçu d'autres visites que celles de Tonia et de Lucile, la jeune femme laissait son mari en présence d'une pénible alternative : — l'une des deux sœurs avait menti. — Si c'était Paulette, le désastre devenait complet et irréparable, car pour que la jeune femme eût rompu avec ses habitudes de sincérité, il fallait qu'elle se sentît gravement coupable. Mais le mensonge, au contraire, pouvait avoir été fait par Tonia. Cette hypothèse s'accordait mieux avec le caractère dissimulé de madame Desjoberts, et aussi avec les dispositions agressives qu'elle avait toujours montrées à l'égard de sa plus jeune sœur. Un mouvement de basse jalousie l'avait peut-être poussée à chercher un moyen de nuire à Paulette?... Pourtant l'honnête Tanguy Le Dantec avait peine à admettre une si noire trahison. Outre que c'eût été une étrange façon de reconnaître les services rendus à M. Desjoberts, la dame risquait gros en inventant de toutes pièces une si odieuse calomnie. Le pauvre commandant, tenaillé par cette angoissante incertitude, se reprocha de n'avoir pas insisté pour obtenir des allégations plus précises, et se promit d'aller dès le lendemain à Sceaux, interroger adroitement madame Desjoberts...

En voyant son beau-frère arriver dès avant-midi dans son modeste appartement de la rue des Imbergères, Tonia, tout en affectant un aimable étonnement, soupçonna sur-le-champ le motif de cette visite matinale. Il lui suffit d'observer la pâleur et les traits altérés de Tanguy pour deviner à quel point ses insinuations avaient troublé cette âme confiante.

— A quel heureux hasard dois-je le plaisir de vous voir si matin? s'écria-t-elle en introduisant Le Dantec dans son salon encore en désordre. Desjoberts est au lycée, mais il rentrera pour midi et sera enchanté de vous serrer la main... Vous nous restez à déjeuner, n'est-ce pas?

— Non, je vous remercie, répondit le commandant en allant droit au fait; je suis venu simplement causer un instant avec vous au sujet de... des visites de MM. Salbris et Rivoalen à La Vignée... Je n'ai conservé aucune relation avec ces jeunes gens et n'ai nulle envie d'en entretenir de nouvelles : aussi, avant de traiter la question avec Paulette, je désirerais avoir sur ce point quelques renseignements plus précis.

Tonia prit un air embarrassé et contrit :

— Paulette ne vous en a rien dit?... En ce cas, je crains d'avoir eu la langue trop longue et d'avoir commis une gaffe... Je suis désolée de m'être mêlée étourdiment de ce qui ne me regarde pas; d'autant plus que je ne sais rien de précis... C'est Lucile qui m'a conté la chose et elle a peut-être parlé à la légère.

— Pourtant, insista Tanguy, vous m'avez affirmé qu'avant-hier vous aviez rencontré M. Rivoalen qui sortait de La Vignée.

— C'est-à-dire, répliqua madame Desjoberts, je l'ai rencontré sur la route et l'idée m'est venue, d'abord, qu'il avait pu faire visite à Paulette... Mais ce n'était là qu'une simple supposition, et si j'ai été plus affirmative, j'ai eu tort... Nous nous sommes bornés à nous saluer, et il est très possible qu'il n'ait pas été à La Vignée. Je vous en prie, mettez que je n'ai rien dit... J'ai horreur des potins et je ne voudrais pour rien au monde causer de l'ennui à ma sœur...

Elle feignait, en effet, d'être très peinée de l'incident et ses réticences perfides jetaient encore dans l'esprit du commandant une plus énervante incertitude. Il la quitta sans pouvoir tirer d'elle une réponse catégorique et s'en revint à La Vignée plus tourmenté, plus tracassé de soupçons qu'il n'en était parti. Comme une couleuvre tapie dans les feuilles sèches et que les premières tiédeurs d'avril ont désengourdie, la jalousie commençait à s'éveiller dans le cœur de Tanguy; elle y déroulait lentement ses anneaux et y préparait ses morsures. En dépit des mielleuses protestations de Tonia, il pressentait je ne sais quoi de louche et d'incorrect en cette obscure affaire, et il se croyait déjà menacé dans sa dignité et son bonheur. Il maudissait les lâches médisances de madame Desjoberts et s'irritait du silence suspect de Paulette. Le doute le rendait cent fois plus misérable que la pire certitude. Dans son âme les soupçons naissaient, s'entre-choquaient, se dissipaient un moment pour s'accumuler de nouveau, comme les brumes d'automne dans un ciel brouillé. Il était l'homme le moins fait pour subir l'invasion déprimante et les alternatives orageuses de ces suspicions toujours accrues. Il résolut le soir même de tenter un suprême

effort pour percer le mystère, chasser les nuages et se trouver face à face avec la vérité brutale...

Paulette avait trop de perspicacité pour ne pas voir la mine soucieuse de son mari et pour ne pas s'en inquiéter. Le Tanguy, retour de Bretagne, ressemblait si peu au Tanguy qui l'avait quittée, un matin, les larmes aux yeux. Il revenait distrait, brusque, taciturne, et ne lui donnait aucune marque de tendresse. Lorsqu'ils se trouvaient en tête à tête, il ne lui parlait plus avec la même confiante sollicitude; leur conversation, autrefois pleine d'abandon, ne sortait pas de la banalité conventionnelle et était coupée de longs silences, pendant lesquels Paulette surprenait les regards du commandant, fixés sur elle avec une expression chagrine. Elle-même, si expansive d'ordinaire, se sentait glacée par cette inexplicable réserve. Elle s'attristait, cherchait la cause de ce mystérieux changement, et comme elle la cherchait en vain, elle devenait morose et anxieuse à son tour.

Le soir de son excursion à Sceaux, pendant le dîner, Le Dantec se montra plus maussade encore que la veille. Il était irritable, gourmandait le valet de chambre et semblait attendre avec impatience la fin du repas. Pourtant, quand on eut desservi et que les deux époux furent seuls en face l'un de l'autre, dans la spacieuse salle à manger dont la suspension répandait une calme lumière blonde sur leurs deux têtes penchées, un profond silence tomba de nouveau entre eux. Le Dantec portait distraitement à ses lèvres le verre de cognac qu'il s'était versé. Paulette, un couteau à papier à la main, coupait nerveusement les feuillets d'un journal de modes. De temps en temps, ses yeux pers se tournaient vers le commandant comme pour attendre qu'il voulût bien lui adresser la parole; mais celui-ci, les sourcils froncés, persistait dans son mutisme. A la fin, les yeux de la jeune femme se mouillèrent, elle poussa un soupir et jeta sur la table avec dépit le couteau d'ivoire. Cette fois, Tanguy releva la tête, remarqua les paupières humides de « la petite dernière » et dit d'une voix lente :

— Paulette, qu'avez-vous?

— Moi, rien ! murmura-t-elle, vexée d'avoir laissé deviner son énervement.

— Ma chère enfant, reprit-il en soupirant à son tour, je crains que vous ne me cachiez quelque ennui...

— Moi ! protesta-t-elle en rougissant, pourquoi supposez-vous cela?

— Parce que je vous sais capable, par pure générosité, de garder le silence plutôt que de m'alarmer... Vous souvenez-vous de notre conversation dans le pâtis de Ker-an-Provost, le jour même de nos fiançailles ?

— Mais... oui.

— Laissez-moi vous en rappeler un détail : je vous prévenais que je souffrirais cruellement si un jour, vous apercevant que vous vous étiez sacrifiée, vous veniez me reprocher d'avoir gâté votre vie... A quoi vous m'avez répondu : « Même si cela était, je n'aurais pas la dureté de vous le dire... » Eh bien ! mon enfant, *si cela était*, il faudrait avoir le courage de me l'avouer...

— Cela n'est pas ! s'écria-t-elle impétueusement.

— En êtes-vous très sûre ? répliqua Tanguy en secouant la tête... Ne cherchez pas à vous tromper vous-même, réfléchissez d'abord, puis répondez-moi franchement... Nous sommes séparés par un grand nombre d'années et je ne puis exiger raisonnablement de vous la tendresse passionnée qu'on rencontre chez de jeunes époux, mieux assortis sous le rapport de l'âge ; mais du moins il doit y avoir entre nous une amicale et entière confiance. C'est pourquoi je vous supplie de m'ouvrir votre cœur... Si vous avez eu pendant mon absence quelque secret ennui à supporter, ou même, comme dit l'Église, si vous avez péché étourdiment par action ou par omission, confessez-vous à moi et soyez d'avance certaine de mon indulgence.

Il lui parlait avec une gravité émue, en fixant sur elle ses clairs yeux bleus, au regard doucement interrogateur. Cette confiance qu'il invoquait montait déjà du fond de l'âme aux lèvres de Paulette, quand les mots de « péché » et « d'indulgence » froissèrent la sensibilité de la jeune femme et changèrent son élan d'expansion en un mouvement de révolte. Elle était intimement convaincue non seulement de n'avoir point péché, mais d'avoir accompli tout son devoir. Ne se jugeant nullement coupable, elle n'entendait solliciter ni pardon ni indulgence.

— Je n'ai rien à me reprocher, répondit-elle fièrement, et par conséquent rien à confesser.

— Ah ! murmura le commandant, dont les yeux se durcirent et dont le front se rembrunit.

Paulette observa ce subit assombrissement et s'empressa d'ajouter comme correctif :

— Et cependant, oui, j'ai eu dernière-ment un tracas sérieux. Ma sœur Lucile me cause de l'ennui. Elle s'est amourachée de M. Salbris ; elle le voit presque chaque jour à l'insu de mes parents, dans un atelier que le peintre s'est fait construire à Verrières, et chaque jour elle se compromet davantage avec lui. Cette fille a perdu tout sens moral.

— Vous êtes sévère ! dit Le Dantec avec une pointe de sarcasme... Après tout, ils sont jeunes, ils sont maîtres d'eux-mêmes et peuvent s'épouser.

— Ils n'y songent guère !... Lucile déclare que l'amour libre est le seul sérieux ; il n'y a pas de folies qu'elle ne se permette, et c'est là précisément ce qui me tourmente... J'ai essayé de la chapitrer, elle s'est moquée de moi, et je crains que tout cela ne finisse très mal, à moins que Jacques Salbris ne se montre plus raisonnable que ma sœur...

— Et, interrompit Tanguy, c'est à ce propos, sans doute, que M. Salbris vous est venu voir à La Vignée ?

— M. Salbris ?... Je n'ai jamais eu sa visite...

— Ni celle de M. Rivoalen ? insista-t-il ironiquement.

Paulette tressaillit... Une soudaine lumière se fit dans son esprit ; elle eut la brusque révélation de ce qui avait dû se passer. Elle comprit, tout à coup, la tristesse, la froideur et les interrogations soupçonneuses de son mari, et elle devina par qui elle avait été trahie...

— Vous avez vu ma sœur Tonia ! s'écriat-elle violemment... Il n'y a qu'elle qui ait été capable de me noircir par de perfides insinuations...

Le commandant s'était levé de table et, debout devant sa femme, il la dévisageait avec une expression de dureté et de colère qu'elle ne lui connaissait pas :

— Peu importe de qui je tiens le fait, gronda-t-il d'une voix sourde, je l'ai appris et je ne puis l'oublier... J'espérais du moins que vous me l'expliqueriez, mais, malgré tous mes efforts, vous vous êtes obstinée à garder le silence... Maintenant, me voilà réduit à vous mettre au pied du mur, et à vous questionner comme un juge d'instruction !... Ce qu'on m'a dit est-il vrai ?

La pauvre « petite dernière » rougissait, pâlissait sans trouver une parole. Enfin elle bégaya d'une voix à peine articulée :

— Pour vous répondre, il faudrait... d'abord... savoir ce qu'on vous a dit ?

— Est-il vrai, poursuivit Le Dantec hale-

tant, que, le jour même où vous étiez prévenue de mon retour, vous avez reçu la visite
de M. Rivoalen à La Vignée? Est-il vrai que
cette entrevue n'était pas la première, et
qu'à mon insu, vous continuiez des relations
avec ce jeune homme qui passe pour vous
avoir fait la cour à Morgat?... Pour Dieu,
répondez cette fois nettement et sans réticences hypocrites !...

Hypocrite? elle qui n'avait jamais su ni pu
renfermer en elle-même une seule de ses émotions, elle dont on lisait les pensées à la seule
inspection du visage, comme en un livre
ouvert !...

Jamais on ne lui avait infligé l'affront d'une
plus humiliante accusation. D'abord, un mouvement d'indignation la poussa à se révolter
et à refuser de répondre. Mais sa naturelle
sincérité l'emporta sur tous les autres sentiments qui luttaient en elle. Des larmes lui
montaient aux yeux, des sanglots l'étouf-
faient; elle baissa tristement la tête et murmura :

— C'est vrai.

La figure du commandant se teignit d'une
pâleur de cendre, une contraction douloureuse crispa ses lèvres, et il se détourna de la
jeune femme, qui se tenait accoudée à la
table, la tête dans les mains.

— Ainsi, reprit-il, après m'avoir déclaré
dans la lande de Ker-an-Provost que vous
vous engagiez sans arrière-pensée, que votre
cœur était libre et que je n'aurais jamais
à vous reprocher de le donner à un autre,
vous n'avez pas attendu la fin du sixième
mois de notre mariage pour recevoir un
homme dont vous regrettiez sans doute déjà
les adorations et les cajolantes tendresses !...
Après tout, s'exclama-t-il en arpentant lentement la salle à manger, c'était dans l'ordre !...
Quand on est assez fou, à mon âge, pour épouser une enfant de dix-neuf ans, on s'expose
à jouer un rôle ridicule et on mérite d'être
trompé !...

Paulette releva brusquement la tête et,
debout, les narines dilatées, les yeux pailletés
d'étincelles, qui brillaient plus vives à travers
ses larmes :

— Je ne suis pas la femme que vous pensez !... protesta-t-elle avec énergie. Vous
m'avez demandé la vérité et je l'ai dite... J'ai
vu trois fois M. Rivoalen en votre absence;
mais j'affirme que vous me soupçonnez à tort
et que je n'ai rien fait de mal !... Je vous le
jure et je vous supplie de le croire...

Le Dantec haussa sceptiquement les
épaules et répliqua d'une voix sarcastique :

— Oh ! calmez-vous !... N'ayez pas peur
que je joue les maris tragiques et que je vous
renvoie à votre mère... Mariés nous sommes,
mariés nous resterons... Mais vous avez tué
en moi la confiance, l'affection et l'estime...
Oui, tout est mort !... Tout est mort !... répé-
ta-t-il comme un funèbre écho.

Et, sans tourner la tête, sans regarder une
dernière fois la triste Paulette, qui était retombée en sanglotant sur sa chaise, il ouvrit la
porte et disparut.

V

Pluie battante; non pas une de ces courtes
giboulées printanières, que nos paysans ap-
pellent des *avrillées*, mais une pluie sérieuse
et serrée, qui tombe depuis midi et semble
devoir durer éternellement. Le ciel est bas
et couleur de suie, l'atmosphère est si brouil-
lée qu'une demi-obscurité emplit déjà le salon de La Vignée, où la cheminée met dans
la pénombre la rouge lueur des bûches trans-
formées en brasier. A la vitre, qu'arrosent
les larmes de l'averse, Paulette appuie son
front et regarde rêveusement ce paysage
aussi lamentable, aussi désolé que son propre
état d'âme. L'eau noie les narcisses des plates-
bandes, la jeune herbe des pelouses et les marronniers frissonnants. Elle ruisselle sur le gra-
vier des allées et forme au bas de la façade
des flaques ternes que l'égouttement des
toits crible de menues éclaboussures blafardes.

Depuis tantôt huit jours, les relations entre
M. et madame Le Dantec sont réduites au
strict nécessaire. L'heure des repas seule les
réunit, et, pendant la durée du déjeuner ou
du dîner, la conversation se traîne en banales
réflexions, uniquement pour sauver les apparences aux yeux des domestiques, dont ces
inutiles précautions ne trompent pas la
perspicacité et qui glosent à l'office de cette
brouille survenue entre leurs maîtres. Dès
que la table est desservie, chacun des époux
se retire et occupe ses loisirs à sa guise. Paulette demeure au salon ou s'enferme dans sa
chambre; Tanguy se réfugie dans son cabinet de travail. Plus d'intimité, plus de longues
excursions à deux. Lorsque le temps le permet, le commandant s'échappe de La Vignée
et s'enfonce solitairement dans les bois re-
verdis.

Il y promène jusqu'à la tombée du jour
ses rancœurs et ses tristesses. Les épines cu

santes de la jalousie le déchirent, car, s'il a perdu ses illusions, il n'en a pas moins conservé 'a vivace et tardive passion qui l'a entraîné vers « la petite dernière »; il souffre mortellement à la pensée qu'un rival, plus jeune, plus digne d'être aimé, règne seul dans l'âme de Paulette. Il songe que, si ce jeune homme s'était présenté à temps, elle lui aurait donné certainement la préférence; qu'elle a pris comme pis aller un quasi-sexagénaire, mais qu'elle regrette l'autre et que peut-être, dans l'arrière-fond de son cœur, elle calcule déjà que, si, par aventure, elle devenait veuve, rien ne l'empêcherait d'épouser le préféré... Cette supposition fait monter un bouillon de colère dans la gorge de Le Dantec; il serre les poings, et des désirs de vengeance s'agitent dans son cerveau endolori. Il rêve d'aller provoquer ce Rivoalen qui a tué son repos et qui s'est glissé chez lui comme un voleur; puis il réfléchit qu'un duel n'aurait d'autre effet que de rendre l'offense publique et de causer un ridicule scandale. Que faire alors?... Il lui semble impossible de continuer à vivre sous le même toit que cette Paulette qu'il adore toujours, et de jouer éternellement devant les domestiques cette comédie d'une intimité menteuse qui disparaît dès qu'on a franchi le seuil de la salle à manger. D'ailleurs cette maison qu'il avait installée comme un nid d'amour, cette banlieue parisienne qui a été témoin de la plus amère des déceptions, lui deviennent chaque jour plus odieuses. Il a la nostalgie de son pays de Bretagne. Il s'imagine que les blocs de granit et les landes farouches de la terre d'Armor s'harmoniseraient mieux avec son désespoir, et que du moins la rude voix de la mer, sa vieille amie, bercerait sa douleur. L'envie lui prend de s'exiler à Ker-Loch, en abandonnant à Paulette l'habitation de La Vignée, mais la perspective d'une absolue séparation suffit pour amollir son cœur. Il réfléchit qu'il ne peut livrer à elle-même cette enfant de dix-neuf ans, en l'exposant aux récriminations d'une famille hostile et à tous les périls d'une situation équivoque. Il se dit aussi que quitter La Vignée, c'est laisser le champ libre à Rivoalen... Et, dans l'ombre croissante du crépuscule, il rentre en sa maison, plus irrésolu, plus désemparé et plus misérable qu'il n'en est sorti

Paulette, de son côté, souffre tout aussi grièvement sans avoir la ressource d'endormir sa peine au moyen de courses fati-

gantes à travers bois. Le désir de ne pas donner de nouveaux motifs de soupçons à son mari, autant que la crainte de s'exposer à de fâcheuses rencontres, la tient confinée à la maison. Tout au plus se permet-elle de courtes promenades dans les jardins. Les jours coulent pour elle également monotones et désolés, et les nuits fiévreuses exaspèrent encore son chagrin... Non seulement elle déplore l'injuste fatalité qui a ruiné à jamais la paix de sa vie conjugale, mais elle ressent plus douloureusement d'heure en heure l'isolement auquel elle est condamnée. Depuis qu'elle s'est aliéné le cœur de Tanguy, elle s'aperçoit mieux de la place qu'occupait dans le sien ce mari qu'elle avait épousé sans le connaître. Elle apprécie avec de plus vifs regrets les mérites de l'homme qu'elle a involontairement offensé : la noblesse du caractère, une exquise sensibilité, une chevaleresque loyauté, et aussi le charme d'un esprit naturel et sensé. Même les qualités physiques, auxquelles elle n'avait au début accordé que peu d'attention, prennent maintenant à ses yeux une plus juste valeur. La robuste et saine verdeur conservée au delà de l'âge mûr; cette vivacité d'une âme restée jeune qui transparaît sur les traits du visage et les éclaire; l'attrait de ces yeux bleus, demeurés si limpides et si profonds; la gaieté de ce sourire désormais évanoui; tous ces agréments corporels lui apparaissent soudain dans leur séduisante réalité. Elles lui font trouver beau et encore capable de plaire celui qui s'est éloigné, et dont chaque jour la sépare un peu plus. De même qu'un brusque orage suffit pour modifier l'atmosphère et déterminer la soudaine floraison de plantes qui languissaient stérilement engourdies, ainsi le coup de foudre qui a frappé Paulette a transformé son âme et y a fait éclore une plus chaude tendresse pour le mari qui la traite en étrangère.

L'a-t-elle donc irrémédiablement perdu, et rien ne viendra-t-il briser cette cloison de glace que Tanguy s'efforce d'établir entre elle et lui? Elle ne peut croire à l'irréparabilité du mal et, parfois, elle se leurre de l'espoir que le commandant ne sera pas toujours inflexible. Elle se rappelle l'indulgente bienveillance avec laquelle il la défendait à Morgat, et elle se demande si, à cette heure encore, il ne se laisserait pas attendrir. Souvent, du fond de sa chambre, elle l'épie au moment où il se dirige vers son cabinet de travail. Elle écoute le son de ses pas dans l'escalier, le bruit d'une porte, ouverte, puis refermée. A son tour, elle se glisse dans le couloir, descend les marches lentement, et s'arrête sur le seuil de la bibliothèque. Elle est tentée de le franchir, de comparaître devant Tanguy et de faire humblement cette entière confession qu'il sollicitait avec tant de délicatesse, au lendemain de son retour. Au moment où sa main saisit déjà le bouton de la porte, une angoissante peur la paralyse : — si, au lieu de l'accueillir paternellement, Tanguy la repoussait avec ces haussements d'épaules et ce dédain sarcastique qui l'ont si cruellement mortifiée lors de leur dernière explication?... Alors, l'amour-propre et le respect humain prennent le dessus. Elle tremble d'être surprise et s'enfuit comme si elle avait commis une mauvaise action.

Cet après-midi, encore, tandis qu'appuyée à la vitre, elle contemple le jardin inondé par l'averse, les mêmes lueurs d'espoir et les mêmes peureuses hésitations l'agitent intérieurement. Elle écoute dans la bibliothèque contiguë le pas saccadé du commandant qui, depuis une demi-heure, se promène nerveusement, et elle se demande de nouveau si elle n'ira pas le supplier de mettre un terme à cette situation et à ces tortures qui deviennent intolérables. Mais la pluie qui tombe avec une continuité désespérante, l'aspect désolé du ciel et de la terre, ne sont pas faits pour lui donner du courage; elle se sent trop déprimée et ne trouve pas en elle le ressort qu'il faudrait pour affronter le regard sévère et soupçonneux de Le Dantec. Elle quitte la fenêtre avec un frisson, va s'asseoir près du feu qui brasille quiètement, ouvre un livre et essaye en vain de fixer son attention sur la page qu'elle lit sans pouvoir la comprendre.

Tout à coup, un tintement de cloche résonne au dehors, parmi les rafales et les ruissellements de l'averse. Paulette tressaille. Qui peut venir à La Vignée par un temps pareil?... Un pas léger et précipité fait crier le sable de l'allée; on entend dans le vestibule un rapide colloque entre Corentin et la personne que la concierge vient d'annoncer; la porte du salon s'ouvre et le valet de chambre s'efface pour livrer passage à Lucile Pontal.

Lucile !... Paulette se lève et s'effare en voyant dans quel piteux état l'ondée et les chemins défoncés ont mis sa sœur. — Le chapeau de feutre est tellement détrempé qu'il n'a plus de forme : les jupes mouillées et fangeuses dégouttent sur le tapis, les bottines

disparaissent sous une couche de boue, les bandeaux défaits pendent en mèches humides au long des joues. Mais plus lamentable encore, plus navrante est l'expression du visage tragique de la jeune fille : ses prunelles dilatées brillent d'un éclat fiévreux, ses dents claquent, le tour de ses lèvres est d'une pâleur verdâtre, et tout son corps frissonne.

— D'où sors-tu? demande Paulette stupéfiée, il faut que tu sois folle pour courir les chemins par cette pluie battante !

— Folle, oui, répond la jeune fille avec un rire égaré; on le serait à moins !

« La petite dernière » dévisage de nouveau sa grande sœur, et, apitoyée par sa triste mine, entasse sur le brasier du menu bois dont la claire flambée s'allume et pétille; puis elle avance un fauteuil :

— Chauffe-toi d'abord, reprend-elle, tu es grelottante... Après, tu m'expliqueras pourquoi, par un temps pareil, tu es sortie de chez toi.

Lucile obéit, se courbe vers la flamme, enlève par lambeaux ses gants délavés par la pluie et en jette machinalement les débris dans le foyer :

— Je n'ai plus de chez moi, dit-elle avec des sanglots, on m'a chassée de partout !...

La stupeur de Paulette est au comble. Elle ouvre de grands yeux et s'assied sur un tabouret aux pieds de sa sœur, dont elle saisit les mains glacées :

— Ma pauvre fille ! s'exclame-t-elle, ce n'est pas possible !... Voyons, ne t'énerve pas et conte-moi ce qui est arrivé...

— Vois-tu, commence fébrilement Lucile, j'ai toujours été guignarde... Pour une fois que j'ai eu un peu de veine, on me l'a fait chèrement payer... Les bonnes petites amies rageaient trop de me voir heureuse avec Salbris... Nous avons été rencontrés ensemble plusieurs fois par des connaissances qui, naturellement, n'ont pas manqué de lancer des mots à double entente et des méchancetés, de façon à monter maman contre moi. Ça couvait ainsi depuis quelque temps, quand, ce matin, la bombe a éclaté... On a écrit à papa une lettre anonyme où on lui dénonçait nos rendez-vous à Verrières et où on disait que ma conduite faisait scandale dans le monde universitaire. Tu vois ça d'ici !... Dès qu'on touche à sa respectabilité de professeur, il perd la tête et il nous a servi un discours en trois points où il a fulminé contre ma déplorable éducation. Là-dessus, maman a pris le mors aux dents et m'a ordonné de ces-

ser toute relation avec Jacques. Hein? est-ce
assez féministe !... Quand on conférencie
toutes les semaines sur « l'amour libre et l'in-
dépendance de la femme », on est mal venu
à se fâcher parce que quelqu'un de la famille
met vos théories en pratique... J'ai trouvé ça
raide et je le lui ai dit... Alors cris, injures,
menaces... On m'a traitée de fille dépravée
et dévergondée... On m'a enjoint de choisir
entre la maison paternelle et celle de mon
« séducteur »... J'ai répondu que mon choix
était tout fait; en deux temps, j'ai coiffé
mon chapeau, endossé ma veste et je suis partie en claquant la porte...

— C'est fou ! murmure Paulette confon-
due, je suppose que tu n'as pas mis ton projet à exécution...

— Attends, ce n'est pas fini... Une fois dehors, j'ai réfléchi qu'il était plus sage d'aller
d'abord demander l'hospitalité à Tonia. Nous
avons toujours vécu ensemble, nous n'avons
jamais eu de secrets l'une pour l'autre, et
c'est dans la compagnie de madame Desjoberts que j'ai commencé à fleureter avec
Jacques... Je m'imaginais donc que je pouvais absolument compter sur elle. Je file à
Sceaux, je raconte mon aventure... Ah ! ma
chère, si tu avais vu sa tête !... L'air effarouché, la bouche pincée, la voilà partie à me
parler des convenances et des principes !...
Ses principes, on les connaît !... Je me souviens
de notre fugue à Douarnenez... Ce n'a pas
été sa faute, ce jour-là, si elle n'est pas devenue la maîtresse de Rivoalen; elle a fait tout
ce qu'il fallait pour ça...

— Oh ! Lucile, comment oses-tu?... interrompt la jeune femme suffoquée.

— Laisse donc, je suis fixée !... Bref, cette
vertueuse et honnête sœur m'a déclaré qu'il
lui était impossible d'encourager mon coup
de tête, que M. Desjoberts ne lui permettrait
pas d'ailleurs d'assumer une pareille responsabilité, et elle m'a engagée à retourner au plus
vite chez maman. Je lui ai coupé la parole
en la traitant comme elle le méritait, et j'ai
regagné la station de Sceaux, où j'ai pris un
billet pour Verrières... Dame, que veux-tu?...
C'était la carte forcée; tant pis pour ceux qui
m'avaient poussée à ne plus écouter que mon
cœur »... A Massy, il n'y avait plus d'omnibus
et la pluie commençait à tomber. Mais ça
m'était égal; je suis partie à pied, en songeant
au plaisir de retrouver Jacques, de me blot-
tir dans ses bras, de lui annoncer que je ne le
quitterais plus et de jouir de sa surprise...
Oui, continue-t-elle amèrement, pour une sur-

prise, c'en était une !... D'abord, il avait modèle et a paru contrarié d'être dérangé en plein
travail; puis, quand je l'ai mis au courant de
la situation et l'ai informé de ma résolution
bien arrêtée de vivre désormais avec lui,
au lieu de me sauter au cou, comme je m'y
attendais, il s'est fâché et a eu le front, lui
aussi, de me faire de la morale... Il a essayé
de me démontrer que ce que je rêvais était
insensé, que j'allais me compromettre, qu'il
ne pouvait, dans mon intérêt, accepter un
semblable sacrifice... Bref, un tas de froides
sermonades auxquelles je n'ai rien compris,
sinon qu'il ne m'aime plus... Oh ! non, il ne
m'aime plus, s'écrie-t-elle en sanglotant, et
je vois bien qu'il en a assez de moi... que tout
est fini, à jamais fini !

Les larmes l'étouffent, elle enfouit sa tête
dans ses mains, et, pendant un moment, on
n'entend plus que le ruissellement de l'averse
contre les vitres et le pétillement sec du brasier dans la cheminée. Paulette laisse le chagrin de sa sœur s'épancher librement, puis
réplique, en s'efforçant de la rassurer :

— Ma chère enfant, je trouve, au contraire,
que M. Salbris a agi en honnête homme et
qu'il ne pouvait te donner une plus solide
marque d'affection... Si, comme je l'espère,
il a l'intention de t'épouser, il ne veut pas
qu'on puisse dire que sa future femme a été
sa maîtresse avant le mariage, et il a raison.

— Il ne m'aime plus ! répète obstinément
Lucile. Quand on aime passionnément, on ne
raisonne pas... Sa froideur m'exaspérait, je
n'ai pas eu la force d'en entendre davantage;
j'ai répondu que je le laissais à sa sagesse et
à son travail, et je me suis précipitée dehors...
Il essayait de me retenir, il prétendait aller
chercher une voiture dans le pays pour me
reconduire à la station... Mais il n'en a pas
eu le temps, je l'ai violemment repoussé,
et je me suis enfuie à travers la pluie battante... J'étais hors de moi, j'avais la tête
perdue. Pendant un quart d'heure, j'ai erré
par les chemins sans savoir où j'allais. Et
puis j'ai senti que mes forces m'abandon-
naient, mes jambes étaient paralysées, le
froid me saisissait et je grelottais... Alors,
rompue de fatigue, je me suis traînée jusqu'à La Vignée; j'ai pensé que tu serais meilleure que Tonia, que tu consentirais peut-
être à me donner asile jusqu'à ce que je puisse
me débrouiller et prendre un parti. Dis, ma
petite Paulette, dis-moi que je ne me suis
pas trompée, que tu seras charitable et que tu
ne me jetteras pas à la rue, comme les autres !

Paulette, très émue, lui serre affectueusement les mains. Elle se sent prise d'une profonde compassion pour cette sœur qui n'a jamais été une amie, mais qu'elle voit malheureuse et exposée aux pires hasards. Sa propre douleur l'incline à la pitié, ses yeux se mouillent. S'il ne dépendait que d'elle, Lucile serait bientôt installée dans la meilleure chambre de La Vignée. Sa première impulsion est de répondre affirmativement; mais elle perçoit au même instant le piétinement de Tanguy dans la bibliothèque, et songeant tout à coup à la difficulté de la situation, elle se trouble et balbutie :

— Ma pauvre Lucile, rassure-toi; je ne t'abandonnerai pas... Seulement, je ne sais encore si tu pourras loger ici... Je ne suis pas la maîtresse à La Vignée, et tout dépend du commandant.

— Bah ! repart sa sœur en coulant un regard suppliant entre ses cils humides, tu n'as qu'à exprimer un désir, ton mari t'adore et n'a rien à te refuser.

— Hélas ! soupire la jeune femme, je crains que tu ne t'abuses... Le commandant est très rigoriste en pareille matière... Et puis (d'une voix plus embarrassée), le moment est mal choisi... nous sommes un peu en froid, M. Le Dantec et moi.

— Comment ? se récrie Lucile, déjà !... Toi aussi, tu n'es pas heureuse ?...

— Je ne dis pas cela, répond Paulette, sans juger à propos d'être plus explicite, il s'agit d'un de ces refroidissements qui arrivent dans tous les ménages... mais, comme les torts sont de mon côté, je suis en mauvaise posture pour solliciter de Tanguy une chose qui lui déplaira peut-être, et qu'il aura moins de scrupules à me refuser...

— Décidément, je ne suis pas chanceuse ! gémit Lucile en se tordant les mains, essaye toujours, je t'en prie !... dis-lui que je suis à bout de forces et que, s'il me chasse de chez toi, je suis capable de me laisser aller à je ne sais quelles folies !...

— Tais-toi !... je m'en garderai bien... ce ne serait pas un moyen de l'attendrir... Je te promets de plaider ta cause avec tout mon cœur... et tout de suite...

Elle se rapproche de sa sœur, l'embrasse, puis se redresse vivement comme quelqu'un qui vient de prendre une résolution et s'arme de courage pour l'exécuter.

— Attends-moi, chuchote-t-elle... Je vais parler à M. Le Dantec.

Elle se glisse dans le vestibule et se dirige vers la bibliothèque, mais son cœur bat si fort qu'elle a peine à marcher. Elle atteint enfin la double porte de chêne et y frappe timidement. Aucune réponse. Le commandant n'a sans doute pas entendu... Elle se violente pour vaincre sa pusillanimité et heurte plus énergiquement. Cette fois, une voix impatiente lui crie : « Entrez ! » et elle tourne le bouton...

Le commandant s'est lassé d'arpenter comme un fauve la grande pièce lambrissée de bois noir et il s'est assis devant la cheminée où le feu s'éteint. Il se retourne, distingue dans l'entre-bâillement la figure de Paulette qui est devenue très pâle, et se lève avec l'air effaré d'un homme qu'on vient de réveiller en sursaut.

— Vous ? murmure-t-il sourdement.

— Pardonnez-moi de vous déranger, commence la jeune femme, qui se sent mal à l'aise; je ne me le serais pas permis s'il ne s'agissait que de moi...

— Entrez et fermez la porte, reprend-il d'un ton plus radouci, de qui s'agit-il donc ?

— De ma sœur Lucile... Elle vient de m'arriver par cet affreux temps, dans un triste état; elle a un gros chagrin et je... je désirerais vous parler d'elle.

— Pourquoi tremblez-vous ? demande Tanguy tristement, en remarquant combien Paulette est troublée. Les choses en sont-elles à ce point que je devienne pour vous un objet de terreur ?... Je vous en prie, asseyez-vous et remettez-vous... Que se passe-t-il donc ?

Paulette s'est rapprochée et s'appuie maintenant au dossier du fauteuil que son mari lui a offert.

— Il y a quelques jours, poursuit-elle, je crois vous avoir confié que j'étais mécontente de ma sœur et que je craignais pour elle le fâcheux état de son flirt avec M. Salbris... Le mal est fait et elle est cruellement punie de son imprudence...

Elle raconte sommairement la querelle de Lucile avec ses parents, son départ de la maison, ses tentatives désespérées et infructueuses près de madame Desjoberts et de Jacques Salbris, et elle ajoute :

— Repoussée de partout, elle s'est réfugiée ici et me supplie de la garder. Elle s'obstine à ne pas rentrer chez maman et n'a plus d'espoir qu'en moi... Mais je ne me reconnais pas le droit de la recevoir ici sans votre permission, et je n'ai rien voulu promettre avant de vous consulter...

— Elle est malheureuse, et cela suffit...

Avez-vous cru que je serais assez dur pour lui refuser l'hospitalité?...

— Je... je pensais que notre famille vous avait causé déjà suffisamment d'ennui, et que... c'était assez de moi...

— Puis-je parler à votre sœur? interrompt Le Dantec en haussant les épaules.

— Oui, elle est là, à côté.

Ils rentrent ensemble au salon, et Tanguy est à son tour frappé de l'altération des traits et du triste état de Lucile.

— Ma chère enfant, lui dit-il, votre sœur m'a tout conté... Je vais écrire à madame Pontal pour la rassurer et lui annoncer que nous vous gardons à La Vignée... Ne vous alarmez donc pas... Vous êtes ici chez vous.

— Merci, monsieur, balbutie Lucile en se redressant pour lui tendre la main; mais au même moment elle blêmit, se sent défaillir et retombe dans son fauteuil.

Le commandant s'est penché vers la jeune fille, dont il tâte le front moite et les mains glacées.

— Elle a la fièvre, s'exclame-t-il; et ce n'est pas étonnant!... Avec ses vêtements trempés sur le corps, elle risque d'attraper du mal!... Comment n'avez-vous pas songé plus tôt à lui faire avaler au moins une boisson chaude?...

Il presse une sonnerie électrique et crie à Corentin qui apparaît :

— Dis à ta femme de préparer la chambre bleue, d'y entretenir un bon feu... de bassiner le lit... et apporte-nous le plus tôt possible du thé et du rhum...

Le thé bouillant a réchauffé Lucile et lui a rendu un peu de force. Elle peut se lever et gagner le premier étage au bras de sa sœur. Le Dantec les accompagne jusqu'à la chambre bleue.

— Maintenant, murmure-t-il, je vous laisse toutes deux... Mais, ajoute-t-il en emmenant la jeune femme sur le seuil, après que Lucile s'est assise devant un bon feu, je ne suis pas trop rassuré et je crois que nous ferons bien de consulter un médecin... Je cours chercher celui de Verrières et je vous l'amènerai d'ici à une heure.

Les beaux yeux de Paulette se tournent vers le commandant avec d'humides lueurs d'attendrissement. Elle admire la grande simplicité avec laquelle il a accepté une charge et une responsabilité qui ne peuvent lui attirer que des désagréments; elle est touchée de le voir si accessible à la pitié dans un moment où il a lui-même tant de motifs d'amer-

tume. Elle voudrait le remercier de sa bonté en se jetant à son cou, en se serrant contre sa poitrine. Mais elle se souvient des dernières paroles de Le Dantec, lors de la suprême explication : « Entre nous la confiance est morte !... » Elle a peur d'être repoussée, elle comprime les élans de son cœur, et rentre tristement dans la chambre bleue.

VI

Les craintes du commandant étaient fondées. Le médecin appelé auprès de Lucile diagnostiqua une fièvre nerveuse et ne dissimula pas qu'il redoutait quelque complication au cerveau ou aux poumons. Pendant une partie de la journée qui suivit, la malade, que sa sœur ne quittait pas, demeura dans un état d'abattement et de demi-sommeil; mais, vers la fin de l'après-midi, à peu près à l'heure correspondante à celle de son arrivée à La Vignée, elle commença à s'agiter, la fièvre reparut, accompagnée d'une surexcitation telle que Paulette, effrayée, envoya chercher son mari.

— Lucile me fait peur, avoua-t-elle à Tanguy; elle rêve tout haut, gesticule d'une façon incohérente et veut à chaque instant se jeter hors du lit... Je n'ose rester seule avec elle, et, d'un autre côté, ajouta-t-elle en rougissant, il me répugnerait qu'une personne étrangère entendît les paroles bizarres qui lui échappent pendant ses accès...

A partir de ce moment, il fut convenu que Le Dantec veillerait en compagnie de Paulette au chevet de sa belle-sœur, chaque fois que les redoublements de fièvre se reproduiraient. Cette tâche de garde-malade, partagée par le mari et la femme, rétablissait forcément entre eux une intimité qui avait disparu depuis le retour du commandant. En dépit de la froideur voulue de l'un et de la réserve craintive de l'autre, les heures passées en tête à tête, les soins donnés en commun, les réflexions échangées à propos des recrudescences ou des rémittences de la fièvre, rapprochaient les deux époux et dissipaient en partie le malaise et la gêne qui eussent paralysé leurs efforts. Paulette se montrait si dévouée et si tendre pour cette sœur jusque-là si peu sympathique que Tanguy, malgré sa juste rancune, inclinait inconsciemment à plus d'indulgence. Lui-même s'acquittait de ses délicates fonctions avec un tact, une discrétion et une bonne grâce qui faisaient l'admiration de « la petite dernière ». A mesure qu'elle voyait Le Dantec à l'œuvre, elle l'appréciait davantage et se sentait plus fortement attirée vers ce mari dont elle s'était aliéné l'affection.

Trois jours s'écoulèrent durant lesquels les crises d'abattement et d'agitation se succédèrent sans que l'état général de la malade se modifiât sensiblement. Les périodes délirantes se reproduisaient avec les mêmes symptômes : Lucile se croyait toujours errante sous la pluie et à travers les chemins boueux ; ou bien elle revivait les plus heureux épisodes de ses rendez-vous dans l'atelier de Salbris. En proie à l'hallucination, elle se figurait être seule avec le peintre : elle lui prodiguait ses caresses, ses protestations d'amour avec une effusion dont la vivacité troublait le commandant et mettait une rougeur sur le visage de Paulette. Puis, brusquement, les détails de leur dernière entrevue s'évoquaient avec une lucidité douloureuse dans le cerveau congestionné de la malade : « Ne mens pas, s'écriait-elle, avoue que tu en as assez de moi ! C'est fini, n'est-ce pas ?... A quoi bon me retenir ?... Adieu... Je veux m'en aller bien loin, bien loin, et pour toujours !... »

Elle essayait alors de se lever et sa sœur était forcée de lutter pour la maintenir dans le lit, où elle retombait enfin, abattue, épuisée.

— Comme elle l'aime ! murmura tristement Tanguy, un soir, après une de ces pénibles crises.

— Oui, hasarda Paulette, et c'est ce qui m'effraie...

— Pourquoi ? reprit-il avec amertume : ce Salbris est jeune, Lucile l'aime... Ils ont devant eux de longues années de bonheur... Que voyez-vous là d'effrayant ?

— Rien, si Jacques Salbris est resté aussi amoureux qu'il le paraissait tout d'abord ; mais si, par malheur, cette grande tendresse était déjà en train de décroître...

— Vous êtes bien prompte à soupçonner, interrompit le commandant d'une voix plus âpre, quelle raison avez-vous de supposer que le cœur de ce jeune homme a changé ?

— Aucune, et je souhaite ardemment de me tromper... Seulement, d'après ce que je connais du caractère du peintre, je crains que ma pauvre sœur n'ait déjà pressenti un changement, et que cette déception ne soit précisément la cause du mal dont elle souffre... On prétend que Salbris est très mobile dans ses affections, que ses enthousiasmes durent

peu et qu'il se déprend aussi vite qu'il s'est épris... J'ai peur que Lucile ne se soit déjà aperçue de ce désenchantement...

— Ce serait odieux !... Si cet artiste est un honnête homme, il est impossible qu'il manque à ses engagements... Cela n'arrivera pas ; j'y mettrai bon ordre !...

Paulette, émue de l'animation de Tanguy, levait vers lui de grands yeux pleins de surprise et de muettes interrogations.

— J'irai dès demain, déclara-t-il, trouver M. Salbris à Verrières, je saurai quelles sont ses intentions et je le rappellerai, s'il en est besoin, au sentiment de ses devoirs... Quand Lucile reviendra à elle, il ne faut pas que sa convalescence soit compromise par de semblables appréhensions...

Paulette le contemplait avec une expression d'anxiété et d'admiration.

— Vous... vous feriez cela ? balbutia-t-elle.

— N'est-ce pas tout naturel ? répondit-il simplement, l'affaire regarde un des hommes de la famille, et, sans me flatter, je me crois plus apte à la traiter que M. Pontal ou M. Desjoberts...

Les yeux de la jeune femme se remplirent de larmes et, ne pouvant résister à un élan de reconnaissance, elle s'empara des mains de Le Dantec et les serra dans les siennes :

— Ah ! dit-elle d'une voix étouffée, vous êtes le meilleur cœur que je connaisse !

Le commandant, surpris par la soudaineté de cette démonstration, ne bougeait pas. Il sentait l'étreinte de Paulette devenir plus étroite, plus chaude, presque passionnée, et il éprouvait une sourde volupté au contact délicieux de ces mains féminines si doucement unies aux siennes. Il en eut d'abord une sorte d'éblouissement ; puis la conscience de la réalité le ressaisit, et, en même temps qu'il reprenait possession de lui-même, le souvenir des événements de la semaine passée lui revint. Il revit, entre sa femme et lui, l'image de Rivoalen, et une méfiance jalouse le refroidit. Quel garant avait-il maintenant de la sincérité de Paulette ? Les caresses de « la petite dernière » pouvaient être aussi menteuses que ses paroles !... Il dégagea lentement ses mains, et repartit en secouant la tête :

— Le meilleur !... Croyez-vous ?... En tout cas, ce cœur-là saura tenir ses promesses, et, demain, M. Salbris aura ma visite...

Le lendemain, Lucile se réveilla de son engourdissement. La fièvre avait disparu ; il ne restait plus qu'une grande faiblesse. Le docteur ayant constaté un mieux sensible et pronostiqué une guérison prochaine, la présence du commandant au chevet de la malade n'était plus nécessaire. Dès après le déjeuner, il résolut de se rendre à l'atelier du peintre.

Bien que, la veille, il se fût montré si affirmatif et si sûr de lui-même, néanmoins, quand il chemina sur la route de Verrières, sa belle assurance s'évanouit. A mesure qu'il se rapprochait du village, sa mine devenait soucieuse et une vague inquiétude le tourmentait. Cette démarche lui coûtait plus qu'il n'avait voulu le laisser voir. Il savait qu'Hervé Rivoalen vivait intimement avec le peintre et avait même demeuré sous son toit. Peut-être était-il encore son hôte? Peut-être allait-il le rencontrer dans l'atelier de Salbris? A l'idée de se trouver face à face avec l'homme qui avait ruiné son bonheur et qu'il détestait, son sang bouillait, tout son corps frémissait. D'ailleurs, même au cas où cette hypothèse ne se réaliserait pas, la situation n'en resterait pas moins fausse et mortifiante. Salbris avait certainement reçu les confidences de son ami et il était fixé sur le caractère des relations de ce dernier avec Paulette. Quelle figure ferait le commandant devant cet artiste qui connaissait ses mésaventures conjugales et qui, comme tous les jeunes gens, n'en voyait que le côté risible? Le Dantec s'était flatté, la veille, d'être plus apte que M. Pontal ou Urbain Desjoberts à mener à bien cette affaire délicate, et maintenant il s'avouait humblement qu'il était de tous le moins qualifié pour défendre les intérêts de Lucile... A l'entrée du village, il s'enquit de la demeure du peintre et on la lui montra sur la hauteur. Un peu à l'écart, non loin de la lisière du bois, il aperçut une maison de paysan que flanquait un bâtiment bas et carré, dont les larges baies vitrées brillaient au soleil. C'était l'atelier de Jacques Salbris.

Tanguy s'arrêta un moment à contempler cette habitation isolée. Qu'allait-il encore apprendre là-bas? De quelles cruelles révélations le menaçait cette demeure tapie à l'orée du bois?... Incapable de subir longtemps les angoisses de l'incertitude, il gravit hâtivement la rampe escarpée qui menait chez l'artiste et atteignit bientôt un jardinet clos de haies vives, à l'extrémité duquel un porche en auvent donnait directement accès dans l'atelier. Il heurta d'un doigt impatient à cette porte, qui presque immédiatement s'ouvrit et se referma sur lui...

Son entretien avec le peintre se prolongea assez avant dans l'après-midi. Personne n'a su au juste ce qui se passa entre les deux hommes ni quels arguments employa Tanguy pour convaincre celui qu'il était venu visiter; mais, lorsque, au bout d'une heure, il sortit de l'atelier, Jacques Salbris l'accompagna courtoisement jusque sur le seuil. Ils se séparèrent avec une cordiale poignée de main, puis le commandant, dont le visage semblait rasséréné, redescendit d'un pas allègre la rampe du sentier caillouteux et s'achemina lestement dans la direction de La Vignée.

Pendant ce temps, Paulette tenait compagnie à sa sœur. Très affaiblie, après les crises de fièvre qui l'avaient si violemment secouée, Lucile restait languissamment étendue dans le grand lit de la chambre bleue. Comme quelqu'un qui s'éveille d'un évanouissement, elle n'avait pas encore nettement conscience de ce qui s'était passé, et une brume flottait dans son cerveau. Néanmoins, à mesure que l'organisme recommençait à fonctionner normalement, le goût de la vie lui revenait et sa nature nonchalamment sensuelle reprenait le dessus. Sans bouger, suivant des yeux un rayon de soleil où dansaient des atomes dorés, elle causait doucement avec « la petite dernière ».

— Ainsi, disait-elle, j'ai été sérieusement malade?

— On a craint un moment une congestion au cerveau, maintenant te voilà hors de danger...

— Grâce à toi, ma petite.

— Et grâce aussi à Tanguy, qui t'a bien soignée.

— Oui, vous avez été tous deux très bons pour moi... Il n'est pas là, ton mari?

— Non, il est sorti pour une affaire pressante, murmura Paulette en frissonnant involontairement. Son esprit était loin de la chambre bleue. Elle accompagnait en imagination Le Dantec dans sa visite à l'atelier de Salbris, et elle songeait avec des transes aux résultats de cette démarche... Que lui dirait-on là-bas, et en quelles dispositions allait-il revenir?...

— Il ne tardera pas à rentrer, ajouta-t-elle.

Elle se levait, s'approchait de la fenêtre d'où l'on pouvait voir le sinueux ruban de route sablonneuse qui conduisait à Verrières, puis, avec un visage inquiet, elle se rasseyait nerveusement au chevet du lit. Si absorbée que fût Lucile en son indolente béatitude, elle finit par remarquer l'agitation de sa sœur. Entre les cils mi-clos, ses regards se fixèrent sournoisement sur les traits mobiles de Paulette et elle l'interrogea de nouveau :

— Ma chérie, est-ce vrai, ou l'ai-je rêvé, que tu es fâchée avec le commandant ?

Une rougeur empourpra les joues de la jeune femme.

— Tu n'as pas rêvé, soupira-t-elle... Seulement, ce n'est pas moi qui suis fâchée, c'est lui qui est irrité contre moi.

— Lui ? Alors, ça ne durera pas... Laisse-le bouder à son aise, il est trop amoureux pour ne pas revenir le premier...

— Hélas ! il ne s'agit pas d'une bouderie, mais d'un dissentiment très grave... à la suite duquel M. Le Dantec m'a retiré son affection.

— Le plus puni des deux, ce sera lui, observa insouciamment Lucile, car enfin, à son âge, il a plus besoin de ton affection que toi de la sienne.

— Tu te trompes; depuis que j'ai perdu sa confiance et son amitié, je suis moi-même très misérable... Je sens que Tanguy est aigri et malheureux à cause de moi... Je vois notre intimité brisée, notre ménage brouillé, ma vie sans but..., et c'est navrant à pleurer...

Tandis que Paulette parlait, ses prunelles devenaient humides, ses lèvres frémissaient comme pour réprimer un sanglot, et Lucile ouvrait de grands yeux.

— Avec quelle émotion tu dis cela ! s'écriat-elle en l'examinant plus attentivement; à t'entendre, on croirait que tu aimes ton mari...

— Certainement, je l'aime !... Je ne l'ai si bien compris que depuis qu'il s'est éloigné de moi...

— Non ? répliqua Lucile ébaubie, tu as de l'amour pour lui, du vrai ?... Ma chère, c'est renversant !

— Qu'y a-t-il là de si étonnant ?

— Dame, il y a la différence d'âge... M. Le Dantec touche à ses soixante ans, et toi, tu en as vingt à peine...

— Depuis que je le connais mieux, je ne m'aperçois plus de son âge... Je ne vois que la verdeur de son esprit, la noblesse de son caractère, la bonté de son cœur, qui est resté charmant et tendre comme ses yeux... Oui, plus tendre et plus chaud que celui de bien des jeunes gens d'aujourd'hui !

— Mais c'est un véritable emballement !... Au fait, reprit mademoiselle Pontal avec son sourire pervers et comme si elle se parlait à elle-même, dans cette tendresse d'un homme resté tardivement jeune et qui se hâte de jouir de ses années de grâce, peut-être y a-t-il des regrets, des coups de passion et des surprises capables de monter l'imagination ?...

— Lucile, tais-toi ! protesta Paulette qui rougit, tu seras donc incorrigible !...

Elle prêta l'oreille, redevint pâle, et ajouta en tressaillant :

— Voici mon mari... Je reconnais son pas.

En effet, après avoir discrètement frappé, le commandant ouvrait la porte de la chambre bleue et apparaissait, l'œil brillant, le teint allumé par la course et le grand air. Dès l'entrée, il avait remarqué le trouble de Paulette et l'animation de Lucile qui, accoudée sur son oreiller, redressait sa tête brune et semblait déjà moins languissante.

— Bonjour, ma chère enfant, commença-t-il, en soulevant la main de la malade et en la baisant, je constate avec joie que le mieux continue et que bientôt vous serez sur pied... En attendant, pour hâter la convalescence, je vous apporte une bonne nouvelle... J'ai eu, ce matin, le plaisir de me rencontrer avec M. Salbris, et nous avons parlé de vous. Il n'a pas cru devoir me cacher la tendresse très vive que vous lui avez inspirée; il m'a chargé de vous annoncer que, ce soir même, il compte aller demander votre main à vos parents...

Les joues de Lucile s'étaient rosées légèrement et elle coula un regard câlin vers Le Dantec :

— Quoi ! murmura-t-elle avec une moue sournoise, vous saviez ?... Oh ! commandant, je n'oserai plus vous regarder... N'importe, je vais vous faire une déclaration : vous êtes un homme très chic et il faut que je vous embrasse !

Elle se souleva, appliqua deux baisers sur les joues de Tanguy, qui s'était galamment incliné, puis elle poursuivit :

— C'est bien sûr, n'est-ce pas ?... Jacques s'est exécuté spontanément et il a eu de lui-même l'idée d'aller me demander à papa ?

— Parfaitement, répondit Le Dantec, je n'étais d'ailleurs aucunement qualifié pour exercer sur lui une pression... inutile.

— Tant mieux !... J'en suis contente, à cause de maman et de cette peste de Tonia; quant à moi, je l'aurais aimé tout de même sans tant de cérémonies... Enfin, il faudra nous résigner à passer devant M. le Maire !...

— Tu le regrettes peut-être? protesta Paulette choquée.

— Un peu... Il me semble que nous nous aimerons moins quand nous serons liés par le Code...

Le commandant fronçait les sourcils. Un silence se fit entre eux pendant quelques instants :

— Eh bien! reprit Tanguy en se tournant vers Paulette, et en épiant, à mesure qu'il parlait, la mimique si expressive des traits de la jeune femme, vous ne me demandez pas seulement comment j'ai trouvé M. Jacques Salbris et ce que nous nous sommes dit?... Ce jeune artiste est un garçon charmant et je suis ravi de le mieux connaître... Nous avons causé de Morgat, de nos commensaux du Grand-Hôtel, et il m'a appris un détail auquel je ne m'attendais guère... Son ami Rivoalen s'est embarqué, il y a quelques jours, pour Alger, avec un groupe d'explorateurs; il compte gagner de là le Soudan et y passer plusieurs années...

S'étant arrêté pour regarder plus fixement encore le mobile visage de sa femme, il crut surprendre dans les yeux de « la petite dernière » une fugace lueur de regret, et sur ses lèvres, une crispation nerveuse.

— Qu'avez-vous? continua-t-il, vous paraissez troublée... Vous ne connaissiez pas le départ de M. Rivoalen?

Elle secoua négativement la tête.

— Qu'en pensez-vous?

— Je pense, répliqua brièvement Paulette, qu'il a fait son devoir... comme j'ai fait le mien.

En même temps elle détournait la tête et allait appuyer son front contre les vitres.

Lucile, toujours accoudée au bord du lit, les observait curieusement tous deux. L'attitude de Paulette, le ton à la fois attristé et grave avec lequel elle répondait aux étranges questions de Le Dantec furent pour elle une révélation. Un sourire retroussa les coins de sa bouche et elle interpella son beau-frère :

— Commandant, je vous ai scandalisé tout à l'heure, et vous devez avoir de moi une opinion détestable... Pour remonter dans votre estime et vous prouver que je suis quelquefois sérieuse, je vais vous faire une confession... mais à vous seulement... Chérie, laisse-nous un moment en tête à tête, veux-tu?... Pendant ce temps-là tu me prépareras la collation autorisée par le médecin; car j'ai la tête vide et les émotions m'ont mise en appétit...

Cette insinuation n'était pas de nature à calmer l'inquiétude de Paulette; néanmoins, dans le trouble où venaient de la jeter les allusions de Tanguy, elle éprouvait un soulagement à se dérober à l'inquisition des regards, et elle se hâta de quitter la chambre.

Dès que Lucile fut seule avec son beau-frère, elle rassembla d'un geste lent les cheveux éparpillés sur ses joues et les noua en un paquet derrière sa tête, puis, de sa voix la plus câline, elle murmura :

— Vous êtes en froid avec votre femme, commandant?...

Le visage de Tanguy se rembrunit.

— Elle vous l'a dit? interrogea-t-il à son tour.

— Oui... Elle ne m'a pas confié les raisons de votre brouille, mais un mot de vous me les a fait deviner... Vous êtes jaloux de Rivoalen, convenez-en?... Et, comme tout le mal vient de moi, il est juste que je cherche à le réparer...

— Je... ne comprends pas... Expliquez-vous.

— C'est moi qui ai commis la méchante action de replacer Paulette en présence de M. Hervé et qui leur ai tendu un traquenard... Dès qu'elle s'en est aperçue, ma sœur voulait fuir; c'est moi qui l'ai retenue...

— Vous avez fait cela, vous?... s'écria Le Dantec en se levant furieux et en s'écartant d'elle.

— Je l'ai fait, excitée par Tonia et poussée aussi par ma mauvaise nature, mais Paulette vaut mieux que moi, elle a eu assez de sagesse pour ne pas tomber dans le piège.

— Le mal n'en est pas moins arrivé... Ils ne s'en sont pas moins revus? grommela-t-il d'un ton soupçonneux.

— S'ils se sont revus, il n'en est résulté aucun mal... Dès que Rivoalen a voulu recommencer à fleureter, Paulette s'est révoltée et l'a mis à la porte.

— Vous n'étiez pas là... Comment le savez-vous?

— Je le sais parce que Hervé est revenu désolé à l'atelier et qu'il a tout confessé à Salbris... D'ailleurs, si on lui avait laissé un brin d'espoir, est-ce qu'il se serait expatrié pour de longues années?... Vous devriez être pleinement convaincu, maintenant qu'il est parti!

— Il est parti, oui, répliqua Tanguy en secouant la tête, mais qui m'assure que votre sœur ne le regrette pas, qu'elle ne le suivra pas en pensée par delà la mer et le désert?

— Moi, affirma avec émotion mademoiselle Pontal, j'en suis sûre parce qu'elle aime ailleurs... Elle me l'a avoué ici, tout à l'heure, ou plutôt elle s'est laissé petit à petit arracher l'aveu de sa tendresse pour vous... Elle vous adore !

— Hélas ! dit-il incrédule, je ne suis plus assez jeune pour croire à des chimères...

— Homme de peu de foi ! repartit Lucile moitié pleurant, moitié raillant, n'avez-vous plus d'yeux pour voir?... Est-ce que, si vous lui aviez été indifférent, elle serait restée chez vous, après que vous l'aviez injustement soupçonnée et accusée? Si peu que Paulette tienne de la famille, elle a ainsi que nous toutes une mauvaise tête, et, si elle ne s'est pas enfuie de La Vignée comme je me suis sauvée de chez maman, croyez bien qu'une seule chose l'a retenue... l'amour qu'elle a pour vous...

Les bras croisés, la tête basse, Le Dantec arpentait lentement le parquet de la chambre; à travers ses doutes, une lueur d'espérance pénétrait peu à peu en lui et commençait à transparaître sur son visage. Sans bruit, tandis que le commandant, perdu dans ses réflexions, s'était arrêté machinalement devant la fenêtre, Paulette rentra, portant le léger repas permis à la malade. A un significatif clin d'œil de sa sœur, elle pressentit qu'on venait de parler d'elle et que son sort allait être fixé. Ayant déposé le plateau sur un guéridon, elle attendit, le cœur battant, que Tanguy revînt sur ses pas. Au même moment, il se retourna et la vit devant lui, pâle et immobile comme la statue de l'anxiété.

— Paulette ! s'écria-t-il en décroisant les bras et en les lui tendant...

Elle s'y jeta, et une convulsive embrassade les tint longtemps accolés, poitrine contre poitrine...

. . . .

Avril est maintenant dans sa gloire. Aux sons des cloches de Pâques, la vallée de la Bièvre a repris ses verts habits de printemps. Cerisiers, poiriers et pommiers balancent leurs branches épanouies et pareilles à de candides bouquets de mariée; les champs de fraisiers tapissent le sol de leurs corolles laiteuses; et, au milieu de cette opulente jonchée de neige, les pommiers et les pêchers fleurissants jettent çà et là des notes d'un rose vif. Là-haut, le ciel pommelé de pâles nuages, où, de loin en loin, s'empourpre encore un rouge flocon de vapeur, le ciel crépusculaire semble réfléchir les virginales couleurs dont la terre a fleuri sa robe nuptiale.

Le long des pelouses de La Vignée, Tanguy Le Dantec et Paulette se promènent lentement. La jeune femme s'est suspendue au bras du commandant, dont le loyal visage est comme rajeuni par les reflets du soleil couchant. L'odeur d'amande amère qui s'exhale des vergers les enveloppe tous deux de son haleine et les grise doucement. Paulette lève ses beaux yeux vers son mari silencieux et murmure :

— Tanguy, à quoi pensez-vous?

— Je pense, répond-il, en la serrant plus étroitement, que je suis pleinement heureux et que voici une des plus délicieuses soirées de ma vie...

Un sourire tendrement malicieux retrousse les lèvres de Paulette :

— Seulement *une* des plus délicieuses? insinue-t-elle, cela signifie donc que vous en avez eu d'autres?... Voyons, y en a-t-il eu beaucoup de meilleures?

— Chère enfant, jamais !... Je marche ce soir dans un rêve d'enchantement et ma seule peur est qu'il se dissipe trop vite... Je suis si loin de votre jeunesse et si près du déclin !...

Elle lui ferme gentiment la bouche avec l'une de ses mains !

— Taisez-vous ! ordonne-t-elle, je vous aime tel que vous êtes, et, si vous étiez plus jeune, l'idée qu'une autre femme pourrait chercher à vous plaire gâterait à chaque instant mon bonheur... Vous savez, je suis affreusement jalouse, et, en amour comme en tout, je veux être pour vous « la petite dernière ».

Il la saisit dans ses bras. Rieuse, elle se hausse sur ses pieds pour mieux appuyer ses lèvres sur celles de son mari... Et, tout en savourant le baiser donné par cette mignonne bouche d'enfant, Tanguy sent une rosée de mélancolie lui tomber sur le cœur; car il sait que les heures de reverdissement lui sont comptées, et qu'elles auront la courte durée de ces floraisons printanières qui s'épanouissent au matin, et dont le vent qui s'élève éparpillera demain la neige capiteuse.

FIN

"Une heure d'oubli…"

PUBLIÉE SOUS LA DIRECTION LITTÉRAIRE DE MAX ET ALEX FISCHER

Prix : 0 fr. 45. — 156 VOLUMES PARUS (¹)

(1) Les numéros qui précèdent les titres de chaque volume indiquent leur ordre de publication.

SELECT-COLLECTION

Publiée sous la direction littéraire de Max et Alex Fischer

264 VOLUMES PARUS :

ACKER (Paul)
164. Les exilés (1,75).

ADAM (Paul)
112. Les cœurs utiles (1,20).
156. Le troupeau de Clarisse (0,95)
230. Les lions (1,20).

AICARD (Jean)
de l'Académie Française.
20. Benjamine (1,50).

AJALBERT (Jean)
de l'Académie Goncourt.
252. Sâo Van Di (1,50).

BARBUSSE (Henri).
255.) Le Feu (2 volumes, cha-
256.) cun 1.75).

BEAUNIER (André).
153. L'amour et le secret (0,95).

BERNARD (Tristan)
90. Secrets d'État (1,20).
117. Amants et voleurs (1,20).
145. L'enfant prodigue du Vési-
net (0,95).
223. Féerie bourgeoise (1,20).

BINET-VALMER
78. Lucien (1,20).
128. La passion (1,20).
162. Les jours sans gloire (0,95).
237. Le sang (1,50).

BORDEAUX (Henry)
de l'Académie Française.
176. Les Roquevillard (1,20).
236. La croisée des chemins (1,20).

BOURGET (Paul)
de l'Académie Française.
56. L'envers du décor (1,20).
62. Les deux sœurs (0,95).
71. Le fantôme (1,75).
81. L'eau profonde (1,20).
121. Un crime d'amour (1,20).
144. Complications sentimentales (1,20)
173. Le cœur et le métier (1,20).
229. Drames de famille (1,20).
232.) Un cœur de femme
233.) (2 volumes, chac. 1,20).
243. La duchesse bleue (1,50).

CAPUS (Alfred)
de l'Académie Française.
16. Faux départ (0,95).
67. Robinson (1,20)
102. Années d'aventures (1,20).

CLARETIE (Jules)
de l'Académie Française.
3. Le million (1,20).
39. L'accusateur (0,95)

COLETTE (Colette Willy)
47. La retraite sentimentale (1,75).
80. L'envers du music-hall (1,50).
250. La femme cachée 1,50).

COPPÉE (François)
de l'Académie Française.
196. Le coupable (0,95).
206. Les vrais riches (0,95).
221. Longues et brèves (1,20).
251. Toute une jeunesse (1,50)

CORDAY (Michel)
21. La mémoire du cœur (0,95).
72. Les frères Jolidan (1,20).
84. Les révélées (0,95).
114. Sésame, ou la maternité
consentie (1,75).
133. Les feux du couchant (0,95).
157. Mariés jeunes (1,75).
244. Les cœurs dévastés (1,50).

COURTELINE (Georges)
6. Les gaîtés de l'escadron (1,50).
29. Le train de 8 h. 47 (1,50).
54. Messieurs les ronds-de-cuir
(0,95).
86. Boubouroche (1,20).
104. Les linottes (1,50).
195. Les femmes d'amis (1,50).
235. Un client sérieux (1,20)
253. Ah! jeunesse... (1,50).

DAUDET (Alphonse)
2. Rose et Ninette (1,20).
12. Tartarin de Tarascon (1,20).
49. Tartarin sur les Alpes (1,20).
75. Port-Tarascon (1,50).
26. Robert Helmont (1,20).
37. Sapho (1,20).
65. Le petit Chose (1,50).
192.) Fromont jeune et Risler
193.) aîné. (2 vol. chac. 0,95).
216. L'immortel (1,20).
261. Les Femmes d'Artistes (1,75).

DAUDET (Léon)
de l'Académie Goncourt.
55. Suzanne (0,95).
105. La lutte (1,20).
179. Le cœur et l'absence (1,75).
208. La mésentente (1,20).
225. La déchéance (1,20).
242. Dans la lumière (1,50).

DELARUE-MARDRUS (L.)
64. Le roman de six petites
filles (1,20).

DONNAY (Maurice)
de l'Académie Française.
40. Éducation de prince (1,20).

DUVERNOIS (Henri)
92. La bonne infortune (1,20).
148. Edgar (0,95).

ESPARBÈS (Georges d')
38. Les demi-solde (1,20).

FABRE (Ferdinand)
83. Julien Savignac (1,20).

FARRÈRE (Claude)
34. Mademoiselle Dax, jeune
fille (1,20).
61. Dix-sept histoires de marins
(1,75).
66. L'homme qui assassina (1,20).
85. Les civilisés (1,20).
109. Fumée d'opium (1,20).
147. Les condamnés à mort (0,95).
158. La maison des hommes
vivants (0,95).
172. Les petites alliées (0,95).
187. La dernière déesse (1,20).
198. Bêtes et gens qui s'aimèrent
(1,50).
213. Quatorze histoires de soldats
(1,20).
226. L'extraordinaire aventure
d'Achmet Pacha Djemal-
leddine (1,20).
257. Histoires de très loin ou
d'assez près (1,75).

FISCHER (Max et Alex)
14. Pour s'amuser en ménage !
(0,95).
35. L'amant de la petite Dubois
(0,95).
58. L'inconduite de Lucie (1,50).
70. La dame très blonde (0,95).
88. Monsieur Tartempion (1,20).
107. Camembert-sur-Ourcq (1,20).
120. Le duel de M. Lolotte (0,95).
146. Après vous, mon Général !
(0,95).

FLAUBERT (Gustave)
181. La tentation de saint Antoine
(0,95).
210.) L'éducation sentimentale
211.) (2 vol. chac. 1,20).

FRAPIÉ (Léon)
28. La maternelle (0,95).

FROMENTIN (Eugène).
199. Dominique (0,95).

GAUTIER (Théophile)
51. Le roman de la momie (0,95).
168.) Mademoiselle de Maupin
169.) (2 vol. ch. 0,95).
114. Partie carrée (1,20).

GEFFROY (Gustave)
de l'Académie Goncourt.
116. Hermine Gilquin (1,20).

GONCOURT (Edmond de)
42. Les frères Zemganno (1,50).

GONCOURT (Ed. et Jules de)
8. Madame Gervaisais (1,20).

GRÉVILLE (Henry)
48. Sonia (1,20).

Voir la suite du catalogue à la page suivante.

• GYP
1. La ginguette (1,20).
15. Geneviève (0,95).
31. Miche (1,20).
60. L'amoureux de Line (1,50).
197. Un raté (1,75).
217. Mademoiselle Loulou (1,20).
224. Elles et Lui ! (1,20).
240. Mon ami Pierrot (1,50).

HARAUCOURT (Edmond)
165. Daâh, le premier homme (1,20).

HERMANT (Abel)
19. Eddy et Paddy (1,20).
59. Les renards (1,20).
97. Le joyeux garçon (1,20).

HIRSCH (Charles-Henry)
43. Les châteaux de sable (1,75).
82. L'amour en herbe (1,20).
131. La demoiselle de comédie (0,95).
150. La chèvre aux pieds d'or (1,20).

LAVEDAN (Henri)
de l'Académie Française.
10. A table ! (1,20).
45. Nocturnes (1,20).

MARGUERITTE (Paul)
de l'Académie Goncourt.
18. Maison ouverte (1,50).
101. La faiblesse humaine (1,75).
126. La maison brûle (1,75).
142. Les sources vives (1,50).
177. Les Fabrecé (1,75).
189. Nous, les mères (0,95).

MARGUERITTE (Victor)
33. Les frontières du cœur (0,95).
122. La rose des ruines (0,95).
130. Le Talion (1,75).
151. La terre natale (1,20).
166. Jeunes filles (1,20).
182. Le soleil dans la geôle (1,50).

MARGUERITTE (P et V.)
50. Femmes nouvelles (1,20).
68. Poum (1,20).
77. Zette (1,75).
207. Vanité (1,20).
220. Le jardin du Roi (1,20).
245. Le prisme (1,50).
260. Les deux vies. (1,75).

MAUPASSANT (Guy de)
119. Notre cœur (1,50).
125. Yvette (1,50).
129. Miss Harriet (1,50).
132. L'inutile beauté (1,20).
137. Pierre et Jean (1,50).
141. Le Horla (1,20).
149. Les sœurs Rondoli (0,95).
152. Boule de Suif (0,95).
160. La maison Tellier (0,95).
163. Monsieur Parent (1,75).
171. Le rosier de Madame Husson (1,50).
178. Contes du jour et de la nuit (1,75).
188. La main gauche (1,75).
205. Fort comme la mort (0,95).
209. Mademoiselle Fifi (1,20).

215. Clair de lune (1,20).
218. Une vie (1,20).
231. La petite Roque (1,20).
248. } Bel-Ami (2 vol. chac. 1,50).
249. }

MENDÈS (Catulle)
24. Zo'har (0,95).

MIRBEAU (Octave)
de l'Académie Goncourt.
91. Le calvaire (1,20).

PRÉVOST (Marcel)
de l'Académie Française.
87. Chonchette (0,95).
89. La confession d'un amant (1,20).
95. Cousine Laura (1,20).
99. Le jardin secret (1,20).
106. Les demi-vierges (1,50).
111. Le domino jaune (1,20).
115. Le scorpion (1,20).
118. La princesse d'Erminge (1,20).
123. Lettres de femmes (0,95).
127. L'automne d'une femme (1,50).
135. Nouvelles Lettres de femmes (0,95).
139. Dernières Lettres de femmes (1,50).
143. Mademoiselle Jaufre (1,50).
170. L'heureux ménage (1,50).
175. Lettres à Françoise (0,95).
180. Trois nouvelles (0,95).
186. Lettres à Françoise mariée (0,95).
190. La fausse bourgeoise (0,95).
222. Pierre et Thérèse (1,20).

RACHILDE
100. La tour d'amour (1,20).
167. La souris japonaise (1,75).
241. Les Rageac (1,50)

REBOUX (Paul)
159. Le jeune amant (0,95).
258. Pour Jasmine. (1,75).

RÉGNIER (Henri de)
de l'Académie Française.
7. Les vacances d'un jeune homme sage (0,95).
52. Romaine Mirmault (1,20).
103. L'Amphisbène (1,20).

RENARD (Jules)
de l'Académie Goncourt.
25. Poil de Carotte (0,95).

RICHEPIN (Jean)
de l'Académie Française.
5. Madame André (1,20).
17. Césarine (0,95).
73. Miarka, la fille à l'ourse (1,20).
203. Braves gens (1,20).
96. Flamboche (0,95).

ROBERT (Louis de)
23. Un tendre (1,20).
53. Le partage du cœur (0,95).
74. La femme reprise (0,95).
108. Papa (1,20).
138. Réussir (0,95).

ROD (Edouard)
11. Dernier refuge (1,20).
79. Le ménage du pasteur Naudié (1,20).

ROSNY (J.-H.)
de l'Académie Goncourt.
30. Le crime du docteur (0,95).
228. Les deux femmes (1,20).

ROSNY aîné (J.-H.)
de l'Académie Goncourt.
76. Marthe Baraquin (1,50).
134. Dans les rues (0,95).
174. ...et l'amour ensuite (1,50).
191. L'amoureuse aventure (0,95).
259. L'appel du bonheur. (1,75).

SANDEAU (Jules)
de l'Académie Française.
27. Madeleine (0,95).

THEURIET (André)
de l'Académie Française.
9. La petite dernière (0,95).
22. Les amours d'Estève (1,20).
36. Hélène (0,95).
41. Au paradis des enfants (0,95).
46. Mademoiselle Guignon (0,95).
57. Reine des bois (0,95).
63. La fortune d'Angèle (0,95).
69. Madame Heurteloup (1,20).
93. Jeunes et vieilles barbes (1,20).
98. Fleur de Nice (0,95).
110. Eusèbe Lombard (1,20).
124. L'Affaire Froideville (0,95).
140. Lys sauvage (1,50).
161. Le fils Maugars (1,20).
183. Tante Aurélie (0,95).
202. Flavie (0,95).
212. L'oncle Scipion (1,20).
219. Cœurs meurtris (1,20).
227. Boisfleury (1,20).
246. Chanteraine (1,50).
254. Amour d'automne (1,50).

VALDAGNE (Pierre)
136. La confession de Nicaise (0,95).
234. Touti (1,20).

VANDEREM (Fernand)
94. La victime (1,20).

ZOLA (Emile)
4. Thérèse Raquin (1,50).
13. Madeleine Férat (1,50).
32. Contes à Ninon (1,50).
44. Le rêve (1,20).
113. Le vœu d'une morte (1,20).
154. } Au bonheur des dames
155. } (2 vol. chac. 0,95).
184. } La conquête de Plassans
185. } (2 vol. chacun 1,75).
194. Naïs Micoulin (1,75).
200. }
201. } L'œuvre (2 vol. chac. 0,95).
204. Nouveaux contes à Ninon (0,95).
238. } Le docteur Pascal
239. } (2 vol. chac. 1,50).
262. }
263. } Fécondité.
264. } (3 vol. chac. 1,75).

Il paraît deux volumes de *Select-Collection* chaque mois.

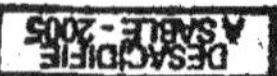

www.ingramcontent.com/pod-product-compliance
Lightning Source LLC
LaVergne TN
LVHW050635060726
842527LV00004B/1307